ERSTES BUCH

Habe ich eine Seele?

Das fragte Gursky sich, als er ins Wasser ging, direkt unter dem Wendekreis des Krebses in dieser Nacht auf den Bahamas, die blauschwarz leuchtete im Licht des hellen Mondes und so wunderschön war, wie sie nur sein konnte.

Er war nicht weit vom Ufer entfernt, sieben, acht Meter vielleicht von dem Punkt, wo er seine Jacke und die Hose ausgezogen hatte, weil sie sonst zu schwer geworden wären, voll gesogen mit all dem Wasser, und Gursky wollte leicht sein bei dem, was er tat. Nur die Unterhose hatte er anbehalten und die Schuhe, weil der Grund unter ihm steinig war und er nicht ausrutschen wollte.

Das Messer hielt er in der Hand, über der Oberfläche, damit es nicht nass wurde.

Vom Ufer her, aus Richtung der Hütte, kamen Geräusche.

Stimmen? Schreie? Musik?

Es war egal jetzt, er war schon woanders, er war auf dem Weg.

Er stoppte, als das Wasser seine Brust erreichte und er gerade noch stehen konnte. Seine Füße suchten Halt auf dem Grund, was kein Problem war, denn das Meer war ruhig und still in dieser Nacht, es bewegte sich kaum.

Das Meer war sanft, wie ein Freund.

Gursky klappte die Klinge des Messers auf, dann tauchte er es ins Wasser. Den ersten Schnitt setzte er am rechten Oberschenkel an, ungefähr auf halber Höhe zwischen Hüfte und Knie. Zehn bis fünfzehn Zentimeter, schätzte er. Den zweiten machte er am linken Oberschenkel, an derselben Stelle, genauso lang. Es schmerzte nicht, im Gegenteil: Es fühlte sich warm an, warm und angenehm wie Badewannenwasser, so als würde man endlich ankommen.

Er spürte, wie es aus ihm herausfloss und wie er sich verteilte und aufging in dem, was um ihn war.

Er ließ das Messer auf den Grund sinken, breitete die Arme aus und schloss die Augen.

Dann rief er sie.

Er rief sie nicht laut, er schrie nicht und öffnete kaum seinen Mund, weil er wusste, dass das nicht nötig war.

Es war eher ein zärtliches Flüstern, mit dem er sie rief.

»Kommt her«, flüsterte er den Zitronenhaien zu, die er noch heute Mittag gesehen hatte, wie sie zu Hunderten mit ihren braungrünen Körpern durch die Lagune patroullierten wie heilige Wächter von irgendwas. »Komm«, soufflierte er dem Bullenhai, auch Zambezi genannt oder Gemeiner Grundhai, dem Alleskönner, der im Salzwasser genauso existieren kann wie im Süßwasser und dessen Testosteronausstoß in der Tierwelt ohne Beispiel ist. Und er rief auch den Tigerhai, den König des Meeres, den beständigsten, überlebensfähigsten, kräftigsten und furchtlosesten aller Haie.

Es gab keinen Zweifel daran, dass sie kommen würden: Selbst wenn sie ihn nicht sofort lokalisierten, würden sie ihn finden, denn es war ihre Zeit, die Zeit, in der sie jagten. Sie kamen jede Nacht hierher.

Ein wenig Zeit aber, das wusste Gursky, während er im Wasser schwamm, hatte er noch; Zeit genug, um sich zu erinnern an das, was in den letzten siebzehn Tagen passiert war, denn siebzehn Tage war es her, dass alles angefangen hatte.

Es begann auf Kuba.

Vamos, compañeros!

I. Gursky

Zu Hause hätte er nicht so sitzen können: zu viele Mädchen und irgendwelche Typen, die Autogramme haben wollten.

Immer noch.

Hier war es anders, denn hier wusste niemand, wer er war: Der Musiksender war nie nach Kuba übertragen worden, also kannten sie sein Gesicht nicht.

Trotzdem starrten sie ihn an: Einen jungen Weißen in der ausrangierten Uniform eines kubanischen Soldaten sah man nicht so oft in einem Straßenrestaurant in Havanna.

Sein Name war Gursky.

Der Vorname tut nichts zur Sache, denn Gursky war zeit seines Lebens immer nur Gursky genannt worden: in der Schule, von Freunden, irgendwann sogar von seinen Eltern. Später dann, als er bei dem Sender anfing und nach einem Jahr seine eigene Show bekam, »Gurskys Welt«, war sein Vorname endgültig ausgelöscht. Er erinnerte sich selbst kaum noch daran.

Vier Jahre lang moderierte er die Show. Zuerst sagte er nur Musikvideos an, wie alle anderen auch, dann kamen Studiogäste dazu, die sich zwanzig Minuten lang präsentieren durften, und als die Quoten immer besser wurden, bekam Gursky völlige Freiheit: Er kommentierte Werbespots und Zeitungsartikel und ging auch mit lustigen Hüten auf dem Kopf auf die Straße und sprach Menschen an und stellte ihnen irgendwelche Fragen. Später dann beleidigte er sie und ließ sie sich für irgendwelche Promotion-Geschenke von den Rolling Stones oder DJ Bobo vor ihm erniedrigen: Sie machten Kopfstände, zogen sich die Hosen aus, ließen sich ohrfeigen oder sagten dreimal hintereinander den Satz »Ich bin dumm, dumm, dumm« auf.

Er selbst war nichts Besonderes: Er verfügte über durchschnittliche Bildung, durchschnittliche Intelligenz, durchschnittliches Aussehen, durchschnittlichen Charme. Sein einziges wahres Talent: Er konnte reden, schnell und überzeugend, wie Goebbels.

Und er nahm kaum etwas ernst.

So wurde Gursky zum Star des Musiksenders, und der Höhepunkt seines Ruhms war höchstwahrscheinlich das Interview mit Michael Jackson 1997 auf Jacksons Ranch Neverland.

Das Gespräch dauerte nur eine Minute, doch wer es im Fernsehen sah, erinnerte sich länger daran, denn Gursky war der Typ, der Jackson auf den Kindersex ansprach.

»Ich habe auch einen festen kleinen Popo«, adressierte Gursky Jackson auf der Pressekonferenz und zeigte auf seinen Hintern – »Würden Sie sich für mich interessieren, oder soll ich mich vorher lieber noch rasieren?«

Jackson antwortete nicht. Er erstarrte nur.

Ganz Deutschland lachte über Jackson und mit Gursky.

Das war der Höhepunkt der Sendung: Die Quoten *skyrocketen* wie der Produzent sagte, und egal, welcher Prominente in dem Plastikdekor von »Gurskys Welt« auftrat, der Star war immer Gursky selbst. Die Sendung war seine Arena.

Vor einigen Wochen aber hatte Gursky gekündigt. Wie es weitergehen sollte, wusste er noch nicht genau, doch zu tun gab es genug, denn er würde bald Vater werden: Seine Freundin und zukünftige Frau Nathalie erwartete ein Kind von ihm.

Ein Mädchen würde es werden, sagte der Arzt.

In etwa drei Monaten.

Natürlich hatte Gursky ein bisschen Angst vor diesem Mädchen, doch er freute sich auch darauf, zum ersten Mal in seinem Leben Verantwortung zu übernehmen für jemanden, der nicht er selbst war. Dreißig ist genau der richtige Moment für die Familiengründung, hatte er mal gehört.

Und dreißig war er gerade geworden.

Bevor es aber losging mit all diesen Dingen, wollte er noch einmal – ein einziges Mal, denn er war noch nie ohne einen Freund oder eine Freundin irgendwohin gefahren – allein Urlaub machen, und dafür hatte er sich Kuba ausgesucht, Havanna.

Natürlich ließ Nathalie ihn nur ungern fahren, je näher die Geburt rückte; doch da sie wusste, dass er diese erste und letzte Reise nötig hatte, ließ sie ihn gehen für die drei Wochen. Außerdem hatte Gursky versprochen, sich nach seiner Rückkehr erst mal nur noch um »die Aufzucht des Kindes zu kümmern«, wie er sich ausdrückte.

So also saß er hier, an diesem Märzabend, der so warm war, dass man sein Bier besser schnell austrank, damit es nicht schmeckte wie Badewasser. Er saß im Chinesenviertel der Altstadt Havannas in einem kleinen Restaurant namens Tong Po Laug und aß eine Languste a la plancha con jugo de limón. Wie ein ganz normaler Tourist eigentlich, mit dem Unterschied eben, dass er die Uniform eines kubanischen Soldaten trug, weil British Airways, die angeblich beste Fluglinie der Welt, gleich nach der Ankunft sein Gepäck verloren hatte. Angeblich befand es sich gerade irgendwo in Nassau, wo die Maschine zwischengelandet hatte, würde aber später nachgeschickt, wie die Zuständigen der Linie versprachen.

Das war vor acht Tagen.

Da Gursky nur die Kleider bei sich hatte, die er am Körper trug, musste er sich also neue kaufen, und weil es aufgrund des amerikanischen Handelsembargos auf Kuba nur Plastikhosen und Synthetikhemden gab, die Gurskys empfindliche Haut nicht vertrug, besorgte er sich bei einem staatlichen Ausrüster die ausrangierten Uniformteile: eine Militärhose und ein paar olivfarbene Kurzarmhemden. Sie waren sehr schmal geschnitten und passten perfekt, und Gursky sah nun aus wie ein weißer kubanischer Soldat, weshalb ihn die Leute, die am Tong Po Laug vorbeikamen, gelegentlich anstarrten: alte Frauen in verschmutzten rosa Küchenkleidern, die mit frisch gegen ihre Lebensmittelkarten getauschtem Weißbrot und ein paar Bananen auf dem Nachhauseweg waren; Musiker mit geflickten Gitarren, die im Zuge des Kubawahns im Rest der Welt hundertmal am Tag die Lieder von Compay Segundo und Ibrahim Ferrer wiederholten und natürlich die Che-Hymne »Hasta Siempre Commandante«. Dazu Kinder, die stundenlang darauf warteten, einem der vielen Touristen eine schlechte Karikatur zu verkaufen; und junge Schwarzmarkthändler, die entgegen den Befehlen Castros und trotz der allgegenwärtigen Polizeipräsenz für ein paar Dollar alle möglichen Waren anboten – neben Zigarren, Mädchen und Privatunterkünften auch Haschisch und Marihuana, Kokain, Heroin und LSD.

Es gab allerdings noch einen anderen Grund, warum die Leute Gursky mit besonderem Interesse ansahen, doch um zu erkennen, warum das so war, musste man näher an ihn herangehen, so wie das amerikanische Pärchen, das sich jetzt an seinen Nebentisch im Tong Po Laug setzte. Dieser Grund war der Anhänger, den Gursky neben dem Ring, den Nathalie ihm mitgegeben hatte, an einer Silberkette um den Hals trug – der drei Zentimeter lange Zahn eines Makohais.

Und dieser Zahn war der zweite, ja vielleicht sogar der eigentliche Grund für Gurskys Aufenthalt auf Kuba.

II. Der Hai

Gursky war acht Jahre alt damals.

Ein Haus besaß seine Familie zu dieser Zeit, Ende der siebziger Jahre, noch nicht; Gursky lebte mit seinen Eltern in einer kleinen Mietwohnung im Hamburger Stadtteil Langenhorn. Der Vater war Verwaltungsbeamter, die Mutter Kindergärtnerin und die Familie genau das, was später in den Achtzigern als solider Mittelklasse-Hausstand bezeichnet werden sollte: eine Kleinfamilie mit einem Auto und eineinhalb Einkommen, die ihr Geld sparte, um irgendwann einmal ein Haus bauen zu können, das später dem Kind zum Wiederverkauf vererbt werden sollte – als unvergänglicher Wert sozusagen.

Damals hielt man ein Haus noch dafür.

Gursky wusste nie genau, woher die Sonnensucht seiner Mutter kam, die von der Nordseeinsel Amrum stammte, auf der das Wetter wegen der kalten Winde auch im Sommer nie besonders gut ist. Vielleicht war Heide Gursky, wie viele Frauen zu dieser Zeit, ein Opfer der Werbeoffensive der Reiseveranstalter in Zeitungen, Zeitschriften und im Fernsehen, die ihre Kunden mit Slogans wie »Sonne, Spaß und Superlaune für 700 Mark!« und »Fliegen Sie ins Glück der ewigen Sonne!« zu ködern versuchten und denen im Wesentlichen die Besiedlung Spaniens durch die Deutschen zu verdanken ist. Jedenfalls zwang Gurskys Mutter den Vater trotz seiner Sparmaßnahmen dazu, wenigstens einmal im Jahr, meist im Frühling, zwei Wochen lang wegzufahren; Urlaub zu machen also – und da Gurskys Vater nicht so viel Geld ausgeben wollte, um den Traum vom eigenen Haus bei seinem Beamtengehalt nicht erst mit sechzig realisieren zu können, buchte er meist eine günstige Pauschalreise bei genau den Veranstaltern, die heute Großkonzerne sind: TUI, Neckermann und Tjaereborg.

Meist kamen die Kanarischen Inseln dabei heraus: Teneriffa, Gran Canaria, Fuerteventura.

Nach Gran Canaria fuhr die Familie am häufigsten.

So auch im März 1979: Schon zwei Tage vor Beginn der Schulferien, das diktierten die Reisetermine, bestiegen die Gurskys eine voll besetzte Maschine der Hapag-Lloyd. Auf der Insel angekommen, bezogen sie ein frisch gebautes Hotel im Touristenort Playa del Ingles; Gursky schlief im Wohnzimmer auf der Couch, weil er noch kein Anrecht auf ein eigenes Zimmer hatte. Man ging nicht davon aus, dass er Mädchen mitbringen würde.

Der Strand war vier Minuten entfernt, und alles genau so, wie man es heute aus den Fernsehberichten kennt: die Küste zugepflastert mit bunten Liegen, Sonnenschirmen und langsam verbrennenden Deutschen, Engländern, Holländern. Nur die vielen Animateure, die heute zu jeder Hotelanlage gehören, gab es damals noch nicht, genauso wenig wie die Aktivitäten Jogging, Stretching, Wellness und Walking. Jane Fonda war zu dieser Zeit noch ein erfolgreicher Filmstar.

Aber wie gesagt: Es war Gurskys Mutter, die in die Sonne wollte, und wie die meisten deutschen Frauen war sie schon glücklich, wenn diese Sonne tatsächlich auf sie herunterschien und ihre Haut bräunte, mehr brauchte sie gar nicht für diese zwei Wochen Jahresglück.

Gurskys Vater kam nur mit, weil er seiner Frau diesen Wunsch nicht abschlagen konnte, ohne eine Scheidung zu riskieren. Eigentlich aber hasste er diese Reisen – und die Trauer über das immer weiter in die Ferne rückende Haus war seinen Augen stets anzusehen, wenn sie mal von einem John-le-Carré-Thriller aufschauten. Auch redete er während dieser Urlaube noch weniger als zu Hause, was eine Leistung war.

Gurskys Vater war nicht immer so gewesen, im Gegenteil: Früher liebte er das Reisen wie nichts anderes auf der

Welt, und fünf Jahre seines Lebens hatte er sogar als Seemann auf Holztransportschiffen gearbeitet, die zwischen Rio und Hamburg, Barcelona und Istanbul, Beirut und Marseille verkehrten. Gursky war sehr beeindruckt, als sein Vater ihm einmal seinen Matrosenausweis von damals zeigte, voll mit Stempeln von Häfen aus aller Welt, und auf dem Foto war das Bild eines energischen jungen Mannes zu sehen, der in Ausdruck und Entschlossenheit in nichts dem Mann glich, der ihm nun das Foto zeigte. Gursky verstand nicht, wie ein Mensch so ein Leben auf dem Meer gegen eine Existenz bei der Hamburger Stadtverwaltung eintauschen konnte, bei der man von neun bis fünf Papierhaufen umschichtete, und auch später, als Gursky älter wurde, fragte er seinen Vater nie nach dem Grund – höchstwahrscheinlich aus Angst davor, dem Vater damit zu zeigen, dass ihn sein Leben vor der Heirat mit der Mutter und also auch vor Gursky selbst mehr interessierte als alles, was danach kam. Im Wissen um das frühere Leben seines Vaters hielt Gursky das jetzige für einen Kompromiss, ja schlimmer noch: Er hielt es für eine Kapitulation, für ein Versagen. Eine solche Erkenntnis, vom Sohn geäußert, das spürte Gursky, ist die schlimmstmögliche Beleidigung für einen Vater – und da es für eine solche Beleidigung keinen Grund gab, unterhielt er sich gar nicht erst mit ihm über sein Leben und seine Gedanken.

Der einzige Grund, warum sich Gurskys Vater in diesen Kanaren-Urlauben überhaupt bewegte, war sein Sohn.

In allem, was Gursky tat, war er ein durchschnittlicher Achtjähriger: Er spielte Fußball in der örtlichen Jugendmannschaft, fuhr auf einem Bonanzarad im Wald herum; er machte Feuer mit seinen Freunden und prügelte sich oder malte die Gehwegplatten der Siedlung mit Riesenpenissen voll.

»Der ist immer in Bewegung«, beschrieb Gurskys Vater ihn oft vor Fremden.

Wenn die Familie also nun in den Urlaub fuhr und nach ein paar Tagen Gurskys Begeisterung für die Sonne, den Sand und das Meer verschwand, trieb er seinen Vater an, etwas mit ihm zu unternehmen: Gursky zwang ihn in Vergnügungsparks, auf Wasserrutschen, in Eisdielen und auf erloschene Vulkane. Und eines Tages zwang er ihn auch mal auf eine Angelfahrt.

Gursky sah das Schild schon von weitem, als die beiden am Hafen von Playa del Ingles spazieren gingen: *Fangen Sie noch heute einen Rochen, Marlin oder Barsch!* stand darauf; unter die Schrift war ein Bild gemalt von einem Schiff, das in heftigem Wellengang auf dem Meer tanzte; aus den Wellen kam ein Riesenfisch, eine Art Barsch, der an einer Angel hing, die an dem Boot befestigt war. Das Bild sah ein bisschen so aus wie das Buchcover eines Abenteuerromans von Robert Louis Stevenson: Dramatik, Kampf, Leidenschaft!

Das würde er gern machen, sagte Gursky zu seinem Vater.

»Hmh«, machte der Vater. »Da wird dir doch schlecht.«

Nie im Leben würde ihm da schlecht, sagte Gursky; und weil er so drängelte, fragte sein Vater in einem kleinen Holzhaus nach, das sich neben dem Anleger befand. Fünf Minuten später waren die beiden auf dem Boot, komplett mit einer Angel, die im Preis mit drin war.

»Vielleicht kriegen wir wenigstens was Anständiges zum Abendessen«, brummte der Vater.

Die Tour war eine dieser typischen Touristentouren: ein ausrangierter Kutter, auf den für viel zu viel Geld ein Haufen Urlauber geladen wurde, die für ein paar Stunden ihre Angeln in den Atlantik halten durften in der Hoffnung, irgendeinen Fisch zu fangen. Meist kamen die Leute nur mit einem Sonnenbrand zurück.

Alle möglichen Typen waren dabei: Profis mit Anglerhüten, an denen Haken in allen Größen befestigt waren; die Noppenhandschuhe trugen und Angeln dabeihatten, deren Trommeln golden in der Sonne glänzten und so groß waren wie Menüteller. Amateure, die ihre Angeln, kurz vor der Abfahrt noch in einem Souvenirladen gekauft, erst auf dem Boot aus der Plastikverpackung rissen und nun bemerkten, dass die beigelegten Haken und Leinen nicht einmal für einen kleinen Bonito reichen würden. Dazu trieben sich Frauen auf dem Boot herum, die auf nichts weiter hofften als einen netten Ausflug, bei dem die Lichtreflexion des Meeres sie noch brauner machen würde; und Kinder, die sich wünschten, einmal einen wirklich großen Fisch aus der Nähe zu sehen, damit sie zu Hause damit angeben konnten. Alles, was die Veranstalter der Tour für einen Preis von sechzig Mark pro Person stellten, war eine Angel pro Person und eine Tonne voll zerfledderter Fischreste, die als Köder dienen sollten.

Aus irgendeinem Grund hatte Gurskys Vater eine besonders starke Angel mit einem Riesenhaken erwischt. Damit fange er entweder einen Wal oder gar nichts, sagte er.

Gursky sah zu, wie sein Vater den Kopf eines Schnappers so auf dem Haken befestigte, dass dieser nicht mehr zu sehen war. Er war beeindruckt, wie *professionell* das aussah.

Ob er schon mal geangelt habe, fragte Gursky.

»Früher, ein paarmal«, sagte sein Vater. »Auf den Reisen, von denen ich dir erzählt habe.«

Aber das sei lange her.

Nachdem das Schiff etwa eine halbe Stunde lang in südlicher Richtung herausgefahren war, stellte der Kapitän den Motor ab. Einer der drei Matrosen, ein besonders abgerissener mit Ölflecken auf dem Hemd, erklärte den Touristen, dass sie nun für zwei Stunden die Angeln auswerfen könnten. »Oder sonnenbaden, wenn Sie mögen, meine Damen!«

Die Gäste folgten dieser Anweisung, doch während die meisten von ihnen sich für die Ostseite des Schiffes entschieden, angelte Gurskys Vater an der Westseite.

»So blöd sind die Fische nun auch wieder nicht, dass sie nicht merken, wenn auf einmal hundert Köder auf einem Haufen schwimmen«, sagte er etwas verächtlich.

Dann sagte er erst mal gar nichts mehr.

Gursky stand neben seinem Vater an der Reling und sah zu, wie er den Köder im Wasser bewegte und mal tiefer und mal höher auslegte – doch irgendwann wurde ihm langweilig, außerdem bekam er gerade einen Sonnenbrand an den Unterarmen. Tatsächlich so öde, wie sie alle immer sagen, das Fischen, dachte Gursky. Nicht mal einen Wellengang gab es, das Meer war spiegelglatt.

Gursky wollte gerade unter das Verdeck des Bootes gehen, unter dem sich mittlerweile auch die Frauen, Kinder und einige frustrierte Amateurfischer sammelten, als sein Vater leise aufschrie.

»Na bitte!«, sagte er, und in seinem Gesicht erschien ein Lächeln, das dem Wasser zugewandt war.

»Na bitte!«

Sofort begann Gurskys Vater damit, das, was am Haken hing, heranzuholen, aber offensichtlich war das nicht so leicht.

»Muss ein Großer sein«, sagte er, wieder viel mehr zu sich als zu Gursky, der ihn beobachtete.

»Muss ein sehr Großer sein!« Die Schnur schnitt jetzt durchs Wasser und klang wie eine reißende Gitarrensaite.

»So schnell kriegst du mich nicht!«, sagte Gurskys Vater zu dem Fisch, den er noch nicht mal gesehen hatte.

»So schnell kriegst du mich nicht, mein Junge!«

Er riss an der Angel, um den Köder richtig im Maul des Tiers zu verankern; dann ließ er die Leine ein Stück weit laufen, bevor er wieder damit begann, sie einzuholen, um den Fisch unter Spannung zu halten.

So konzentriert hatte Gursky seinen Vater noch nie gesehen.

Der abgerissene Matrose hatte mittlerweile bemerkt, dass Gurskys Vater etwas an der Angel hatte, das sich nicht so leicht fangen ließ. Mit einer Zigarette im Mund kam er zu den beiden herüber:

»Na, zu groß für Sie, der Kerl?«

Gurskys Vater schwieg und konzentrierte sich weiter darauf, die Angel im richtigen Moment zu heben und zu senken, um Schnur zu gewinnen.

Dann sahen sie den Fisch: Er war etwa zehn Meter vom Boot entfernt und nur wenige Zentimeter unter der Wasseroberfläche, sodass seine Rückenflosse zu sehen war. »Mein Gott!«, rief Gurskys Vater.

»Jesus!«, rief der Matrose.

»Es ist ein Hai!«, rief Gursky, vollkommen außer sich. »Es ist ein Hai!«

Schweiß tropfte vom Schädel des Vaters, während er weiter mit dem Hai kämpfte, der seinen Kopf im Wasser jetzt von einer Seite auf die andere warf, um den Köder loszuwerden. »Lassen Sie ihn gehen!«, schrie der Matrose Gurskys Vater an, als der Hai näher kam.

»Um nichts in der Welt!«, schrie der Vater zurück, während sich seine Muskeln so spannten, wie Gursky es niemals für möglich gehalten hätte.

»Das Tier ist gefährlich!«, brüllte der Mann nochmal. »Außerdem werden Sie ihn mit dieser Leine eh nicht an Bord holen können, wenn sie überhaupt halten sollte!«

»Ich habe für diesen Trip bezahlt«, brüllte Gurskys Vater zurück, noch lauter: »Also verschwinden Sie jetzt und lassen mich angeln!«

Der Mann warf seine Zigarette auf den Boden und verschwand, kopfschüttelnd – wie ein Hund, der im Kampf um die Führung des Rudels unterlegen war, dachte Gursky.

Sein Vater hingegen wirkte so kraftvoll wie nie: In regelmäßigen Bewegungen holte er das Tier immer näher an das Boot heran und ließ ihm immer weniger Raum, bis er es kontrollierte und der Hai völlig erschöpft etwa einen halben Meter vor dem Schiffsrumpf trieb.

Inzwischen hatten die zwei anderen Matrosen bemerkt, was vor sich ging, und kamen mit zwei Holzstäben, an denen dicke Schlaufen befestigt waren, zu den beiden herüber. Die Matrosen beugten sich über die Reling, gaben Gurskys Vater die Anweisung, den Hai noch etwas höher zu ziehen, dann schlangen sie die Schlaufen um die Schwanzflosse des Tiers und hievten den Hai, dessen Maul immer noch schnappte, langsam zu dritt an Bord.

Der andere Matrose, der Abgerissene, hatte trotz seines Streits mit Gurskys Vater nun doch dafür gesorgt, dass die Kinder und die anderen Angler, die natürlich langsam etwas mitbekommen hatten, Abstand hielten, als der Hai an Bord klatschte. Auch hatte der Abgerissene sich einen dicken Knüppel besorgt, mit dem er jetzt so lange auf den Kopf des Hais einhämmerte, bis dieser nicht mehr zuckte.

Erst dann konnten Gursky und sein Vater einen Blick auf das Tier werfen. Eine Menschentraube sammelte sich um die beiden.

»Er hat einen Hai gefangen!«, sagte eine Frau, die Gursky aus heutiger Sicht als sexuell erregt beschreiben würde.

»Ist es ein Weißer?«, fragte ein Junge.

»Es ist ein Mako«, sagte einer der Profiangler.

Es war tatsächlich ein Mako, eine der angeblich gefährlichsten Haiarten überhaupt. Damals wusste Gursky das natürlich nicht, doch der Angler erklärte ihm, dass man einen Makohai an seiner deutlich blauen Färbung erkennt, an seinem langen Maul mit der konisch zugespitzten Schnauze und den fast s-förmig gewundenen Zähnen, die zu den schärfsten der Tierwelt gehören.

»Das ist einer der Räuber, denen man nicht vors Maul kommen möchte«, sagte der Mann mit einem anerkennenden Blick zu Gurskys Vater, der vor dem zweieinhalb Meter langen Tier stand und zitterte.

Aber er strahlte auch: Er strahlte wie ein Mann, der etwas geleistet hat, was ihn selbst überrascht; wie jemand, der eine schwere Prüfung bestanden hat, die sich vorher nicht angekündigt hatte.

Er war stolz auf sich, zum ersten Mal seit Jahren.

Und Gursky war stolz auf ihn.

Auf die Kraft, die er an diesem Tag ausstrahlte.

Er sah glücklich aus.

Zurück im Hafen verschenkte der Vater den Hai an einen Fischer, der am Anleger stand, aber nicht, ohne vorher einen Zahn aus seinem Maul zu brechen, in den er einen Anhänger bohren ließ, damit man ihn an einer Kette befestigen konnte. Diesen Zahn überreichte er seinem Sohn mit einem Lächeln. »Damit du deinen Heldenvater nie vergisst!«, scherzte er und strich Gursky mit der Hand durch die Haare.

Es ist dieser Zahn, den Gursky an jenem Abend im Tong Po Laug um den Hals trug und den er an fast jedem Tag der letzten zweiundzwanzig Jahre umgehabt hatte.

Zuerst war er nichts weiter gewesen als ein Beweis für das Abenteuer seines Vaters, das Gursky gleich nach seiner Rückkehr aus Gran Canaria jedem erzählte, der ihm über den Weg lief. Je öfter er die Geschichte aber erzählte und je mehr er sie mit allen möglichen gefährlichen Details ausschmückte, um sich durch die endlose Wiederholung nicht zu langweilen – wie dass der Mako über die Reling sprang und nach Gursky selbst schnappte oder dem Vater fast den Unterschenkel abbiss oder zwei noch viel größere Makos das Boot angriffen, um den Hai zu retten –, umso mehr begann Gursky, sich für Haie so zu interessieren wie für nichts anderes auf dieser Welt.

Es wurde eine Art Manie daraus.

Zu jedem Anlass, Weihnachten oder Geburtstag, ließ Gursky sich Bücher von Wissenschaftlern und Tauchern schenken; von den Menschen also, die Haie gesehen und fotografiert hatten, wovon es damals nur sehr wenige gab. Gursky verpasste keine Filmdokumentation im Fernsehen, und auch die Kinofilme, in denen Haie eine tragende Rolle haben, sah er sich an. Natürlich war neben »Die Tiefe« und »Tim und der Haifischsee« auch »Der weiße Hai« von Steven Spielberg dabei, der beste Horrorfilm, der je gedreht wurde, und auch in die schlechten Fortsetzungen des Films, die Teile zwei, drei und vier, ging Gursky dreimal hintereinander, nur um die Haie zu sehen. Die Popstarposter an der Wand seines Zimmers tauschte er gegen Bilder von Haien – Fotos und Zeichnungen von Tigerhaien, Makos, Blauhaien, Weißen, Hammerhaien, Riffhaien, Heringshaien, Bullenhaien, Wobbegongs, Sägehaien und Weißspitzenhochseehaien.

Die Tiere wurden zum Mittelpunkt seines Lebens.

In der Schule, besonders im Kunstunterricht, hielten sie Gursky für einen Irren, denn selbst wenn er bloß einen anderen Schüler porträtieren sollte, gelang es ihm, auf dem Bild noch einen Hai unterzubringen, als Leitmotiv sozusagen.

Gursky vertiefte sich in ihre Geschichte, die über vierhundert Millionen Jahre weit reicht; er studierte Erzählungen von Historikern, in denen angeblich ganze Kolonnen schiffbrüchiger Seefahrer von Haien gefressen wurden. Er las von den polynesischen Inselvölkern, die ihre Kinder in abgeriegelten Bassins voller Haie baden ließen, damit die sich so früh wie möglich daran gewöhnten, dass sie im weiteren Verlauf ihres Lebens immer wieder auf die Tiere treffen würden; und von den Ereignissen im Juli 1916, als ein Weißer Hai die Küste New Jerseys in Angst und Schrecken versetzte und vier Menschen tötete.

Und je mehr Gursky sich mit den Haien beschäftigte, umso mehr faszinierten sie ihn: Er bewunderte das Design ihrer Körper, die Stromlinienförmigkeit, die für viele Kampfflugzeuge Vorbild war; er bewunderte die Kraft, Schnelligkeit und Eleganz der Tiere.

Am stärksten aber beeindruckten ihn die Sinne des Hais: neben den durchaus anständigen Augen, dem sehr guten Gehör und dem hervorragenden Geruchssinn vor allem das Seitenlinienorgan, mit dem der Hai über Haarzellen in der Haut Wasserbewegungen ertasten kann – so als läge ein Neuronenfeld um ihn herum, das ihm jeden Eindringling meldet, der seinen Bereich betritt. Für den Menschen wäre das in etwa so, als würde er den Schubs oder Schlag eines Feindes schon spüren, bevor er am Körper auftrifft.

Das größte Sinneswunderwerk des Hais aber, und das, was Gursky am meisten bewunderte, waren die Lorenzinischen Ampullen: eine Vielzahl kleiner Kapselpaare in der Schnauze, gefüllt mit einer gallertartigen Flüssigkeit, mit der der Hai elektrische Felder wahrnimmt und ortet: Herzschlag und Muskelkontraktionen eines potenziellen Opfers genauso wie die Reststrahlung einer leeren Batterie oder die Vibrationen eines Schiffsmotors. In Kombination mit dem Seitenlinienorgan sind die Lorenzinischen Ampullen das beste Sinnesorgan, das die Natur je geschaffen hat: ein System, das dem eigenen Schutz genauso dient wie dem Angriff; eine Art Radarstation, eine eigene Atmosphäre. Der Hai erkennt und durchdringt alles.

Gursky war von dieser Tatsache so ergriffen, dass er fast ein erotisches Verhältnis zu den Tieren entwickelte.

Da das aber, was besser und effektiver ist als wir selbst, uns auch immer Angst macht, begann Gursky, bei aller Faszination auch eine wachsende Furcht, ja, eine regelrechte Phobie vor den Tieren zu entwickeln. Es ist ja bekannt, dass Spielbergs Film vielen Menschen eine nie gekannte Angst vor Haien, speziell den Weißen, eingeimpft hat, obwohl gerade Weiße Haie in den Meeren dieser Welt eher selten vorkommen und die meisten Angriffe auf Menschen eher dem Bullenhai anzurechnen sind. Schon ein paar Tage nach dem Start des Films in Amerika gerieten Leute, die ihr Leben lang gute Schwimmer gewesen waren, auf einmal grundlos in Panik, wenn sie den Meeresgrund nicht mehr sehen konnten. Ältere Männer und Frauen wurden nach einem Bad im Atlantik mit Herzattacken in Krankenhäusern, eingeliefert, obwohl sie eigentlich gesund waren und kein einziger Hai gesichtet worden war; und die Psychoanalytiker freuten sich über den Zulauf von Stadtbewohnern, die stundenlang über Albträume redeten, in denen Haie vorkamen. Spielberg und Peter Benchley, der Autor des Buches, hatten das Meer, das bislang als Badeparadies gegolten hatte, zu einer für den Menschen unkontrollierbaren Hölle gemacht.

Es war bei Gursky nicht der Film allein, der für seine Furcht vor den Tieren verantwortlich war: Zwar prägte auch er Gurskys Horrorvorstellung, beim Schwimmen von einem Hai attackiert zu werden, ohne das Tier vorher überhaupt zu bemerken; doch es war auch sein Wissen über die Perfektion und Effizienz der Haie, das ihn sie fürchten ließ – und eben die Tatsache, dass er einmal, auf dem Boot vor Gran Canaria eben, einen echten Hai gesehen hatte, noch dazu einen der gefährlichsten. Und den Beweis für die Gefahr, die von einem solchen Tier ausgehen konnte, trug Gursky ja um den Hals – den Zahn nämlich, der ihm nachts allein vom bloßen Draufliegen oft die Brust blutig ritzte.

Als kleiner Junge war Gursky ein leidenschaftlicher Schwimmer und Schnorchler gewesen, doch schon beim nächsten Urlaub auf den Kanarischen Inseln, diesmal war es Teneriffa, traute er sich kaum noch ins Wasser. Die Eltern wunderten sich, und als sie Gursky fragten, warum er nicht wie früher stundenlang im Wasser blieb, wich er aus und erklärte ihnen, er könne aus irgendeinem Grund das Salzwasser nicht mehr auf der Haut ertragen.

Dann solle er doch in den Pool gehen, empfahlen die Eltern.

Doch sogar im Hotelpool bekam Gursky Angst und nicht einmal nur im tiefen Teil des Beckens, sondern auch dort, wo es flach war. Berührte ihn jemand am Fuß, ein Kind oder anderer Schwimmer, setzte sein Herz sofort einen Schlag aus, da er dachte, der Hai sei schon an ihm dran und beginne gerade damit, ihm mit seinen sieben Zahnreihen ein Bein abzureißen. Der Verlauf dieser Panikattacken war immer gleich: Schon nach wenigen Sekunden im Wasser formierte sich die Vorstellung eines Hais in Gurskys Kopf, zuerst vage und verschwommen, dann aber immer präziser – so lange, bis Gursky an nichts anderes mehr denken konnte als an ein Riesengebiss hinter ihm. Er begann hektisch zu zappeln und voller Hast zum Beckenrand zurückzuschwimmen. Erst wenn er wieder aus dem Wasser war, beruhigte sich seine Atmung; und jedes Mal fühlte er sich so, als sei er gerade nochmal dem Tod entronnen.

Natürlich war das lächerlich – wie hätte sich ein Hai im Pool verirren können? –, aber Angst fragt nicht nach Gründen, und die Natur einer Phobie ist es ja gerade, dass sie sich in dem Moment, in dem sie einsetzt, jedes Szenario ausmalt, auch das unmöglichste, solange es nur grauenvoll genug ist.

Der Hai wurde zu einem Trauma, das Gursky nicht mehr loswurde, zu einem Automatismus, dessen Schlüsselreiz das Wasser war.

Gursky ging immer weniger schwimmen, und wenn, dann nur dort, wo sich die Mütter mit ihren Kleinkindern aufhielten und es so flach war, dass ein angreifender Hai auf Grund gelaufen wäre.

Von einem netten kleinen Souvenir an ein Erlebnis mit seinem Vater wurde der Zahn also zu einem Symbol für Gursky: zu einem Symbol, so kann man es ruhig sagen, für die stetige Koexistenz von Liebe und Angst, von Bewunderung und Furcht, von Respekt und Hass. Der Zahn wurde zu einer Art religiösem Zeichen, wie das Yin und Yang der Buddhisten oder das Kreuz der Christen.

Er wurde zu Gurskys Glauben.

Im Laufe der Jahre wurde die Haifaszination natürlich wie alle großen Jugendleidenschaften etwas verdrängt von anderen Dingen, die in Gurskys Leben traten: von den Mädchen, in die er sich verliebte; von irgendwelchen Sportarten, die er ausübte, weil sie gerade in Mode waren, wie Tennis oder Boxen; von Drogen, die Gursky aus den gleichen Gründen ausprobierte, und von den Überlegungen, was mit seinem Leben anzufangen sei, die ihn schließlich über ein Praktikum zu dem Job als Fernsehmoderator brachten.

So ganz verschwanden die Haie aber nie aus Gurskys Leben: Auch mit dreißig sammelte er noch jeden Zeitungsschnipsel, der eine Haigeschichte erzählte, egal ob es nun um die Forschung ging oder um Angriffe an den Küsten dieser Welt. Gursky hatte ein Buch angelegt, in das er all diese Artikel und Fotos einklebte; eine »Enzyklopädie des Hais«, wie er es nannte.

Das Buch hatte er auch nach Kuba mitgebracht, denn seit ein paar Monaten hatte der Hai wieder von Gursky Besitz ergriffen; täglich ein paarmal musste er an ihn denken, so wie andere Männer vielleicht an ihre Geliebte denken oder an verpasste Chancen und Gelegenheiten im Leben.

Und auch hier, auf Kuba, dachte Gursky an den Hai.

Denn hier wollte er einen fangen.

Mag sein, dass dieser Wunsch mit seiner bevorstehenden Heirat zu tun hatte und mit dem Kind, das die beiden bald haben würden. Möglich, dass Gursky auch nur der Meinung war, er müsse erst seine Angst besiegen, bevor er eine Familie gründen könnte. Und vielleicht wollte er auch noch einmal in seinem Leben etwas tun, was mit der Art Freiheit zu tun hat, wie sie in den Büchern von Joseph Conrad, Hemingway oder Melville beschrieben wird – mit dem Kampf gegen und dem Sieg über die Kräfte der Natur in einer Welt, die immer weniger mit der Natur zu tun hat.

In der alle nur Videos gucken. Oder Videos ansagen.

Am ehesten aber, dachte Gursky, der nun schon etwas betrunken war, geht es wohl um die Rolle der Bewegung, denn Haie, zumindest die großen Menschenhaie, sind immer in Bewegung, sie schwimmen andauernd, und ist es vorbei mit der Bewegung, ist es vorbei mit den Haien: Sie sinken still auf den Grund, bleiben dort liegen und sterben, ihre Existenz als Jäger und Räuber ist zu Ende.

Und weil auch Gurskys Existenz als Moderator zu Ende gegangen war, der vor Nathalie mit so ziemlich jedem Groupie geschlafen hatte und der die Menschen im Fernsehen beleidigt hatte folgerte er, müsste er hier, auf Kuba, einen Hai fangen, *seinen* Hai – den Hai, der seine Leidenschaft zu einem würdigen Abschluss bringen und ihm das bedeuten würde, was er damals auch seinem Vater bedeutet hatte: sich noch ein einziges Mal in seinem Leben wirklich fallen zu lassen also, einmal wirkliche Energie aufzubringen für ein Erlebnis, dessen Ausgang er noch nicht kannte.

Es sollte, so kann man es sagen, die letzte Tat eines alten Lebens werden, der Abschluss; und gleichzeitig die erste Tat einer neuen, ruhigeren Existenz. Die Akzeptanz des Stillstands; der Beginn, die Dinge ernst zu nehmen.

Kuba, da war sich Gursky sicher, ist ein guter Ort für ein

Unternehmen dieser Art, denn viele der Kubaner, die auf selbst gebauten Flößen nach Florida in den amerikanischen Kapitalismus flüchten wollten, kamen nie dort an, weil sie auf ihrem Weg dorthin von Haien angegriffen und zerfleischt wurden. Die Haie übernahmen praktisch den Job der Küstenwachen der beiden Staaten.

Der Atlantik, die Karibik, der Golf von Mexiko, der voll ist von Hammerhaien, Tigerhaien und auch Weißen, ist nah, das macht Kuba perfekt für meinen Plan, dachte Gursky im Tong Po Laug – und sobald ich jemanden gefunden habe, der mich rausfährt, mache ich mich auf den Weg zu meinem Hai, den ich, anders geht es nicht, töten werde, mit meinen eigenen Händen, so wie der Hai Thunfische, Robben und Barsche tötet, so wie es die Nahrungskette befiehlt.

Es war spät geworden mittlerweile, die Sonne war schon seit ein paar Stunden untergegangen, aber trotzdem klebte das Militärhemd noch an Gurskys Haut, als sei er gerade joggen gewesen. Das amerikanische Paar, die beiden hatten nur einen Salat gegessen, hatten das Tong Po Laug schon längst verlassen und betranken sich nun sicher mit Cuba Libres in einer der Bars, wie es alle Touristen tun, die nach Havanna kommen, in der Hoffnung, eine Zeit lang die Illusion des Havanna von früher zu erleben.

Gursky trank den letzten, schon warmen Schluck seines Biers, zahlte die Rechnung und ging zurück ins Hotel Sevilla in der Nähe des Revolutionsmuseums. Als er sein Zimmer betrat, begrüßten ihn zwei zu Schwänen gefaltete Handtücher und ein handgeschriebener Zettel, auf dem stand, dass Nathalie versucht habe, ihn zu erreichen.

Niedlich, der Sozialismus, dachte Gursky, als er die Schwäne betrachtete und Nathalies Nummer wählte, um ihr zu sagen, dass es ihm gut ging hier in Havanna und er sie vermisse. Er sagte ihr auch, dass er sie liebte.

III. Die Unterhose

Gursky hatte Ernest Hemingway als Schriftsteller immer gern gehabt, die zwei Bücher, die er gelesen hatte zumindest, aber Hemingway fing an, Gursky etwas auf die Nerven zu gehen, seit er sich auf Kuba befand: Überall, an jeder Straßenecke, wurde auf Hemingway verwiesen oder hing ein Bild, eine Büste, ein Autogramm von ihm – er war so penetrant wie Tourplakate der Rolling Stones.

Genauso war es mit Che und Fidel: ebenfalls nicht zu ertragen in ihrer Massierung, in der stetigen Stilisierung zu Popstars in Großbuchstaben.

So auch in der Bar Floridita, in der Gursky nun, nach einem Tag, den er unter brennender Sonne spazierend an Havannas Küstenpromenade Malecón verbracht hatte, inmitten eines Haufens lärmender Touristen vor einem Mojito saß.

Die Bar selbst war eigentlich recht hübsch: Die Kellner trugen Livreen, und mit der polierten Holztheke, dem Schummerlicht, den blumentapezierten Wänden und den roten Samtvorhängen, die von der Decke hingen, war das Floridita tatsächlich noch einer der wenigen Orte, der die Revolution zumindest äußerlich unbeschadet überstanden hatte. Gursky konnte sich sehr gut vorstellen, wie vor mehreren Jahrzehnten Mafiosi und Geheimdienstler hier herumgesessen hatten oder auch der Diktator Batista, der später dann von Castro verjagt wurde.

Bestimmt hatte damals auch die Art Band gespielt, der Gursky seit einer halben Stunde zuhörte: ein Trio in roten Samtjacketts mit Standbass, Gitarre und Geige, das einmal – endlich! – nicht die offensichtlichen Kubahymnen spielte, sondern alte Lieder, die Gursky zwar nicht kannte, die ihn aber trotzdem irgendwie gefangen nahmen, weil die Kunst der Musiker so offensichtlich war: Im Gegensatz zu den

Popstars, die er in »Gurskys Welt« immer hatte ankündigen müssen, ging es bei ihnen nämlich darum, möglichst viel Talent möglichst zurückhaltend zu präsentieren und nicht umgekehrt. Besonders an dem Geiger, dem kleinsten der Männer, gefiel Gursky, wie er seine Virtuosität ausspielte, ohne sich in den Vordergrund zu drängen und mit seinen Fähigkeiten anzugeben.

Diese Bescheidenheit war wohltuend.

Gursky musste an Nathalie denken, als er das Trio beobachtete, mit der er vorhin noch telefoniert hatte, denn irgendwie ähnelte sie in ihrer Art dem Geiger: Auch sie hatte eine Bescheidenheit an sich, die ihr bei allem, was sie tat und sagte, eine gewisse Ernsthaftigkeit verlieh. Vielleicht war sie die erste wirkliche Frau, mit der er je zusammen war, und Gursky wünschte sich, sie könnte jetzt auch hier sein, neben ihm, um all das zu teilen.

Und genau in diesem Moment, in dem Gursky sich fragte, ob der Grund für diesen Wunsch nur seine Liebe zu ihr war oder auch die Tatsache, dass er sich langsam etwas einsam vorkam auf Kuba, nun, genau in diesem Moment öffnete einer der livrierten Kellner des Floridita die Tür und führte den einzigen Menschen hinein, den Gursky hier niemals zu treffen erwartet hätte.

So denkt natürlich jeder Mensch, der irgendwo, auf irgendeiner Reise, in irgendeinem Land zufällig einen Bekannten aus vergangenen Zeiten trifft, aber in Gurskys Fall war es tatsächlich eine Sensation, denn es gab nur einen einzigen Mann, mit dem er mal die Unterhosen getauscht hatte – und genau dieser Mann stürzte jetzt, ohne Gursky zu bemerken, an die Bar, fragte nach Zigaretten und bestellte sich einen Drink, ebenfalls einen Mojito.

Es gab keinen Zweifel daran, dass er es war, aus mehreren Gründen: Zum einen konnte Gursky im Leben nicht das Gesicht des Menschen vergessen, der mal seine Unterhose anhatte; außerdem war das beigefarbene Jackett des Mannes, den Gursky von seinem Platz aus nur von hinten sehen konnte, so perfekt geschnitten, wie es nicht oft vorkommt. Auch die Haare kamen hin, soweit Gursky das erkennen konnte: schwarz und nach hinten gekämmt, aber trotzdem nicht fettig. Das Einzige, was Gursky wunderte und einen Augenblick lang zweifeln ließ, war die Tatsache, dass der Mann allein hier war, in dieser Bar, denn allein hatte Gursky ihn nur ein einziges Mal getroffen – sonst hatte er immer ein Gefolge dabei, das ihm jeden Wunsch von den Augen ablas.

Kurz, ganz kurz nur, überlegte Gursky, einfach den Namen des Mannes zu rufen, um die Situation aufzulösen, doch dann entschied er sich dagegen.

Es handelte sich bei dem Mann nämlich nicht um einen Freund.

Sie kam Gursky sofort wieder in den Kopf, die Geschichte von ihm und dem Schriftsteller Lukas von Schweitzer.

Gursky hatte ihn zum ersten Mal vor etwa fünf Jahren getroffen: Schweitzer hatte damals gerade sein erstes Buch veröffentlicht, »Villeroy & Boch«, was ihn zu einer ziemlich heißen Nummer machte, da der Roman als eine Revolution in der deutschen Literatur gefeiert wurde.

Das Buch, ein 425-seitiger Briefroman aus der Sicht eines Kokainsüchtigen, der sich in seinem Badezimmer einschließt und am Ende verhungert, weil er vergisst, einkaufen zu gehen, sorgte für Aufsehen, weil der Erzähler – eigentlich andauernd beim Duschen, Rasieren oder Baden – voller Hass und Verachtung Deutschland beschrieb, egal ob es nun die Nazis, Franz-Josef Strauß, den Nemax, Euro oder die Zuwanderer betraf. Schweitzer, das war seine Leistung, zerlegte Deutschland so säuberlich wie ein Medizinprofessor die Leiche, die er seinen Studenten zum Sezieren vorlegt – so also, dass nur die Organe und das Skelett zu sehen waren und kein einziger Blutstropfen das Werk befleckte.

Ein paar Dinge wusste Gursky über Schweitzer. Er wusste, dass er ein Glückskind war, dem fast alles im Leben gelang und der so gut wie alles besaß: hübsche Sportwagen, hübsche Kleider, hübsche Drogen und die Bewunderung der hübschen Mädchen, wie es hieß. Er galt als Pingel, der keinen Fleck auf dem Anzug ertrug und sich angeblich schon ekelte, wenn er eine Banknote anfassen musste, weshalb er fast nur mit Kreditkarte bezahlte. Angeblich schwitzte Schweitzer auch nicht.

Sein Vater, ein mittlerweile verstorbener Ingenieur, hatte mit dem Patent für eine neue Landehydraulik für kleine Propellerjets einen Haufen Geld verdient, den er seinem einzigen Sohn vererbte. Weil Schweitzer das Geld gut angelegt hatte, konnte er sich jahrelang Reisen in alle Welt leisten. Außerdem hatte er keine feste Wohnung, weil er das spießig fand, sondern lebt meist in Hotelzimmern, wie Udo Lindenberg. Dazu spielte er sehr gut Gitarre und schrieb in letzter Zeit verstärkt Theaterstücke, die mit großem Erfolg aufgeführt wurden. In der Öffentlichkeit präsentierte sich Schweitzer gern als Dandy, der die meisten Menschen um sich herum – wenn überhaupt – höchstens mit der Schuhspitze berührte. Er hatte ein sehr starkes Stilempfinden und wusste immer genau, was gut und was böse war, was man lieben oder hassen sollte. Am hervorstechendsten aber war seine Kleidung, denn egal was er trug, ob Anzug oder Hose und Hemd, sie hatten fast immer dieselbe Farbe: Schweitzer kleidete sich hauptsächlich in Beige und sah deshalb immer so aus, als käme er direkt aus der Wüste oder von einer Urwaldsafari. Selbst seine Socken waren beige. Bis auf die Schuhe, die immer schwarz und poliert waren, galt für Schweitzer: He was so beige, beiger you can't be.

Weil Gursky diese Haltung lustig und unterhaltsam fand, lud er ihn eines Tages ein, in »Gurskys Welt« aufzutreten.

Schweitzer nahm an.

Das Vorgespräch verlief noch ganz gut: Die Praktikantin führte Schweitzer – wieder ganz in Beige bis auf das weiße Hemd, das er unter dem Anzug trug – rüber zu Gursky, die beiden gaben sich die Hand und machten einen kurzen Smalltalk. Was Gursky am stärksten auffiel, war, wie jung Schweitzers Gesicht wirkte, obwohl er sechs Jahre älter war als er – es sah aus wie das Gesicht eines Kindes, unverdorben trotz all dem, was er offensichtlich erlebt, gesehen und ausprobiert hatte.

Dann zeichneten sie die Sendung auf.

Sie wurde eine Katastrophe.

Welche Erwartungen genau er an Schweitzer gehabt hatte, war Gursky nicht klar gewesen, doch irgendwas wird schon gehen, dachte er, also stellte er Schweitzer vor als »Boy in Beige, der meint, ganz Deutschland gehört nochmal bombardiert«. Dann stellte Gursky die Art Fragen, die er auch Christina Aguilera, Madonna und den Jungs von Echt gestellt hatte – beleidigende Fragen, die man nur mit Ironie besiegen konnte:

»Ich habe gehört, du duschst dreimal am Tag?«

»Stimmt es, dass du kokainsüchtig bist?«

»Spiel doch mal was auf der Gitarre vor!«

Das Problem aber war, dass Schweitzer keine Selbstironie besaß: Er war kalt, glatt, unsympathisch.

Das Schlimmste aber: Er schwieg einfach. Und wenn er redete, beantwortete er die Fragen, auf die Gursky sich ein »Ja« erhoffte, mit »Nein« und umgekehrt.

Gursky wusste, dass Schweitzer log und trotzreaktionär vorging, aber das half nichts, denn Schweitzer weigerte sich, in irgendeiner Form auf Gursky einzugehen: Er ignorierte ihn und ließ ihn einfach gegen die Wand laufen. Er höhlte Gurskys ganzes Konzept aus.

Es war der größtmögliche Gegensatz zweier Systeme.

Gursky war außer sich und unterbrach die Aufzeichnung: »Was ist das hier für ein Riesenschwachsinn?«, brüllte er Schweitzer an – »Wofür hältst du dich eigentlich?«

»Es tut mir Leid, aber ich weiß nicht, was Sie von mir wollen«, antwortete Schweitzer.

Dass Schweitzer ihn auch noch siezte, machte Gursky noch wahnsinniger.

Als die Kamera wieder lief, sagte Schweitzer nur einen einzigen Satz: »Mein Buch richtet sich auch gegen Sendungen wie diese.«

Cut! Cut! Cut!

Die Folge wurde nie gesendet, unter anderem auch deshalb, weil Gursky das Tape vernichtete.

Es war eins der wenigen Male, dass eine produzierte Folge von »Gurskys Welt« nicht erschien.

Es geschah auch erst mal nicht wieder, doch trotzdem ging Gursky der Zwischenfall eine lange Zeit nicht aus dem Kopf: Er steckte wie ein nicht zu entfernender Nagel in seinem Stolz, wenn er daran dachte, dass er in seinem Metier, seinem Fach, von jemandem geschlagen worden war. Und er verstand – zumindest damals – nicht genau, wie das hatte passieren können.

Er verstand Dinge wie Frechheit, Arroganz, Hass und Unverschämtheit. Er verstand Unhöflichkeit, Dreistigkeit und Dummheit. Mit all diesen Dingen konnte er umgehen.

Was er nicht verstand, war, wie ein Mensch so kalt und undurchdringlich sein konnte.

Er musste zugeben, dass es ihn faszinierte, so sehr Schweitzer ihn sonst mit seinem Getue auch anwiderte: Was war los mit ihm, dass er im Angesicht der Kameras, wo jeder Mensch durchdrehte und die Kontrolle über sich verlor, so ruhig blieb?

Etwas konnte nicht stimmen mit diesem Mann.

Sie sahen sich eine längere Zeit nicht wieder: Gursky arbeitete an seiner Sendung und machte das legendäre Jackson-Interview; Schweitzer verschwand nach Mexiko, um ein paar neue Drogen auszuprobieren, die ein Schamane dort erfunden hatte.

Ein Jahr später lernte Gursky bei einem Essen, das ein paar Freunde ausrichteten, Christina kennen, Schweitzers Freundin.

Sie mochte ihn nicht: Sie hasste »Gurskys Welt« und das, wofür die Sendung stand; dazu fand sie die Show billig produziert und den Studioaufbau hässlich.

Gursky selbst fand sie einfach nur kindisch. Ganz hübsch vielleicht mit seinen kurzen blonden Haaren, ein gutes Fernsehgesicht.

Aber eben kindisch.

Christina ging es damals allerdings auch nicht besonders: Sie hatte gerade einen Job bei einem Lifestyle-Magazin angefangen und musste deshalb erst mal all die Arbeiten erledigen, die sonst keiner machen wollte: Texte über Verhütung schreiben, Mineralwasser testen und eine Frauengesprächsrunde über Männerpenisse leiten. Mit Arabella Kiesbauer und Meret Becker.

Der erste ernst zu nehmende Job, den sie angeboten bekam, war ein Interview.

Mit Gursky.

Die Voraussetzungen waren die denkbar schlechtesten: ein unerfreuliches Abendessen, dazu die Vorgeschichte mit Schweitzer, die sie von ihm natürlich in allen Einzelheiten erzählt bekommen hatte. Gursky selbst, der Beamtensohn, war überzeugt, sie sei nichts als eine verwöhnte Tochter aus den Hamburger Elbvororten, die sich durch ihren Freund den Aufstieg in die Intellektuellenkreise erhoffte.

Es sah nicht gut aus für das Gespräch.

Nach einer halben Stunde gegenseitigen Herumgezieres

aber passierte etwas: Christina hatte Gursky gefragt, ob es bei all seinen Beleidigungen auch etwas gebe, was er ironielos ernst nehmen könne und was ihn vielleicht sogar traurig machen würde.

»Bäume«, sagte Gursky.

»Wie bitte?«

»Die Bäume, die in Deutschlands Innenstädten herumstehen, machen mich traurig. Sie sind so einsam und bewegungslos, nie wird irgendjemand Kontakt zu ihnen aufnehmen. Das Beste, was ihnen passieren kann, ist, dass ihre Stämme immer dicker werden und sie sich immer fester im Boden verankern, auf Lebenszeit ohne Fluchtmöglichkeit.«

Gursky lächelte, als er das sagte, es war klar, dass er das auch mal wieder nur halb ernst meinte, und auch Christina musste lachen ob dieser überraschenden Kitschigkeit – doch weil Gursky zum ersten Mal etwas Herz gezeigt hatte, entstand eine Verbindung zwischen Christina und ihm, die offenbar Bestand hatte.

Das Gespräch jedenfalls bekam Swing und dauerte bis in den frühen Morgen.

Sie sahen sich dann öfter: Wenn Gursky am Wochenende aus Köln nach Hamburg zurückkam, rief er sie an, und wenn sie sich mit Gin Tonics betranken, fand er heraus, dass sie nicht bloß die Freundin eines Schriftstellers war: Sie hatte ihre eigenen Gedanken, ihre eigene Energie, und so kühl und professionell sie sich auch gab – irgendetwas war an ihr, das mehr von der Welt wollte als ein paar hübsche Kleider und einen Job, der ein paar tausend Mark im Monat brachte.

Sie liebte Schweitzer, das war klar, aber seine ständige Abwesenheit verletzte nicht nur ihre Gefühle, sondern auch ihren Stolz, was mindestens genauso schlimm war.

»Wie kannst du mit dem zusammen sein?«, fragte Gursky. »Der Kerl ist widerlich.«

»Magst du mich?«, fragte sie.

»Was für eine Frage! Ja!«

»Hältst du mich für jemanden, der Gefühle hat?«

»Natürlich! Was soll das?«

»Dann kann Schweitzer nicht so schlimm sein, wie du ihn dir vorstellst, oder?«

Gute Erklärung.

Schweitzer blieb länger weg als drei Monate: Von Mexiko aus reiste er nach Südamerika, von dort nach Indien, von dort nach sonst wo.

Sein Mädchen war erst traurig, dann wütend.

Sie verließ ihn ein paar Wochen später – nicht mal weil sie ihn nicht mehr liebte, sondern vor allem darum, weil er ihr offensichtlich nicht das Gefühl der Zusammengehörigkeit geben konnte, das sie brauchte. Und da sie eine Frau harter Entschlüsse war, gab es kein Zurück, obwohl er ihr in seiner Not nochmal alles versprach, soll heißen Hochzeit und Kinder.

Ein halbes Jahr lang verloren Gursky und Christina sich aus den Augen. Sie zog in eine andere Stadt, um von dem Erlebten wegzukommen. Als sie wieder in Hamburg war, meldete sie sich bei Gursky, und kurze Zeit später waren die beiden ein Paar.

Schweitzer hatte in der Zwischenzeit eine neue Freundin, eine hübsche Schauspielerin namens Nina Saalbach, die vor allem dadurch bekannt war, dass viele Menschen schlecht über sie redeten: Angeblich sei sie eine regelrechte Hexe, deren Hauptvergnügen darin läge, andere Menschen zu beleidigen. Sie war mit den typischen Frauenrollen in einem Haufen Fernsehspielen bekannt geworden: Für ihren Auftritt als Junkie in einem Fixerdrama bekam sie sogar eine Bambi-Nominierung. Als sie die Hauptrolle in einem Oskar-

Roehler-Film nicht bekam, verkündete sie ihren Abschied von der Schauspielerei mit dem Versprechen – oder der Drohung –, von nun an nur noch Drehbücher zu schreiben.

Sie und Schweitzer waren glücklich, hieß es; ein so genanntes Traumpaar. Man sagte, dass sie sich *perfekt ergänzten*. Man sagte, dass er *anders* war in ihrer Gegenwart.

Irgendwie ruhiger.

Christina und Gursky hingegen waren ein Albtraumpaar für Schweitzer; und es dauerte nicht lange, bis Phase zwei des Krieges zwischen Schweitzer und Gursky gezündet wurde.

Schweitzer startete einen regelrechten Propagandafeldzug gegen die beiden: Sich selbst redete er ein, Christina und Gursky hätten schon vorher was miteinander gehabt, zu seiner Zeit also; allen anderen erzählte er, Christina sei ein Flittchen und Gursky der größte Idiot, der je im Fernsehen existiert habe.

Er verleumdete Gursky in den Redaktionen aller Zeitungen, Magazine und der Fernsehwelt, zu der er gute Kontakte hatte. Gursky reagierte, indem er im Wesentlichen dasselbe tat: Er dachte sich Geschichten über Schweitzer aus, die er zum Teil auch im Fernsehen in der Klatschecke von »Gurskys Welt« erzählte; privat nannte er ihn eine Tunte, einen Abschreiber, einen Zwerg. Sogar finanziell rächte er sich mal an Schweitzer, indem er auf dessen Kreditkartennummer diverse Interkontinentalflüge buchte.

Natürlich merkte Schweitzer das nicht einmal.

Der Schlagabtausch, den die beiden abhielten, führte oft zu lustigen Situationen: Trafen sie sich mal zufällig irgendwo, sahen sie ungelenk aneinander vorbei wie zwei Transen, die mal was miteinander gehabt hatten, und auch, als Gursky und Christina schon lange nicht mehr zusammen waren, steigerte sich der Hass der beiden aufeinander noch, sodass gemeinsame Bekannte es schon nicht mehr ertragen konnten, weil sie dauernd zur Parteinahme gezwungen waren. Doch das störte Schweitzer und Gursky nicht wirklich.

Bis zu der Party im Hamburger Schauspielhaus, die im Dezember des vorletzten Jahres stattfand.

Der Anlass für die Party war die Premiere von Schweitzers neuem Theaterstück »Der braune Salon«, die am gleichen Abend stattgefunden hatte. Gursky hatte das Stück, das in einer Flughafen-Lounge spielt und von einer Gruppe Werbefilmer handelt, die mithilfe von Long-Island-Ice-Tea-Drinks in die zwanziger Jahre zurückreisen und dort ihre homosexuellen Neigungen ausleben, zwar nicht gesehen, war aber zur Party eingeladen, schließlich war er ja berühmt.

Das Stück war ein Riesenerfolg, damit auch die Party, und Schweitzer wurde hofiert von Lakaien, die – wie die Pilotfische, die den Haien im Wasser den Mund und die Kiemen säubern – jeden seiner Befehle befolgten und ihm auf Zuzwinkern den Anzug abstaubten, Drogen holten oder mit Geld aushalfen, obwohl er ja eigentlich genug davon hatte.

Gursky, schon ziemlich betrunken an diesem Abend, trug einen braunen Parka und sah aus wie ein Penner, während er durch die Partygäste schlenderte, die Musiker, Journalisten und Schauspieler. Er kam sich etwas verloren vor, weil sich gerade kein Mädchen fand, das er beeindrucken konnte.

Und als er sich mit einem Plastikbecher Rotwein an eine Ecke stellte, befand er sich auf einmal mitten in der Schweitzerkarawane, die inzwischen immer größer geworden war. Gursky und Schweitzer nickten sich nur kurz zu, und weil die Situation unangenehm war, ging Gursky zurück zur Bar.

Hier, und das machte die ganze Geschichte noch unglaublicher, als sie ohnehin schon war, begegnete Gursky Nathalie, seiner zukünftigen Frau.

Er hatte sie vorher schon einmal gesehen, vor ein paar Jahren auf einer Geburtstagsparty, und die beiden hatten sich auch damals sofort gemocht, aber viel mehr war eigentlich nicht passiert, weil Nathalie kurz darauf nach Berlin gezogen war und Gursky ja hauptsächlich in Köln lebte.

Sie stand hinter ihm, aber Gursky erkannte sie sofort an ihrer Stimme wieder. Er drehte sich um, und als er sie sah – sie trug einen pinkfarbenen Pullover mit V-Ausschnitt, eine alte Jeans und pinkfarbene Stiefel –, konnte er nicht anders, als ihr Gesicht in seine Hände zu nehmen und es zu küssen.

»He!«, beschwerte sie sich, lächelte aber.

»Ich habe dich vermisst!«, schrie Gursky fast und hatte in diesem Moment tatsächlich das Gefühl, die unbedingte Gewissheit, dass Nathalie eines Tages seine Frau sein würde und die Zeit nun endlich richtig sei – doch als er ihr das sagen wollte, stand plötzlich Schweitzer neben ihm und zupfte ihn schüchtern und vorsichtig am Arm.

»Dürfte ich mal kurz mit dir reden?«, fragte er.

Gursky war verwirrt: Was wollte der? Der ganze Krieg ging ihm im Kopf herum, all die Beleidigungen und Frechheiten, mit denen sie sich bekämpft hatten. Dann sah er Nathalie an und nickte. Besser schnell dieses Schweitzerhindernis aus dem Weg räumen, dachte er.

Schweitzer holte sich noch einen Becher Rotwein, dann zog er Gursky in eine Ecke des Foyers – und entschuldigte sich für all das, was in den letzten Jahren passiert war.

Gursky verstand nicht.

Schweitzer fuhr fort zu erklären, dass der Krieg zwischen ihnen ja eigentlich ein totaler Quatsch sei, dass er Gurskys Sendung sehr schätze, auch lustig fände, und man ja auch den gleichen Freundeskreis habe, weshalb jetzt langsam mal Schluss sein müsse mit der Feindschaft.

Gursky verstand immer noch nicht.

»Warum jetzt, warum hier?«

»Warum nicht jetzt, warum nicht hier?«, fragte Schweitzer zurück.

Da musste Gursky lachen.

Und auch Schweitzer lachte.

Es wäre bei diesem Frieden geblieben, hätte nicht auf einmal Colette, ein Mädchen, das in all den Jahren mit Gursky wie auch mit Schweitzer befreundet war, vor den beiden gestanden.

»Und?«, fragte sie.

»Alles geklärt?« Offensichtlich hatte sie Schweitzer animiert, zu Gursky herüberzukommen.

»Alles geklärt!«, antworteten Gursky und Schweitzer im Chor.

»Einfach so?«

»Einfach so«, sagten sie wieder.

»Nach all den Jahren des Krieges: Eine Entschuldigung, ein kurzer Händedruck – und das ist alles?«

Schweitzer und Gursky sahen sich an und zuckten mit den Schultern. »Schließt man einen Frieden nicht auf diese Weise?«

»Ihr braucht ein Ritual«, sagte Colette. Sie hatte wirklich immer sehr viele Ideen, die aus ihr rauswollten.

»Tauscht die Mäntel!«, befahl sie.

Gursky und Schweitzer sahen sich an, beide etwas verloren, gehorchten aber.

»An den Schultern etwas weit«, witzelte Gursky über Schweitzers Mantel, so als sei er wieder im Fernsehen.

»Ironiker!«, antwortete Schweitzer.

»Das reicht noch nicht«, sagte Colette und massierte ihr Kinn – »Irgendwie muss mehr Erniedrigung dabei sein.«

»*Noch* mehr?«, fragten Gursky und Schweitzer.

Es dauerte eine halbe Minute, dann hatte Colette die Lösung:

»Tauscht eure Unterhosen!«

»Niemals!«, schrie Schweitzer.

»Niemals!«, schrie Gursky.

»Doch – das ist die perfekte Versöhnung!« Colette war ganz außer sich.

Wieder sahen Gursky und Schweitzer sich an, aber diesmal etwas anders als vorher, mit einer Art neu erwachter Konkurrenz.

»Okay!«, sagten beide im gleichen Moment.

»Wo?«

»Auf der Toilette!«, rief Schweitzer.

»Auf der Empore des Saals!«, rief Gursky.

Gurskys Puls raste, als er Schweitzers Hand ergriff und ihn die Treppen zur Empore des Schauspielhauses hochzog. Die beiden rannten fast, um die Sache so schnell wie möglich hinter sich zu bringen.

Oben angekommen, setzten sie sich mit ihren Rotweinbechern in die Samtsitze und sahen auf die zur Tanzfläche umgestaltete Bühne herunter, auf der sich unter Stroboskopblitzen die Leute zur Musik irgendeines DJs bewegten.

Gursky fühlte sich nicht besonders wohl und dachte darüber nach, wie man das alles noch stoppen könnte, ohne das Gesicht zu verlieren, doch Schweitzer hatte schon vorgelegt: Auf einmal lag seine Anzughose zerknüllt am Boden, und er stand nur noch in Socken, Jackett, Schlips und Hemd neben Gursky, den er auffordernd ansah.

Auch Gursky ließ seine Hose zu Boden fallen.

Dann tauschten die beiden: Schweitzer bekam eine graue Unterhose von Calvin Klein, Größe M; Gursky eine von Helmut Lang, Größe S, natürlich beige.

Man kann sagen, dass Gursky das bessere Geschäft machte.

Zehn Sekunden später waren sie wieder bekleidet.

Sie lachten, aber es war eher ein verlegenes Lachen; eins,

das einzuschließen schien, dass keiner der beiden über diese Sache jemals ein Wort verlieren würde.

Und so hatten sie ihren Waffenstillstand.

Es wird nie wieder möglich sein, schlecht über Schweitzer zu reden, dachte Gursky – denn es ist nicht möglich, schlecht über einen Menschen zu reden, dessen Unterhose man mal getragen hat.

Kurz nachdem die beiden wieder unten im Foyer waren, verloren sie sich auch schon aus den Augen, denn sie hatten ja keine echte Freundschaft geschlossen, außerdem musste Gursky Nathalie suchen, mit der er noch in der gleichen Nacht nach Hause ging und dort blieb, bis heute – und von der er nun ein Kind erwartete.

Es war also eine Schicksalsnacht.

Schweitzer hingegen hatte er nie wieder gesehen seitdem, seit der Tauschaktion.

Bis zu diesem Abend im Floridita, als Schweitzer wie ein Derwisch durch die Tür geschossen kam und an die Bar sprang.

Und gerade, als Gursky sich zu überreden versuchte, dass derartige Zufälle, so unwahrscheinlich sie auch sein mögen, im Leben immer wieder passieren und nichts zu bedeuten haben; gerade also, als Gursky sich entschied, aus genau diesem Grund nichts zu tun und Schweitzer nicht anzusprechen – genau in diesem Augenblick lief Schweitzer dicht an ihm vorbei, wieder ohne Gursky zu erkennen, der in seiner kubanischen Soldatenuniform in der Ecke saß.

Diesmal aber bekam Gursky einen langen Blick auf Schweitzers Gesicht, und das, was er darin sah, erschütterte ihn.

Denn das junge Gesicht, das immer Schweitzers Markenzeichen gewesen war, war nicht mehr da: Die weichen Züge waren etwas anderem gewichen, einer erschreckenden Härte und Traurigkeit, die Gursky weder bei ihm noch sonst einem Menschen je gesehen hatte. Schweitzers Gesicht wirkte leer und starr und trotz seiner Bräune nicht farbig, sondern grau.

Und ohne nochmal darüber nachzudenken, was sicherlich klüger gewesen wäre, warf Gursky ein paar Dollar auf den Tisch, sprang auf und stürzte hinter Schweitzer her in die kubanische Nacht, die immer noch warm von der Sonne des Tages war.

IV. Der Tanz

Es fiel Gursky nicht leicht, seinem Unterhosenbruder durch die schlecht beleuchteten Straßen zu folgen: Schweitzer ging sehr schnell, rannte fast, und trotz seiner Geschwindigkeit hatte sein Weg keine Logik – er schien kein Ziel zu haben. Vielleicht lag es daran, dass er betrunken war; vielleicht war Schweitzer auch erst vor ein paar Tagen nach Havanna gekommen und kannte sich noch nicht so gut aus. Dagegen sprach allerdings, dass er die Orte, die er ansteuerte, schon von früheren Besuchen zu kennen schien. Es wirkte so, als erhoffe sich Schweitzer irgendetwas von den Bars, die er aufsuchte, vergaß nach seiner Ankunft dort aber sofort, worauf sich diese Hoffnung gerichtet hatte.

Schweitzer ging die Avenida Belgica in Richtung Capitolio hinunter, nachdem er das Floridita verlassen hatte; er bog ab zu einem kleinen Park, wo er sich vor dem angestrahlten Denkmal irgendeines Volkshelden eine Zigarette anzündete; dann machte er einen Schwenk zurück in Richtung einer Art Kirche, die Gursky aus seinem Baedeker wiederzuerkennen meinte. Ihr Name fiel ihm aber nicht ein, außerdem hießen die in spanischen Ländern ja eh alle gleich, immer irgendwas mit Cristo oder so. Schweitzer bog in die

Altstadt, wo sich betrunkene Musiker den wenigen Touristen, die um diese Zeit noch draußen waren, mit ihren Gitarren wie bewaffnete Guerilleros in den Weg stellten und Kleingeld forderten. Doch der Mann, dem Gursky folgte, verschwendete kaum einen Blick an diese Menschen, obwohl sie auch ihm einige Male den Weg versperrten; beständig setzte er seinen Weg fort, nun durch das Drachtentor des Chinesenviertels und am Tong Po Laug vorbei, Gurskys Langustenrestaurant.

Dann, um kurz nach eins, blieb Schweitzer vor dem Eingang einer Bar stehen: Los Tres Chinitos stand auf dem Schild darüber, auf das drei Chinesen gemalt waren, die irgendwie verschlagen aussehen sollten.

Es herrschte ein ziemliches Gedränge vor der Bar: Neben einigen wenigen Touristen standen ungefähr dreißig dunkle Kubanermädchen in bunten Kleidern davor. Eigentlich waren es keine Kleider, sondern ein- bis zweiteilige Latexhüllen, eng wie Kondome, in Hellblau, Pink und Neongelb; eher Hurenmode also.

Schweitzer verhandelte händefuchtelnd mit einem dicken Kubaner am Eingang, der sich davon nicht sonderlich beeindrucken ließ, sondern seinen Blick weiter auf die eintretenden Gäste richtete. Nach ein paar Minuten kam ein weiterer Mann, ein langer dünner diesmal, mit dem Schweitzer hinter einer Häuserecke verschwand.

Offensichtlich ging der Deal reibungslos über die Bühne, denn nach ein paar Minuten drängelte sich Schweitzer durch die Mädchen und an dem dicken Kubaner vorbei in die Bar.

Gursky ging ihm nach.

Er hatte schon gehört von dieser Bar, die ihm die wenigen Kubaner, die er bislang kennen gelernt hatte, als die »beste Bar Havannas« beschrieben hatten, weil sie angeblich voll sei mit Mädchen, Musik, Drinks und Drogen. »El paradiso!« hatten die Kubaner das Tres Chinitos genannt.

Es war schummrig und düster im Paradies, als Gursky eintrat; es roch nach Schweiß und Rum und Rauch, und aus den Boxen kam Techno mit spanischem Gesang, den Gursky erkannte, weil er ihn mal in seiner Show hatte ansagen müssen.

Eine schmale Treppe führte vom Erdgeschoss hoch in den zweiten Stock, und da Gursky Schweitzer unten nirgends entdeckte, stieg er die Stufen hoch zu einem kleineren Raum mit niedrigen Decken, in dessen hinterem Teil sich eine kleine Bühne befand, auf der eine mollige Frau mit toupiertem Haar in einem geblümten blauen Chinakleid stand und Karaoke-Lieder sang.

The thrill is gone ...

Sie klang ein bisschen wie eine gewürgte Ente.

Dort, an einem Tisch genau vor der Bühne, saß Schweitzer, inmitten von drei Latexmädchen von der Art wie sie auch am Eingang gestanden hatten: eine in Gelb, eine in Blau und eine in Pink.

Zum ersten Mal an diesem Abend überlegte Gursky, warum er Schweitzer gefolgt war. Wollte er ihn ansprechen und herausfinden, was mit seinem Gesicht passiert war? Oder war er ihm nur nachgegangen, weil er in dieser Stadt der einzige Mensch war, zu dem er eine Art Verhältnis hatte, wenn auch kein besonders gutes? Wollte er überhaupt irgendetwas mit ihm zu tun haben? Er wusste es nicht.

Ein Drink wäre gut, ein Drink gibt Zeit, dachte er und wühlte sich zur Bar durch, doch gerade, als er bestellen wollte, legte ihm jemand einen wunderschönen braunen Arm um die Schulter.

»Hola«, sagte das Mädchen und lächelte.

Auch sie trug Latex.

»Ähm – *Hola*!«, sagte Gursky und versuchte, sich aus ihrer Umarmung zu winden, was ihm schwer fiel, weil das

Mädchen tatsächlich sehr hübsch war und ungefähr zwei Meter lange schwarze Haare hatte.

»What's your name?«, fragte sie, während ihr anderer Arm Gurskys Hüfte suchte oder sonst was.

»José«, sagte Gursky, ohne sie anzusehen.

»Your name is not *José*!«, sagte sie entrüstet. »You liar!«

»Gut, ich heiße nicht José«, antwortete Gursky, immer noch, ohne sie anzusehen.

»Spendierst du mir einen Drink?«

Nun sah Gursky sie an, und weil er vor Jahren bei einem Besuch in Rom mal schlechte Erfahrungen mit einem Mädchen derselben Art gemacht hatte, dem er einen Drink verweigert hatte, ließ er sich überzeugen.

»Okay«, sagte Gursky.

»Ich heiße Alina«, sagte das Mädchen.

»Schön«, sagte Gursky und bestellte zwei Mojitos. Dann drehte er sich zur Bühne, um zu prüfen, ob Schweitzer noch da war.

War er: Er starrte auf die Bühne und schwieg, während die Mädchen um ihn herum sich angeregt miteinander unterhielten und spielerisch aufeinander einschlugen.

»Gefällt dir die Sängerin besser als ich?«, fragte Alina. Es sei nicht die Sängerin, die er beobachte, sagte Gursky – sondern den kleinen weißen Mann, der vor ihr sitze.

»El Rico pequeño?«, fragte Alina. »Du kennst ihn?«

Das sei eine sehr lange Geschichte, antwortete Gursky und drückte ihr den Mojito in die Hand.

»Aber offenbar kennst *du* ihn?«

»Na ja, *kennen* wäre zu viel«, sagte Alina, nahm einen Schluck und wickelte sich wieder um Gursky. »Aber er war in den letzten Wochen regelmäßig hier. Gibt jeden Abend viel Geld aus, betrinkt sich, kauft Koks, lädt die Mädchen ein. Sie nennen ihn *den kleinen Reichen*.«

»Und dich hat er auch schon mal eingeladen?«

Sie grinste Gursky an, als wäre er eifersüchtig.

»Ich saß einmal an seinem Tisch. Komischer Kerl, hat kaum ein Wort geredet. Nickt nur, wenn wir fragen, ob wir noch was zu trinken bestellen können. Ein trauriger Mann, glaube ich. Aber warum interessierst du dich so für ihn, mi amor? Wollen wir nicht lieber über dich reden?«

Gursky überlegte, wie er ihr das möglichst kurz erklären könnte, als auf einmal die Musik stoppte und die Sängerin, sicher schon Mitte vierzig, um Ruhe bat.

»Hello everybody!«, begrüßte sie die Gäste.

Ein Johlen aus dem Publikum.

»Heute ist es wieder so weit: unser Tres-Chinitos-Tanzwettbewerb!«

Noch mehr Johlen, besonders von den Frauen.

Worum es denn ginge, fragte Gursky Alina.

Würde er gleich sehen, antwortete sie.

Die Sängerin verließ die Bühne und sah sich im Raum um. »Hmh«, fragte sie sich ins Mikrofon – »Wen suche ich mir denn heute mal aus?«

»Du bist sicher ein guter Tänzer?«, sie zeigte auf einen Jungen mit Ziegenbart und Baseballmütze.

Der Junge schüttelte den Kopf.

»Doch, doch, mein Gefühl täuscht mich nie«, sagte die Sängerin und zog den Jungen aus seinem Sitz.

»Komm mit!«

Der Junge wehrte sich, landete dann aber doch auf der Bühne. Wieder Johlen und Klatschen von den Mädchen.

»Sie gefallen mir auch recht gut!«, sagte die Sängerin zu einem alten Kubaner mit Schiebermütze auf dem Kopf, der mit ein paar Freunden zusammensaß. Der Kubaner lachte laut, so als wäre das ein Witz, ließ sich dann aber auch auf die Bühne ziehen.

»Und Sie!« Sie zeigte auf einen amerikanischen Touristen in Shorts und T-Shirt.

»Und du!« Sie zeigte auf Gursky.

»Keine Chance«, sagte Gursky. Niemals würde er sich so erniedrigen lassen wie die Leute, die er in Deutschland auf der Straße angesprochen hatte. Niemals würde er hier den Hampelmann machen.

»Niedlich: Er hat Angst«, sagte die Sängerin ins Mikro.

Der ganze Raum lachte, als sie sich Gursky näherte.

»Bitte!«, flehte sie theatralisch. »Muss ich erst in die Knie gehen?«

»Losloslos!«, kreischte die Bar.

Alina schob Gursky in die Arme der Sängerin. Sie ergriff Gurskys Hand, die noch den Drink hielt, den Gursky schnell austrank.

Dann stand er mit den anderen auf der Bühne, als Vierter von links. Direkt vor Schweitzer, der ihn anstarrte.

Zum ersten Mal seit der Unterhose.

Zum ersten Mal seit eineinhalb Jahren.

Gursky spürte, wie ihm das Blut in den Kopf schoss und er zu schwitzen begann; doch wunderte er sich, dass Schweitzer ihn in diesem Moment der Scham nicht auslachte, sondern bloß ruhig ansah. Und weil Gursky nichts Besseres einfiel, nickte er Schweitzer einfach zu.

Und der nickte zurück.

Dann zündete Gursky sich eine Zigarette an und sah woandershin.

Musik setzte ein, aber kein Techno, sondern Salsa. Die Sängerin begann zuerst, sich zur Musik zu bewegen, dann wandte sie sich an den alten Kubaner, den Ersten in der Reihe.

Der Kubaner warf die Arme hoch und fiel sofort in den richtigen Rhythmus: Seine Schritte waren präzise und korrespondierten mit den Bewegungen der Sängerin. Offensichtlich ein geübter Tänzer.

»Wow!«, machte die Sängerin, während sie sich vor dem Mann wand.

»Wow!«, schrien die Mädchen in der Bar und klatschten.

Die Musik setzte aus, die Sängerin führte den Mann zurück in die Reihe und gab ihm einen Kuss auf die Wange. Dann hob die Musik wieder an, das gleiche Stück.

Die Sängerin forderte nun den Amerikaner auf, der sich unbeholfen auf der Stelle bewegte und einen Hüftschwung versuchte, der aber nur lächerlich wirkte. Grausam imitierte die Sängerin diesen Hüftschwung und lachte sich auf der Bühne halb tot, worüber sich wiederum die gesamte Bar amüsierte.

Verhaltener Applaus, als der Amerikaner sich wieder einreihte.

Der Junge mit der Baseballmütze, ein Italiener, machte es etwas besser, er tanzte agil wie ein Hiphopper. Die Mädchen in der Bar fanden ihn sexy und jubelten.

Dann war Gursky an der Reihe.

Er zitterte.

Er hatte schon gespürt, dass die Sängerin mit ihm besonders viel Spaß haben wollte, mit so was hatte er ja selbst genug Erfahrung: Zuerst drehte sie ihm nur den Rücken zu und wandte dann aufreizend langsam ihren Kopf, wie ein Cowboy, der seinen Gegner nicht ernst nimmt. Sie fuhr sich mit der Zunge über die Lippen und kam langsam wie ein schleichendes Raubtier auf Gursky zu, mit rudernden Armen.

Offensichtlich wollte sie ihn lächerlich machen.

Es ist die schlimmste Situation, in der ich je war, dachte Gursky, die allerschlimmste, und Schweitzer ist Zeuge dieser Peinlichkeit: Wenn ich mich irgendwie retten will, muss ich hier alle übertreffen, muss in meiner kubanischen Revolutionsuniform den überragendsten, den irrwitzigsten Tanz hinlegen, den die Gäste und diese Frau jemals gesehen haben. Ich muss für eine komplette Tanzexplosion sorgen, eine Tanzexplosion, von der man noch in Jahren redet, für die man nur den allergrößten Respekt haben kann.

Gursky wartete daher ab und ließ die Sängerin um sich herumtänzeln, während er nur seinen rechten Fuß im Takt bewegte, so lässig ihm das eben möglich war. Dann, ohne Vorankündigung, sprang er der Frau direkt vor die Füße und rotierte mit dem Becken, während seine Arme dazu kreisten.

Beweg dich wie ein Hai, sagte eine Stimme in Gurskys Kopf. *Elegant und effektiv.*

Die Sängerin, überrascht von Gurskys Figur, wich einen Schritt zurück, doch er ließ sie nicht entkommen: Mit fast bis zum Boden eingeknickten Knien tänzelte Gursky nun um sie herum, bis er sie von hinten zu fassen bekam; dann erhob er sich ein Stück, umfasste ihren Bauch, drehte sie und nahm sie so zur Brust, wie er es mal in einem Film mit Fred Astaire gesehen hatte.

»Oh mein Gott!«, rief die Frau ins Mikrofon, während Gursky sie über die ganze Tanzfläche zerrte.

Unglaubliches Lachen im Publikum; selbst Schweitzer grinste jetzt, wie Gursky kurz aus den Augenwinkeln zu erkennen meinte.

Die Sängerin ging nun vor Gursky in die Knie; der folgte ihr, ließ sich dann aber in einer Art Judorolle nach hinten über den Kopf rollen, was zwar etwas schmerzte, sich aber bezahlt machte, denn einen kurzen Moment lang herrschte erstauntes Schweigen im Publikum, so als hätte Gursky auf einmal Flügel bekommen und wäre abgehoben. Wieder auf den Beinen, drehte er sich ein paarmal im Kreis, bis er wieder vor der Tänzerin stand, sicher wie eine olympische Turnerin nach einem Salto.

Dann war der Tanz vorbei.

Unfassbarer Applaus. »Viva el Loco, viva el Loco!«, grölte das Publikum – *Es lebe der Irre, es lebe der Irre!* Die Sängerin wischte sich mit dem Ärmel ihres Kleides über die Stirn und sah Gursky an, erstaunt, aber irgendwie auch respektvoll.

Dann fauchte sie wie eine Katze und gab auch Gursky einen Wangenkuss.

Der verbleibende Tänzer war nicht mehr erwähnenswert.

Gursky hoffte, die Sache sei vorbei, doch jetzt kam es zur Abstimmung: Der Reihe nach stellte die Sängerin die Tänzer nochmal dem Publikum vor, das nun für den applaudieren sollte, den es für den besten hielt und noch einmal sehen wollte.

Es war keine besonders große Überraschung, dass der Applaus für Gursky der größte war.

Er und die Tänzerin mussten nochmal ran und übertrafen sich diesmal sogar noch: Zwar machte Gursky keine Rolle mehr, dafür hob er die Frau über seine Schultern, sodass sie hinter ihm wieder auf die Füße kam; anschließend verwirrte er sie durch einen radikalen Geschwindigkeitswechsel. Und am Ende verbeugte sich der Gewinner des Tres-Chinitos-Tanzwettbewerbs vor ihr, wie Astaire es wohl auch getan hätte.

Wieder Jubel, aber diesmal verschwand Gursky schnell von der Bühne in Richtung Bar, wo immer noch Alina stand, die ihn mit einem Zungenkuss belohnte, gegen den er sich nicht wehren konnte.

»Du bist ja ein richtiger Meistertänzer!«

Gursky zitterte, weil ihm jetzt wieder die Peinlichkeit des Ganzen bewusst wurde. Einen Drink noch, dann bin ich weg hier, dachte er.

Da stand auf einmal Schweitzer neben ihm.

»Hallo«, begrüßte er Gursky, gab ihm die Hand und verbeugte sich leicht.

»Hallo«, antwortete Gursky, der spürte, wie er wieder rot wurde.

»Das, äh ... war ein guter Tanz«, sagte Schweitzer.

»Vielen Dank«, antwortete Gursky, um das schnell zu beenden.

Stille, mindestens eine Minute lang.

Gursky sah Schweitzer an, seine verschwitzten dunklen Haare, sein alt gewordenes Gesicht, die schmalen Lippen.

Und Schweitzer sah Gursky an, in der Art, für die er so bekannt war: als überlege er, wo in Gurskys Kopf sich wohl die Eingangstür befand.

»Möchtest du dich eventuell zu mir setzen?«, fragte Schweitzer.

Gursky überlegte.

»Du meinst wohl: zu *uns*«, sagte er dann und zeigte auf die drei Mädchen, die immer noch an Schweitzers Tisch saßen und Gursky, dem Gewinner des Tanzwettbewerbs, zuwinkten.

»Oh, ach ja ...«, sinnierte Schweitzer mit Blick auf den Tisch. »Ehrlich gesagt, kenne ich diese Mädchen kaum.«

Mit einem frischen Mojito in der Hand folgte Gursky Schweitzer zum Tisch, Alina kam ebenfalls hinterher – »Du wirst mich doch nicht allein lassen?«

Am Tisch begrüßten die Mädchen Gursky mit Küssen und Komplimenten zu seinem Tanzstil, während sie Alina eher schnitten. Schweigend und sich verlegen ansehend, stießen Gursky und Schweitzer miteinander an.

»Seid ihr Freunde?«, fragte eins der Mädchen, das neongelbe.

»Wir sind ... Bekannte«, antworteten Gursky und Schweitzer im gleichen Moment, was Gursky an die Party erinnerte, wo die beiden auf Druck von außen genauso synchron reagiert hatten. In unserer Skepsis voreinander sind wir uns einig, dachte Gursky.

Dann entschied er, loszulegen.

»Hast du meine Unterhose noch?« Er fragte betont lässig.

Eine kleine Pause, dann sah Schweitzer ihn mit großen Augen an.

»Deine ... *was*?«

»Meine Unterhose«, wiederholte Gursky.

»Ich habe keine Ahnung, wovon du redest«, sagte Schweitzer.

Stille nun auf Gurskys Seite.

»Der Unterhosentausch im Hamburger Schauspielhaus? Ich meine, du musst doch noch wissen, wie wir damals ...«

»Ich weiß nicht, wovon du redest!«, unterbrach Schweitzer abrupt – »Bist du wahnsinnig, oder was?«

Gursky verstand nun gar nichts mehr.

Wieder Stille; nur die Mädchen plapperten.

»Und?«, fragte Schweitzer dann: »Was machst du auf Kuba?«

»Urlaub«, sagte Gursky.

»Und du?«

»Wollte mal Havanna sehen.«

»Aha«, sagte Gursky.

»Und? Wie findest du es?«

»Widerlich«, sagte Schweitzer.

So ging es etwa eine Stunde weiter: Während Alina an Gursky herumfummelte, tauschte er mit Schweitzer, der sich von keiner der Frauen berühren ließ, belanglose Gesprächsfetzen über Hamburg aus, über gemeinsame Bekannte, über Gurskys Kündigung bei dem Sender, über Castro und Kuba und den Kunstquatsch, den der Regisseur David Lynch in den letzten Jahren abgeliefert hat. Jegliche persönliche Frage verkniff Gursky sich, da er darauf keine ehrliche Antwort erwartete: Ich weiß nicht, was für ein Spiel Schweitzer hier schon wieder spielt, dachte er, aber diesmal habe ich keine Lust, mich darauf einzulassen.

Dann, kurz nach drei, verabschiedete er sich.

»Es war nett, dich hier getroffen zu haben«, begann er im Aufstehen, aber Schweitzer unterbrach ihn wieder, diesmal fast panisch.

»Du willst schon gehen?« Auch er erhob sich.

»Na ja, ich will morgen früh raus, vielleicht ins Revolutionsmuseum, so viel Zeit habe ich ja nun auch nicht, außerdem würde ich Nathalie noch gern anrufen.«

»Geh bitte noch nicht!«

»Du hast doch genug Begleitung!«, scherzte Gursky und zeigte wieder auf die Mädchen, was natürlich die bitterste Ironie war. Doch das schien Schweizer egal zu sein, denn er wirkte wirklich so, als habe er Angst, von Gursky allein gelassen zu werden.

Nur so jedenfalls war zu erklären, was er jetzt zu Gursky sagte:

»Ich weiß, dass wir in letzter Zeit nicht gerade Freunde waren, aber ich habe großen Respekt vor deiner Arbeit und davor, wie du dein Leben meisterst, mit deiner Freundin und allem. Ich habe keine Ahnung, warum wir uns jetzt gerade hier treffen, in diesem Hurenlokal, ich weiß es nicht, aber vielleicht sollten wir es als Chance nehmen, all diese Dinge, die zwischen uns stehen, endlich einmal auszuräumen, eventuell durch einen symbolischen Akt, der uns beide verbindet. Ich meine, ich habe dir damals übel genommen, dass du mit Christina zusammen warst, ich habe nicht verstanden, wie die gleiche Frau mit jemandem zusammen sein kann, den ich nicht verstehe und der irgendwie das komplette Gegenteil von mir selbst ist, aber eigentlich habe ich dich immer gemocht, und darum können wir jetzt doch noch ...«

Gursky wollte ihn stoppen, doch Schweitzer ließ ihn nicht.

»Lass uns doch einfach noch etwas bestel ...«

»Lukas!«, schrie Gursky nun, so laut, dass auch die Mädchen mit ihrem Geplapper aufhörten.

»All diese Dinge haben wir schon gemacht! Wir haben unser Ritual gehabt; du hast mir gesagt, dass du es nicht ertragen konntest, dass ich damals mit Christina ... Was zum Teufel ist los mit dir, warum willst du dich daran nicht erinnern?«

Schweitzer sah ihn an, mit leeren Augen.

»Ich bin müde«, sagte Gursky. »Mir ist das zu anstrengend.«

»Erklär es mir«, flehte Schweitzer.

Gursky stand da, ratlos.

»Wollen wir auf die Toilette gehen?«, fragte Schweitzer.

Stimmt, diese Alternative gab es ja auch noch.

Und weil das alles so ein Irrsinn war; weil Gursky nichts mehr verstand, weder warum Schweitzer leugnete, jemals die Unterhosen getauscht zu haben, noch warum er ihn jetzt anflehte zu bleiben; und weil Kokain eben die Eigenschaft hat, immer genau in den Momenten als die bestmögliche Lösung zu erscheinen, in denen man mit Logik nicht weiterkommt, ging Gursky mit Schweitzer auf die Toilette, um sich eine Pause zu verschaffen, eine Pause, in der diese schwierigen Fragen vielleicht etwas leichter werden würden.

Zurück am Tisch war von den Mädchen nur noch Alina da, aber auch sie sah jetzt etwas genervt aus. »Gehen wir noch irgendwohin?«

»Nein«, sagte Gursky, weil er Schweitzer jetzt endlich die Frage stellen wollte, die ihm schon die ganze Zeit auf den Lippen brannte, und durch die Drogen den Mut dazu bekommen hatte.

»Lukas von Schweitzer«, begann Gursky, während er Schweitzer fest in die Augen sah und seine Hand auf dessen Arm legte: »Erzähl mir – was um alles in der Welt ist mit deinem Gesicht passiert?«

»Mit meinem Gesicht?« Schweitzer zog den Arm zurück. »Was ist los mit meinem Gesicht?«

»Gut«, sagte Gursky, »dann mache ich es dir jetzt sehr einfach: Du, der bekannte Schriftsteller Lukas von Schweitzer, der früher bekannt dafür war, trotz der Tatsache, dass er schon über dreißig ist, das jüngste, frischeste Gesicht Deutschlands zu haben, dessen Markenzeichen und Erfolgssymbol praktisch dieses Gesicht war, trotz aller Exzesse, trotz Alkohol und Drogen – du siehst jetzt aus wie ein verdammter Greis, wie ein Wrack, wie ein Mensch, dessen Leben zerstört ist. Und wir haben jetzt genau zwei Möglichkeiten: Entweder, du beginnst damit, mir die Wahrheit zu erzählen, also warum du hier bist und was in den letzten eineinhalb Jahren passiert ist, oder ich stehe auf von diesem Tisch und lasse dich hier sitzen, inmitten einer Welt, die du hasst, wie du sagst, und in der du so allein bist, dass du es nötig hast, in dieser Bar Huren auszuhalten, mit denen du nicht mal ins Bett gehst.«

Schweitzer sagte nichts, doch er starrte Gursky an.

»Gut«, sagte er dann.

»Gut.«

Und er begann zu erzählen.

V. Schweitzer I

Es muss schon Mittag gewesen sein, als Gursky ins Hotel Sevilla zurückkehrte, wo ihn wie jeden Tag die Handtuchschwäne auf dem Bett begrüßten und der Zettel mit dem handgeschriebenen Gruß der Zimmermädchen. Die Sonne brannte durch die Fenster, doch das störte Gursky nicht – in dem Moment, als er ins Bett fiel, schlief er auch schon ein.

Sie hatten noch etwa zwei Stunden im Tres Chinitos herumgesessen, bis die Bar zumachte und auch Alina längst verschwunden war; und zum ersten Mal, seit Gursky diesen Mann kannte, hatte er das Gefühl, dass der ihm tatsächlich die Wahrheit erzählte.

Dies war Schweitzers Geschichte:

Vor einem Vierteljahr war noch alles perfekt gewesen: Zusammen mit seiner Freundin Nina lebte Schweitzer, der seinen Wohnsitz alle drei bis vier Monate wechselte, in Tokyo in einem hübschen Apartment, sein letztes Buch, »Der Sommer der Hornissen«, eine Sammlung von Gedichten und Kurzgeschichten, war wieder recht erfolgreich gewesen und bekam auch gute Kritiken in den Feuilletons. Er hatte sich als Schriftsteller etabliert.

Bis er und Nina im Februar für ein paar Tage nach Deutschland zurückkamen, um die Hochzeit eines befreundeten Werberegisseurs zu feiern. Da der Regisseur, Paul von Leicht, ebenfalls adliger Abstammung war, fand die Party auf dem Familienschloss in der Nähe des Chiemsees statt.

Gursky hatte von Christina schon mal was gehört über diesen von Leicht, der in München mit einem Model zusammenlebte und, so Christina, unbedingt der modernste Mensch sei, den sie jemals kennen gelernt habe – die Art Typ also, der ein Telefon schon hört, bevor es klingelt.

Noch mehr als Schweitzer kannte er sich im Stil, in der Mode und den Drogen aus, und es gab einige Leute, die behaupteten, Schweitzer habe all sein Wissen diese Dinge betreffend von Paul von Leicht übernommen, seit sie in ihrer Jugend zusammen auf einem Internat waren. Dazu sah von Leicht hervorragend aus, fuhr perfekt Ski, war befreundet mit Wolfgang Tillmanns und Richard Avedon und zitierte Roland Barthes fehlerfrei.

Es stimmte einfach alles bei diesem Jungen.

Von Leicht heiratete also sein Modelmädchen, und wie es sich für so einen Mann gehört, wollte er eine Party geben, die keiner der Gäste jemals wieder vergessen würde: die Superparty des Supermannes, wo alles stimmte, jedes Accessoire, jede Kleinigkeit.

Und das hatte sich von Leicht ausgedacht: Die Gäste, zweihundert insgesamt, sollten verkleidet kommen, und zwar ein Viertel als Nazis (von Hitler über Goebbels und Göring bis hin zum SS-Funktionär, KZ-Aufseher und zum kleinen Wehrmachtssoldaten), ein Viertel als Juden (vom Schriftsteller bis zum Hafenarbeiter), ein Viertel als Supermodels (Männer und Frauen, soweit ihr Aussehen es zuließ) und das letzte Viertel als internationale Pop- und Filmstars. Das Konzept war eine Art »Jahrmarkt der menschlichen Katastrophen von Glamour bis Elend« – im Idealfall würde Göring also mit Mick Jagger reden und Feuchtwanger sich mit Madonna unterhalten, während Kate Moss mit Ernst Röhm knutschte. Eine prima Idee, wäre Gursky auch gern drauf gekommen, hätte auch im Fernsehen gut ausgesehen. Besonders durch die Abwesenheit jeglicher Form von Moral war das Konzept geradezu brillant, und von Leicht tat alles, um diese Party zu einem Erfolg zu machen: Er bestellte ein Büfett mit Schweinelenden, Austern, Kaviar und Weißwurst; er engagierte dreiunddreißig Butler für den Abend, die sich um das Wohl der Gäste kümmern sollten; dazu eine zwölfköpfige Band, die alles spielte, von Klassik bis Rock; ja einmal liefen sogar zwei Schimmel durch den Raum wie im Studio 54 – auf einem saß von Leichts Freundin (als Amber Valetta), auf dem anderen ein nackter Hamburger Partyjournalist (als Hermann Göring). Ebenfalls klar, dass neben vielen Berühmtheiten aus Film, Musik und Medien auch ein paar Dealer da waren, die die Partygäste mit Drogen versorgten. Abgerechnet wurde am nächsten Morgen, über Strichlisten.

Schweitzer und seine Freundin kamen erst, als die Party schon im Gang war, ihr Flug aus Tokyo hatte Verspätung gehabt (»Gegenwind!«), weshalb sich die beiden erst auf dem Schloss umziehen konnten: Nina verkleidete sich mit einem beigefarbenen Tropenkleid und einer Leica um den

Hals als die Fotografin Leni Riefenstahl, während Schweitzer sich für die Rolle von Marcel Reich-Ranicki entschied, wozu nur ein altmodischer Anzug, natürlich beige, und ein mürrisches Gesicht nötig waren. Vorsichtshalber hatte Schweitzer noch einen Aufkleber am Revers, auf dem der Satz stand: *Hello, my name is Reich-Ranicki.*

Die Gäste waren sich einig: ein hübsches Paar, der Marcel und die Leni.

Versorgt mit Wodka Tonics und ein paar Linien Kokain reihten sich die beiden in die Party ein, die in vollem Gang war: Die Band spielte abwechselnd Lieder von Elvis Presley und Debussy; wer kein Champagnerglas in der Hand hielt, hatte zumindest ein paar Pillen im Bauch, und für den Fall, dass sich zwischen Albert Speer und Nancy Sinatra etwas ergeben sollte, standen fürstlich ausgestattete Nebenzimmer zur Verfügung. Um Mitternacht ließ von Leicht sich zu Ehren ein Feuerwerk zünden, dessen Raketen im Takt von »Sympathy For The Devil« explodierten. Ja, so eine Party, waren sich die Gäste einig, gab es vielleicht wirklich zum letzten Mal im Berlin der zwanziger Jahre: Sie war eine Mischung aus Pomp und Glamour, aus Wahn und Dekadenz – so als hätten die Gäste gerade eine Partei gegründet, deren Ziel die Abschaffung der Hässlichkeit der Welt war, indem man diese Hässlichkeit einfach wegtanzte, wegfeierte, wegtrank. Eine wunderbare Welt.

Schweitzer und Nina trafen viele der Menschen wieder, von denen sie in den letzten Monaten in Tokyo besucht worden waren, den Filmemacher Roman Riemchen, der gerade an einem Kinofilm über die RAF arbeitete (»Eine Fantasie, in der Ulrike Meinhof mit Andreas Baader sexuell endlich all das ausleben darf, wozu sie im Leben nie die Chance hatte, weil Gudrun Ensslin immer im Weg stand«), die Dramaturgin Judith Wahba, die vor kurzem ein Stück über deutsche Schauspieler in Hollywood aufgeführt hatte, bei der am

Ende alle Deutschen in einem Swimmingpool ertrinken; dazu die üblichen unbedeutenden Speichellecker, die nur nach einem guten Grund gesucht hatten, mal nach Tokyo zu fliegen, und mit denen sich jedes erfolgreiche Paar dieser Welt rumschlagen muss.

Weil sie also, so Schweitzer, auf der Party so viel Socialising machen mussten, torkelte er eine Zeit lang allein mit seinem Champagnerglas in diesem wunderbaren Schloss herum, von Bekanntschaft zu Bekanntschaft, und als er zufällig in eins der vielen Nebenzimmer stolperte, fand er Leni Riefenstahl im Bett mit dem schwarzen Popsänger Prince, früher bekannt als TAFKAP, früher bekannt als Prince.

Diese Situation wäre in der wirklichen Welt nicht überraschend gewesen, denn Leni Riefenstahl fotografiert ja seit Jahren voller Lust die afrikanischen Urvölker, und auch der Frauengeschmack von Prince liegt über dem Durchschnitt. In diesem Fall aber war es anders, denn: Es war Schweitzers Leni, die da lag, und es war nicht Prince, der da an ihr herummachte, sondern der viel versprechende und äußerst muskulöse Regisseur Roman Riemchen, mit dem Schweitzer vor ein paar Wochen noch unzählige Kirin-Biere getrunken hatte.

Es ist für jeden Menschen schwer, in so einer Situation etwas Vernünftiges, etwas Angemessenes zu sagen, und gerade Schweitzer, der in derartigen Momenten lieber gar nichts sagt, kam zu keinem rechten Entschluss, sondern blieb einfach wie erstarrt im Türrahmen stehen, immer noch mit dem Champagnerglas in der Hand, was wenigstens den Stil rettete.

Und Leni wusste wohl auch nicht viel zu sagen.

Schweitzer schloss die Tür und drehte sich um, aber sehr langsam. Schnell ging es dafür in seinem Kopf zu: Er kombinierte Bildfolgen der vergangenen Monate zu neuen Abläufen. Sie musste schon in Tokyo damit angefangen haben, ihn zu betrügen. Lustvoll, wie er meinte, voller Hingabe und Leidenschaft, und er ekelte sich davor.

Der Ekel führte ihn wie der Leitstrahl, mit dem die Männer vom Tower ein Flugzeug zur sicheren Landung bringen, in die Arme des nächstbesten Dealers, eines grobschlächtigen Langhaarigen in abgeschnittener Jeansjacke, der sich als Einziger nicht die Mühe gegeben hatte, sich zu verkleiden, und zwar mit der Begründung, ein Hells Angel müsse sich immer zu erkennen geben, das erfordere der Kodex, außerdem sei er ja eh schon ein Star. Von Leicht hatte das verstanden, ja er fand es sogar cool, und hatte außerdem keine Lust, sich mit dem Mann anzulegen, denn die Hells Angels sind sehr gute Boxer.

Und weil die Hells Angels auch sehr gute Drogendealer sind, versorgte der Langhaarige Schweitzer mit allem, was er noch so dahatte.

Mit einem frischen Glas Champagner in der Hand setzte sich Schweitzer dann in der Mitte des prächtigen Saals im Schneidersitz auf den Boden, während um ihn herum in trauter Eintracht Juden mit Nazis tanzten und Supermodels mit toten Filmstars. Einen Moment lang sah Schweitzer sich das an, dann trank er den Champagner aus, zog ein knappes Gramm Kokain von der Handfläche direkt ins linke Nasenloch, schluckte das LSD und rollte eine angefeuchtete Leichtzigarette durch das Heroinpulver. Die Zigarette zündete er an.

Es dauerte ein paar Minuten, bis es losging: Am Anfang hörte er nur seine Schlagader pochen, bald so laut, dass sie die Musik übertönte und wie ein Taktstock gegen seinen Hals hämmerte; dann hyperventilierte er, Schüttelfrost und Herzrasen setzten ein, schließlich kamen die Bilder. Inzwischen saß Schweitzer auch nicht mehr aufrecht, sondern lag rücklings auf dem Boden und sah sich den Kronleuchter an.

Da er nicht der Einzige auf der Party war, der am Boden

lag, dauerte es ein paar Minuten, bis ihn jemand bemerkte. In dieser Zeit sah Schweitzer sich als Marcel Reich-Ranicki zurückversetzt ins Warschauer Ghetto und verfolgt von sprechenden Stacheldrähten und Adolf Hitler persönlich, der ihn mit einer Armee von Supermodels langsam einkreiste, um ihn mit Stöckelschuhen zu zerstampfen.

»Ihr wollt mich vergasen!«, schrie Schweitzer, und seine Augen sahen so aus, als wollten sie aus dem Kopf flüchten, eben wegen all dieser Gedanken, die den Aufenthalt dort so unerträglich machten. »Ihr wollt mich vergasen, weil ich eure Bücher beleidigt habe und weil ich noch am Leben bin, während ihr alle tot seid!«

Dann, inzwischen atmete Schweitzer nur noch stoßweise, war irgendjemand klug genug, den Notarzt zu rufen, der Schweitzer im ersten Moment tatsächlich mit dem Satz *Können Sie mich hören, Herr Reich-Ranicki?* ansprach.

In der Klinik wussten sie dann, dass es der Magen des Schriftstellers Lukas von Schweitzer war, den sie auspumpten und entgifteten, soweit es ging. Danach hängten sie ihn an einen Tropf und pumpten ihn mit Proteinpackungen und Elektrolytlösungen voll.

Sobald er wieder einigermaßen klar denken konnte, ließ sich Schweitzer mit dem Taxi für einen horrenden Preis zum Münchner Flughafen fahren, von dem aus er eine Maschine der Air France nach Havanna nahm – aus dem einfachen Grund, weil er an allen anderen Orten der Welt schon war, und zwar mit Nina. Ihm blieb also keine Wahl – Kuba war die einzig verbleibende Fluchtmöglichkeit.

Seit einem Monat sei er jetzt hier, erzählte er, als Gursky und er aus dem Tres Chinitos geworfen wurden und sich nach einem kleinen Spaziergang auf eine Bank im Parque Central setzten, um das Restkokain zu entsorgen: Gleich nach seiner Ankunft hatte er sich im Hotel Nacional eingemietet, Geld war ja nicht das Problem; seitdem hatte er ein paar Ausflüge gemacht, saß in Bars herum, betrank sich mit Frauen, die er nicht kannte, um den Schmerz zu betäuben, und lief besinnungslos durch diese Stadt, die er, wie er sagte, hasse für ihren Schmutz und ihren Verfall, von der er aber nicht wegkönne, da alle anderen Orte noch stärker verpestet seien, und zwar mit Erinnerungen.

Von Nina hörte er nie wieder. Er nehme mal an, dass die Wohnung in Tokyo längst verlassen und ausgeräumt sei.

»Es ist der schlimmste Verrat, der mir je passiert ist.«

Das sagte er zu Gursky auf der Bank, und zum ersten Mal war er dem tatsächlich sympathisch – weil er offensichtlich litt.

Und wie er so neben Gursky saß in diesem Park, ein gebrochener Mann, über dem jetzt langsam die kubanische Sonne aufging, da legte Gursky ihm den Arm um die Schulter, weil er dachte, dass es sich in so einer Situation so gehört; außerdem war er ja immer noch voll mit Drogen und Alkohol.

»Erzähl mir die Geschichte, die du mir vorhin erzählen wolltest«, bat Schweitzer dann.

»Du erinnerst dich wirklich nicht?«

»Nein, es tut mir Leid. Ich habe manchmal Aussetzer.«

Und Gursky erzählte ihm die Geschichte von der Unterhose, in voller Länge und mit allen Details.

»Das ist unglaublich«, sagte Schweitzer, als Gursky geendet hatte.

»Ich kann nicht glauben, dass ich so etwas je getan habe. Ist das wirklich wahr?«

Gursky nickte.

»Mein Gott, muss ich da bekokst gewesen sein.«

Die beiden lachten.

Sie frühstückten im Hotel Inglaterra, obwohl beide müde waren, doch mit den Dingen, die sie sich erzählten, schafften sie es, sich wach zu halten. Gursky gestand, dass er Schweitzer wegen der Gesichtsfrage schon seit dem Floridita verfolgt und sogar seinen Drogendeal beobachtet hatte. Schweitzer überraschte vor allem, dass er von alldem nicht das Geringste bemerkt hatte.

Was seine Pläne seien, hier auf Kuba, fragte Gursky.

Er wisse es nicht, antwortete Schweitzer.

Gursky dachte einen Moment lang nach über all das, was in der Vergangenheit zwischen ihnen gewesen war, über den Streit, den Kampf, den Krieg, die verschiedenen Haltungen – dann entschied er, dass all diese Dinge eigentlich nichts mehr zu bedeuten hatten, und fragte Schweitzer, was er am morgigen Abend mache.

»Auch das weiß ich nicht«, sagte Schweitzer.

»Wollen wir im Nacional zu Abend essen?«

»Sehr gern«, sagte er.

»Um neun?«

Und so kam es, dass Schweitzer und Gursky sich zum zweiten Mal verabredeten, aber diesmal unter gänzlich veränderten Voraussetzungen.

VI. Das Bündnis

Gursky saß in einem dieser alten Chevies aus den vierziger Jahren, der aussah wie ein – diese Assoziation hätte er auch ohne seine Leidenschaft für diese Tiere gehabt – Haifisch, wie ein Tigerhai: grau, mit Heckflossen und einem Kühlergrill, der an ein geöffnetes Maul voller Zähne kurz vor dem Zubeißen erinnerte. Bestimmt kann es auch schwimmen, wenn's drauf ankommt, dachte Gursky.

Es war ein Freitagabend, und Gursky war auf dem Weg zum Hotel Nacional, um sich mit Schweitzer zu treffen. Er war zufrieden mit dem Tag, denn sein Plan von der Haijagd nahm tatsächlich Formen an. Vorhin hatte er sich an der Rezeption des Hotels die Nummer eines Tauchers namens Angel geben lassen, der ihm vielleicht weiterhelfen könne, was das Boot und die Crew betraf. Sollte auch das klappen, konnte er Nathalie eventuell sogar mit einer früheren Rückkehr überraschen.

Vor einer Stunde noch hatte er mit ihr telefoniert. Nach allem, was sie erzählte, ging es ihr gut, der Arzt war zufrieden mit dem Verlauf der Schwangerschaft. Sogar das Rauchen, sagte Nathalie, habe sie auf eine Zigarette pro Tag reduziert, was dieser Zigarette *eine völlig neue Dimension* gäbe – sie zelebriere sie nun wie eine Yogameditation oder eine Feuerpause im Krieg.

Als Gursky ihr allerdings erzählte, wen er in Havanna getroffen habe, war sie nicht mehr ganz so gelassen – auch sie kannte Schweitzer und hatte ihn nie gemocht.

»Ich habe hier aber sonst keinen Menschen«, sagte Gursky. »Sei froh, dass es wenigstens keine sexy Kubanerin ist.«

»Haha«, machte Nathalie.

»Mach, was du willst. Aber werdet bitte nicht so dicke, dass du nicht mehr zurückkommst.«

»Keine Angst«, verabschiedete sich Gursky.

Während die Küste des Malecón nun an ihm vorbeizog und der Fahrer ein Science-Fiction-Hörspiel hörte, bei dem es um eine Invasion Kubas durch die Nazis ging (»Herr Sturrrmbannnnführerrr, wir müssen die Kommunisten vollständig verrrnichten!«; »Tenemos que salver la revolución por los cubanos y todo el mundo! Vamos! Viva la revolución, viva la revolución, amigos!«), versuchte Gursky, sich über seine Erwartungen an diesen Abend mit Schweitzer klar zu werden. Würde die durch sein Leid entstandene Nähe noch da sein oder er wieder das Wesentliche vergessen haben?

Würden die alten Gegensätze wieder auftauchen und dafür sorgen, dass beide wortlos vom Tisch aufstanden und sich weiter hassten wie bisher?

Gursky wusste es nicht, und er wusste auch nicht, ob er auf so was wie eine Freundschaft zu Schweitzer überhaupt hoffte. Ich will nur Frieden, dachte er, denn ein zukünftiger Vater braucht nichts so sehr wie den Frieden. Und ich will natürlich diesen Hai.

Der Wagen hielt vor dem Eingang des Nacional.

Prächtige Einfahrt, acht Stockwerke und 467 Zimmer; erbaut in den Dreißigern, zwei Türme rechts und links, eigener Park mit frei laufenden Fasanen und Blick aufs Meer; in den Fünfzigern betrieb Meyer-Lansky hier sein Kasino, davon war logischerweise nichts mehr übrig. Preis pro Nacht: 160 Dollar plus Tax für ein Einzelzimmer, 220 für ein Doppel. Gäste früher: Winston Churchill, Ava Gardner, Frank Sinatra und – klar – Hemingway. Gäste heutzutage: Touristen, die das »Havanna-Luxuspaket« gebucht hatten.

Und Lukas von Schweitzer.

Gursky gab dem Fahrer sein Geld und ging durch den Louis-Quatorze-Säulenwahnsinn im Foyer direkt auf die Veranda, wo Schweitzer schon auf einem Korbsofa saß und wartete, vor sich einen Campari-Orange. Er war wieder ganz in Beige. Der Anzug etwas dunkler, das Hemd etwas heller, die Krawatte irgendwo dazwischen. Seine Haare waren frisch gewaschen und glänzten, und auch sein Gesicht sah etwas besser aus als noch vor zwei Tagen, nicht mehr so grau.

Gursky hatte wieder seine Revolutionsuniform an, wenn auch vom Personal des Sevilla gewaschen und gebügelt, weil seine Tasche immer noch nicht angekommen war. Vielleicht übermorgen, hatte die Auskunft der Cubana de Aviación gesagt, da käme wieder eine British-Airways-Maschine über Nassau rein. Was immer das auch heißen mochte.

»Hallo«, begrüßte er Schweitzer und gab ihm die Hand.

»Ich freue mich«, sagte Schweitzer und erhob sich.

»Einen schönen Tag gehabt?«

Gursky bejahte und gratulierte Schweitzer zu dem Hotel.

»Es ist sauber, das ist die Hauptsache«, sagte Schweitzer und lachte. Dann wurde er auf einmal sehr ernst.

»Ich möchte mich bei dir entschuldigen.«

»Für was?«, fragte Gursky etwas überrascht.

»Dafür, dass ich dich vorgestern Nacht mit meinen Problemen belästigt habe. Ich weiß, dass ich dazu eigentlich kein Recht habe, darum will ich ...«

»He«, sagte Gursky. »Du musst dich nicht entschuldigen. Ich habe dir gern zugehört, und das, was dir passiert ist, gehört nicht gerade zu den Dingen, die man ständig mit sich allein herumschleppen sollte ...«

»Trotzdem«, beharrte Schweitzer. »Und aus diesem Grund habe ich dir ein Geschenk mitgebracht.«

Er überreichte Gursky eine etwa fünfzehn Zentimeter lange Pappschachtel, eingeschlagen in das Papier der letzten Granma-Ausgabe. Als Gursky danach griff, fiel ihm das Päckchen fast aus der Hand. Er hatte nicht erwartet, dass sich darin etwas Schweres befinden könnte.

»Mach's auf, vielleicht gefällt es dir ja«, sagte Schweitzer. »Ich habe es heute Morgen auf einem Markt am Malecón gefunden.«

Gursky setzte sich in den Sessel neben ihn, bestellte schnell noch einen Gin Tonic und riss das Papier auf.

Was hervorkam, war ein Klappmesser mit einem Holzgriff.

»Wow!«, sagte Gursky, während er das Messer in der Hand wog, das ihm so vorkam, als sei es mindestens ein halbes Kilo schwer. Er strich mit dem Zeigefinger über die Klinge, die scharf und massiv war; so scharf und massiv, man hätte damit auch einen Knochen durchdringen können.

»Gefällt es dir?«

»Sehr«, sagte Gursky langsam.

»Ich bin nur etwas ... *überrascht*, dass du mir so ein ... Pfadfindergeschenk machst.«

Er sagte *Pfadfindergeschenk*, weil er nicht *Waffe* sagen wollte. Er wollte auch nicht *Messer* sagen, weil er mal irgendwo gehört hatte, dass es etwas zu bedeuten hatte, wenn ein Mann einem anderen ein Messer schenkte. Jedenfalls sollte man, wenn man es tat, wohl irgendein Ritual beachten, damit einem kein Unglück zustieß.

»Pfadfindergeschenke sind doch die besten Geschenke«, sagte Schweitzer und lächelte.

Gursky überlegte, ob er Schweitzer nach dem Ritual fragen sollte, entschied sich aber dagegen. Stattdessen bedankte er sich, legte das Messer zurück in die Schachtel und stieß mit Schweitzer auf den Abend an.

Die beiden nahmen ihre Drinks und wechselten zu dem Teil der Veranda, auf dem sich das Restaurant befand. Wegen des übertriebenen Langustenpreises entschied Gursky sich für ein Steak, Schweitzer aß Fisch.

Sie redeten eine Zeit lang herum: Gursky erzählte so vorsichtig wie möglich von Nathalie und dem Kind, das die beiden erwarteten, um Schweitzer nicht allzu traurig zu machen, der Gursky dazu gratulierte und sagte, es freue ihn.

Wie es ihm selbst denn so ginge, fragte Gursky.

Es ginge eben, antwortete Schweitzer – einige Momente seien schlimmer, einige nicht ganz so schlimm.

»Weiß irgendeiner deiner Freunde, dass du hier bist?«

Schweitzer schüttelte den Kopf. Das würde auch so schnell keiner erfahren, sagte er.

Und irgendwie, wie das auf Kuba so ist, kamen sie auf Hemingway, über den Gursky ja schon kurz im Floridita nachgedacht hatte. Doch während Gursky das Thema nach ein paar Gedanken abgehakt hatte, ließ Schweitzer wieder seinem Hass freien Lauf, was das Kuba von heute betraf. »So, wie Castro alles in Havanna aus *politischen Gründen* mit dem Mythos der Revolution überzogen hat«, monologisierte Schweitzer, »so überziehen die Hotels, Restaurants und Bars der Stadt aus *touristischen Gründen* alles mit dem Mythos Ernest Hemingways: kaum ein Ort, an dem nicht ein signiertes Originalfoto von ihm an der Wand hängt, auf dem Hemingway einen Marlin aus dem Meer zieht, einen Daiquiri in der Hand hält oder in lustiger Runde mit befreundeten Kubanern auf einem Sofa sitzt.«

»Will man in einer dieser Bars einen Drink bestellen«, sagte Schweitzer, während er sich selbst noch einen Gin Tonic bestellte, »weist der Kellner sofort auf den *Hemingway-Spezialcocktail* hin, wenn er nicht eh schon bunt auf der Karte markiert ist. Bleibt man eine Sekunde zu lang vor einem Restaurant stehen, stürmt schon der Koch heraus und erklärt, dass genau dieses Restaurant *Hemingways Lieblingsrestaurant* war, weil nur ebendieser Koch den Marlin nach *Hemingways Geschmack* zubereiten konnte. Und steht man in der Lobby eines beliebigen Hotels in der Altstadt, dem *Inglaterra* zum Beispiel oder dem *Ambos Mundos*, erzählen die Angestellten die typischen Hemingwaygeschichten von Schlägereien, Frauenverführungen oder Wutausbrüchen.«

»Überall in Havanna«, endete Schweitzer, »ist auch Hemingway, es gibt kein Entkommen, und eine Figur, vor der es kein Entkommen gibt, wird erst zu einer Hassfigur und dann zu einer Witzfigur, zur störenden Lächerlichkeit – und Kuba insgesamt zu einer einzigen Hemingwayhölle.«

Gursky war beeindruckt von Schweitzers Rede und dem Hass, den er noch von früher kannte, aber etwas war anders. Seltsam, dachte er: Schweitzer redet wie früher, aber es klingt nicht mehr so kalt, nicht mehr so souverän. Es klingt einfach nur noch traurig und verloren. Der Hass ist kein Panzer mehr.

Wie schützlos er wirkt.

Auf einmal sah Schweitzer wieder sehr alt aus.

Ein Moment des Schweigens, dann starrte Schweitzer auf einmal auf Gurskys Brust, mit genau dem Blick, den Gursky auch schon von anderen Leuten kannte.

»Was ist das eigentlich für ein Zahn da um deinen Hals?«

Das sei eine sehr lange Geschichte, antwortete Gursky.

»Erzähl sie mir«, forderte Schweitzer ihn auf.

Und Gursky begann zu erzählen, die ganze Geschichte seiner Haifaszination. Er begann mit den Urlauben auf den Kanaren, auf denen Schweitzer selbstverständlich noch nie war, weil er mit seinen Eltern früher in den Ferien immer in die Karibik gefahren war. Gursky schilderte, wie sein Vater damals den Mako fing und wie sich daraus Gurskys gleichzeitige Leidenschaft und Angst vor den Haien entwickelte. Und er verriet Schweitzer seinen Plan, hier auf Kuba einen Hai zu fangen, um diesen Wahn zu einem würdigen Abschluss zu bringen.

Als Gursky fertig war, war es kurz nach zwölf.

Zuerst sagte Schweitzer gar nichts und sah Gursky nur an.

»Das ist eine wunderbare Geschichte«, sagte er dann.

Und sofort darauf: »Haie haben mich auch immer beschäftigt.«

Sofort, so ist das mit derartigen Leidenschaften ja, bestellten die beiden frische Drinks und tauschten wie Kriegsveteranen ihre Haierlebnisse aus. Schweitzer erzählte von einem Tigerhai, dem er im Indischen Ozean angeblich in zwei Meter tiefem Wasser begegnet sei (was Gursky ihm nicht glaubte, weil Schweitzer dann ganz sicher nicht vor ihm gesessen hätte); Gursky erzählte von seinem Buch, der »Enzyklopädie des Hais«, und von seinen Forschungen. Sie stritten sich über das Alter, das Haie erreichen können (hundert, meinte Schweitzer; sechzig, meinte Gursky), und über die Gefährlichkeit des Weißspitzenhochseehais (der aggressivste von allen, sagte Schweitzer; nur besonders neugierig, sagte Gursky). Insgesamt kam Gursky zu dem Ergebnis, dass er etwas mehr über die Tiere wusste, aber Schweitzer durchaus mithalten konnte, besonders sein Wissen über Hammerhaie lag deutlich über dem Durchschnitt.

»Eine Haijagd«, sagte Schweitzer sehnsüchtig und sah zum Meer, dessen Wellen schwarzblau unter dem Mond glänzten. Vom Park des Hotels ertönte Musik, eine Gruppe spielte wieder mal *Guantanamera*.

»Wo willst du das denn machen?«

Wisse er noch nicht genau, sagte Gursky: »Ich habe gehört, die Küste um Havanna herum sei nicht so schlecht dafür. Cojimar vielleicht, oder Marina Hemingway oder Cardenas. Der Hafen jedes kleinen Fischerdorfes müsste eigentlich okay sein.«

»Haie gibt es hier überall, oder?«

»So wurde es mir erzählt«, sagte Gursky und musste grinsen, weil das so pathetisch und schwer klang, aber gleichzeitig eben auch so wunderbar und bedeutungsvoll. Und so, wie Schweitzer ihn nun auf einmal ansah – wie einen göttlichen Retter nämlich –, überraschte Gursky auch die Frage kaum, die Schweitzer ihm nun stellte.

»Würdest du mich mitnehmen?«

Alles in Gurskys Kopf schrie sofort »Nein!«. Die Religiosität, die er um die Haijagd herum aufgebaut hatte, verbot ihm, diesen Akt mit jemandem zu teilen, noch dazu mit jemandem, der ihm bislang nur in seiner Rolle als Feind nahe gekommen war. Selbst die Frage, ob Nathalie mitkommen würde, hatte sich Gursky nie gestellt. Es war eine Sache, die man allein machen musste. Nathalie hatte es eh für Quatsch gehalten.

Etwas aber hinderte Gursky daran, Schweitzers Bitte sofort abzulehnen, und das war die Tatsache, dass es bei allem, was sie trennte, eine Gemeinsamkeit gab. Beide befanden sich in einer entscheidenden Phase ihres Lebens, an einem Wendepunkt: Schweitzer hatte in München den totalen Zusammenbruch von etwas Funktionierendem erlebt, und Gurskys Aufgabe würde es bald sein, etwas Funktionierendes aufzubauen.

Der eine schloss ab, der andere begann.

Gursky betrachtete Schweitzer genau: die ehemals jungen und nun umso älteren Züge seines Gesichts, die Augen und den Mund, der es wie kein zweiter auf dieser Welt verstand, zwischen Ängstlichkeit *vor* und Verachtung *für* das Gegenüber zu pendeln.

Gursky suchte etwas in diesem Gesicht: die Bestätigung für irgendeine Form von *Verbindung* zwischen ihnen, von der er wusste, dass er sich auf sie würde verlassen können.

Und er entdeckte auch etwas; nur was genau das war, konnte er nicht sagen.

Was Gursky aber verstand, war etwas anderes. Es war das Glitzern in Schweitzers Augen, die vor ein paar Minuten noch tot wirkten, nun aber zu strahlen schienen. Gursky erkannte das Glitzern, weil es dasselbe war, das sein Vater damals in den Augen hatte, als er den Mako fing, und dasselbe Glitzern, von dem Gursky wusste, dass es auch sein Gesicht erleuchtete, wenn er über Haie redete – ein Glitzern der Hoffnung und Erregung darüber, dass es in dieser Welt noch Dinge gibt, die man tun kann und die einen Menschen retten können vor seiner Trauer, seinem Unglück, seinem Hass. Vielleicht war es das, was Schweitzer brauchte: eine *symbolische* Tat, die ihn reinigte.

Gursky hatte jetzt die Chance, den Mann zu retten, der ihm damals eine Show versaut hatte.

Das zu tun wäre ganz sicher ein Sieg.

Ja, das wäre es.

Darum entschied Gursky, Schweitzer mit auf seine Haifahrt zu nehmen. Und als er ihm das sagte, wurde das Glitzern in Schweitzers Augen noch heller.

Exuma II

So war es losgegangen damals: Unschuldig fast und n
waren sie gewesen, und hätte er geahnt, wie es weitergel
würde oder hätte er auf Nathalie gehört, wäre es nicht zu all
dem gekommen, was später geschah und weshalb er jetzt hier schwamm, im Wasser, mit zwei blutenden Wunden an den Oberschenkeln.

All diese Gedanken und Überlegungen aber machten nun keinen Sinn mehr, denn jetzt kamen sie.

Er sah sie schon: Dahinten, in der Nähe der Boje, etwa vierzig Meter entfernt, hatte er eben zwei Flossen gesehen, die die schwarzsilberne Fläche des Meeres zerteilt hatten, majestätisch und schön. Und irgendwo hinter sich hatte er ein Plätschern gehört. Schwer zu sagen, was für ein Tier es gewesen war – nach der Größe der Rückenflosse und ihrem Abstand zur Schwanzflosse zu urteilen, hätte es ein großer Tigerhai sein können, vier Meter vielleicht. Vielleicht hatte er sich aber auch getäuscht, und das, was er als Schwanzflosse erkannt hatte, war in Wirklichkeit die Rückenflosse eines zweiten Hais gewesen.

Wenn es so war, handelte es sich wohl um zwei Bullenhaie, denn die jagten meist in Zweierteams, Männchen und Männchen oder Weibchen und Weibchen.

Aber egal, was er gesehen oder nicht gesehen hatte. Er spürte sie kommen; er roch, was zu riechen war, und sah, was zu sehen war; und er spürte die Vibrationen und Bewegungen, die sie im Wasser auf ihrem Weg zu ihm machten.

Wie still es war!

Er dachte an die Kinder der polynesischen Fischer, die Kinder, die man mit den Haien in die Bassins gesperrt hatte. So musste man es machen, so war es richtig. Gleich von Anfang an gewöhnte man die Kinder an die Welt und brachte ihnen bei, die Gefahren zu spüren, die überall lauerten. Man machte sie wendig und flink und beweglich, überlebensfähig, zu kleinen Haien.

Eine einfache Gleichung.

Er wünschte sich, so ein Kind gewesen zu sein.

Wie würde es sein, wenn sie zubissen? Würden sie zuerst einen der Oberschenkel attackieren, weil von dort das Blut ins Wasser floss? Würden sie einen Probebiss machen und sich erst mal wieder zurückziehen, um zu warten, wie er reagierte? Oder würden sie gleich hier bleiben und ihn Stück für Stück zerreißen?

Egal, wie sie es machen würden, er würde sich nicht regen. Er würde einfach hier stehen bleiben, so lange, bis er nicht mehr stehen konnte, und dann würde er untergehen, um bei ihnen zu sein.

Und dann wäre es gut.

Wann, fragte er sich, waren die Dinge außer Kontrolle geraten? Schon mit der ersten Fahrt oder erst mit der zweiten? War Ricardo ein Dämon gewesen, ein Zauberer, der sie verhext hatte? Oder war es Schweitzer gewesen?

Er spürte einen Sog um seinen linken Fuß.

Sie waren da.

ZWEITES BUCH

I. Cuban Shopping

Gursky lag auf seinem Bett im Hotel Sevilla und starrte an die Decke. Er versuchte sich an den Namen zu erinnern.

Es war irgendwas Normales: Claudia oder Stefanie oder Jessica.

Rebecca?

Vier Tage war es her, seit er beschlossen hatte, Schweitzer mitzunehmen, und morgen nun sollte es losgehen. Morgen würden sie sich auf die Jagd machen; morgen würden sie einen Hai aus dem Meer holen.

Nachdem sie im Hotel Nacional noch einige Male auf den Deal angestoßen hatten, war Gursky ins Hotel zurückgefahren, betrunken und euphorisch. Beim Anblick der gefalteten Schwäne allerdings kamen die ersten Zweifel. War es richtig, Schweitzer zugesagt zu haben? Konnte man sich auf ihn verlassen, auch im Ernstfall, oder würde er im Drogenrausch aufs Boot gehen? Schließlich ist das Fangen eines Hais keine ungefährliche Sache: Ein Hai wehrt sich, es ist wichtig, dass die Besatzung weiß, was sie tut, und vor allem nüchtern ist – nicht wenige Männer sind mit zwei Händen losgefahren und mit nur einer zurückgekommen.

Er rief Nathalie an, um zu erzählen, was passiert war.

»Bist du irre?«, rief sie. »Warum hast du das getan?«

»Ich weiß es nicht«, sagte Gursky.

»Es gab irgendwie keine Alternative. Ich konnte einfach nicht Nein sagen.«

»Was ist dran an dem Typ, dass er dich auf einmal so leicht überzeugt? Du hast ihn doch nie besonders gemocht.«

»Ich habe Mitleid mit ihm«, sagte Gursky. »Er ist so verzweifelt.«

»Ich hoffe, du weißt, was du tust. Jedenfalls werde ich keine ruhige Minute haben, wenn du mit diesem Kerl an Bord bist. Ich werde nicht schlafen können vor Sorge. Und das Kind auch nicht.«

»Dem Kind werde ich irgendwann eine gute Geschichte erzählen können«, gab Gursky zurück.

»Die Geschichte vom Großen Weißen, den ich gefangen habe.«

»Das hoffe ich für uns alle«, sagte sie.

Am Tag darauf traf Gursky sich im Innenhof des Sevilla mit Angel, dem Taucher und Angler, dessen Telefonnummer ihm die Frau an der Rezeption gegeben hatte.

Er war ein athletischer Typ in Sporthosen und Trägerhemd, am Handgelenk trug er eine dicke Taucheruhr, und während die beiden redeten, spielten seine Finger die ganze Zeit mit seiner Ray-Ban-Sonnenbrille herum. Nichtraucher selbstverständlich, mit der dazugehörigen sportlichen Arroganz des reinen Körpers.

»Warum möchtest du unbedingt einen Hai fangen?«

Gursky erklärte ihm die Geschichte in Kurzform.

»Hast du überhaupt schon mal geangelt?«

Nein, sagte Gursky, aber so schwer könne das ja wohl nicht sein: die richtige Schnur, der richtige Haken, der richtige Köder und am Ende dann der richtige Fisch.

Angel sah ihn spöttisch an und lächelte.

»Und dann gleich einen *Hai*?«

»Und dann gleich einen Hai«, bekräftigte Gursky. Der Typ hielt ihn offensichtlich für einen Freizeitabenteurer, und das gefiel ihm nicht.

»Also gut. Ich kenne da einen Mann, der dir behilflich sein könnte. In Punto Escondido.«

Von dem kleinen Fischerdorf östlich von Havanna hatte Gursky schon gehört. Ein paar deutsche Touristen, die zum Tauchen nach Kuba gekommen waren, hatten ihm davon erzählt: *Ganz wunderbar, voller Atmosphäre, noch total unverbraucht und ursprünglich* sei es dort angeblich.

Klang gut, klang idyllisch, klang genau richtig.

Angel erzählte von einem alten Freund, den er in Punto Escondido habe. Ein Fischer mit eigenem Boot, der täglich rausführe, um Zackenbarsche, Thunfische, Schnapper und Marlins zu fangen. Oft sei auch ein Hai dabei – ein Riffhai, ein Blauer, manchmal sogar ein Tiger. Der Mann würde sie sicher gern mitnehmen, es gebe bei der ganzen Sache nur ein einziges Problem.

Welches das wäre, fragte Gursky.

»Castro«, sagte Angel.

»Die Regierung verbietet es jedem Fremden, mit einheimischen Fischern aufs Meer zu fahren, die keine ausgewiesenen Touristenführer sind. Sie wollen verhindern, dass die Fischer Dollars in die Hände bekommen; oder dass die Fischer mithilfe der Fremden und gefälschter Pässe nach Florida flüchten.«

Ist das ein großes Problem?

Käme darauf an, sagte Angel.

Käme worauf an?

»Auf *Dolares.*«

»Wie viel?«

»Zweihundertfünfzig für die Crew, die Ausrüstung und einen halben Tag auf dem Boot, zweihundert für mich und fünfzig für den Mann der Küstenwache, den wir bestechen müssen.«

»Gut«, sagte Gursky. Es war irrsinnig teuer, aber nicht zu teuer für einen Traum.

»Wenn wir dann auch wirklich einen Hai fangen.«

»Das werdet ihr schon«, sagte Angel.

Sie klärten Termin und Uhrzeit, zudem bräuchten sie auch ein Auto, so Angel. Er würde die beiden fahren, denn allein würde es Stunden dauern, bis sie den Ort fänden.

»Entschuldigung?«, fragte er noch, bevor er ging.

»Ja?«

»Warum trägst du die Uniform eines kubanischen Soldaten?«

Das sei eine wirklich sehr lange Geschichte, sagte Gursky.

Er sah, wie Angel mit dem Kopf schüttelte, als er ging:

Gottverdammte Touristen!

Schweitzer hatte Gursky erst vor ein paar Stunden wiedergesehen, zum Abendessen im Tong Po Laug. Er wirkte ausgeruht und nüchtern, als Gursky ihm erklärte, dass er pünktlich um acht Uhr morgens im Hotel Sevilla sein müsse, damit sie rechtzeitig losfahren könnten.

»Ist das ein Problem für dich?«

»Nein«, sagte Schweitzer. »Ich werde da sein.«

Dann nahm Gursky ihm das Versprechen ab, das er vorbereitet hatte.

»Du musst nüchtern sein, wenn du an Bord kommst; ansonsten kann ich dich nicht mitnehmen.«

»Okay«, sagte er.

»Wirklich nüchtern«, betonte Gursky.

»Ich verspreche es.«

Sie saßen noch ein bisschen in dem Restaurant herum und sahen sich die Leute an, die wie an jedem Abend hier promenierten, doch Gursky war etwas abgelenkt. Dafür, dass es um die Erfüllung meines Lebenstraums geht, läuft die Planung überraschend glatt ab, dachte er, überraschend *undramatisch*. Aber vielleicht ist das ja so mit Lebensträumen: Jahrelang kommen sie dem Menschen unrealisierbar vor, und dann, wenn sie in greifbare Nähe rücken, verlieren sie all ihre einschüchternde Größe.

Wenn es so ist, dann ist es so.

Jetzt aber, am Vorabend der Jagd, begann Gursky die Aufregung zu spüren: An die Zimmerdecke starrend wie auf eine Leinwand, stellte er sich vor, wie es morgen sein würde. Er stellte sich vor, wie er Havanna hinter sich ließ und aufs Meer hinausfuhr, auf den endlosen Atlantik. Er sah sich mit einer starken Angel in der Hand auf einem kleinen Boot stehen und den Horizont nach Haiflossen absuchen. Er sah, wie das Tier anbiss und er mit ihm kämpfte.

Und während er sich diese Dinge vorstellte, musste er an sein erstes Groupie denken – das erste Mädchen, das er mit seinem Ruhm durch »Gurskys Welt« klargemacht hatte.

An ihren Namen konnte er sich nicht mehr erinnern, so sehr er es auch versuchte, doch wie die Sache damals abgelaufen war, wusste er noch genau.

Seit zwei Monaten lief die Sendung, immer mittwochs. Einen richtigen Star hatte er noch nicht dabeigehabt, nur ein paar halb prominente deutsche Hiphopper und irgendwelche englischen Gitarrenbands. Die Quoten stiegen stetig, aber langsam, und nicht einmal der »Bravo« hatte er bis dahin ein Interview gegeben.

Er war einfach nur ein Typ, der Videos ansagte und ein bisschen Quatsch machte.

Diesem Mädchen allerdings, das ihn am Abend nach der Aufzeichnung in einer Bar ansprach, schien das zu genügen.

Es lief genauso ab, wie man es sich vorstellt: »Entschuldigung, bist du nicht der, der ... ich finde das total toll, was du machst ...«

Gursky, der nie besonders erfolgreich bei Frauen gewesen war, fühlte sich wie ein Bettler, dem von einem Postlaster herunter auf einmal ein Geldsack vor die Füße fällt.

Ihm war alles klar, er durchschaute alles. Er wusste, warum sie ihn ansprach und dass sie sich nicht für ihn selbst interessierte, sondern nur für das, was er repräsentierte. Sie wollte einfach eine Verbindung eingehen mit der Welt, die sie im Fernsehen sah; mit dem, was sie für Glamour, Ruhm und Erfolg hielt. Sie wollte mit dem Fernsehen schlafen, das war alles.

Und genau das genoss Gursky.

Er genoss, dass er sich nicht erklären musste und keine Argumente vorbringen, warum sie gerade mit ihm eine hervorragende Nacht verbringen könnte; er genoss, dass die Währung, um die es ging, klar und endlich einmal alles einfach war.

Als er mit ihr schlief, hielt er die Augen die ganze Zeit geöffnet. Er wollte nichts verpassen, gar nichts.

Später, als er ihre Wohnung verließ und auf der Straße stand, war er nicht mehr derselbe.

Es war seine Premiere gewesen; er hatte zum ersten Mal die Hauptrolle gespielt. Sie würde ihn nie vergessen.

Warum er gerade jetzt an sie dachte?

Vielleicht deshalb, weil auch die Sache mit dem Hai eine Premiere war – etwas Neues in dieser Welt, die ihm nur noch so wenig neue Dinge bieten konnte.

Das Bild des Mädchens verschwand, als er jetzt wieder an die Decke sah, dafür kam der Hai zurück. Er lag nun an Bord, zitternd und nach Luft schnappend.

Das war das Einzige, was Gursky sich nicht so klar ausmalen konnte, wo das Bild unscharf wurde. Wie würde es sein, den Hai zu töten? Wie lange musste man mit dem Knüppel auf seinen Kopf schlagen, bis er sich nicht mehr bewegte? Und was würde man dabei fühlen?

Sandra, fiel es ihm ein, als er einschlief – ihr Name war Sandra gewesen.

II. Abacora

»Wann hast du eigentlich angefangen, nur noch Beige zu tragen?«, fragte Gursky Schweitzer, der in kompletter Beigegarnitur – Sommerhose, T-Shirt, Tropenhut – vor ihm stand.

Das sei lange her, sagte Schweitzer. So lange, dass er sich kaum noch erinnern könne.

»Und was ist das Schöne am Beige?«

»Schwer zu sagen. Irgendwie mag ich alles daran: Es ist hell und leuchtet, aber nicht unnatürlich hell, eher wie leicht gebräunte Haut. Es belügt einen nicht. Man erkennt jeden Fleck darauf.«

Sie standen an Deck eines etwa sechs Meter langen Fischkutters, der Abacora. Mit an Bord waren zwei Männer, beide mit nackten Oberkörpern: Domingo, der Kapitän, ein kleinerer Älterer mit Kugelbauch und grauen Haaren, und Miguel, sein Matrose, etwas länger und jünger, mit schwarzem Schnäuzer und einer ausgeblichenen Baseballkappe, auf der *Hard Lemonade* zu lesen stand.

Was Hard Lemonade war oder wie sie vielleicht schmeckte, wusste Gursky nicht.

Vor ihnen lag das offene Meer, und Gursky zitterte vor Erwartung.

Eben noch, als sie an Bord gegangen waren, hatte er sich seltsam gefühlt. Er kam sich wie ein ungelenker Idiot vor, als er auf das Boot kletterte: unpassend gekleidet, unpassend vorbereitet, ja unpassend aufgezogen und aufgewachsen fühlte er sich, wie ein Hund, von dem auf einmal das Fliegen verlangt wurde. Als er sich mit Domingo und Miguel verglich, war ihm fast peinlich, wie ungeeignet sein Körper für das Boot war, obwohl er schlank war und gut trainiert durch die jahrelangen Sessions im Fitness-Studio, in denen er dreimal wöchentlich mehrere Stunden am Stairmaster, Butterfly und auf dem Laufband verbracht hatte, um gut auszusehen für »Gurskys Welt«.

Doch während die Sonne für die dunkle Haut von Domingo und Miguel keine Gefahr war, mussten Gursky und Schweitzer sich mit Sunblocker eincremen, was Gursky wieder an die Hautkrebs-Vorsorgeuntersuchungen erinnerte, die er jedes Jahr machen ließ, seit er vierzehn war und ihm eine Ärztin gesagt hatte, die vielen Leberflecken auf seinem Körper seien nicht bloß lustige Punkte, sondern etwas, das ihn eventuell mal umbringen könnte, dann nämlich, wenn aus diesen lustigen Flecken durch Sonnenstrahlung oder irgendwelche Zerfallserscheinungen bösartige Melanome würden.

Mehr als siebzig davon mussten sie ihm im Lauf seines Lebens schon herausgeschnitten haben; im letzten Jahr hatten sie ihm wieder neun dieser Leberflecken entfernt, und als Gursky halb nackt auf dem mit desinfiziertem Toilettenpapier bedeckten OP-Tisch lag und zu den Zeilen des Lieds »If you leave me now« von Chicago, das aus dem Radio kam, darauf wartete, dass die Betäubung einsetzte, beobachtete er die unterspritzten Flecken ganz genau. Aus den Einstichlöchern blutete es, die Haut darunter war hügelig geschwollen von dem Betäubungsgift, so wie frische Wespenstiche, und die Flecken sahen nun aus wie etwas, was man unbedingt entfernen musste, allein schon deshalb, weil sie eine besondere Position für sich beanspruchten, weil sie laut waren im Verhältnis zur Stille des Restkörpers. Und auf einmal begann Gursky seinen Körper zu hassen dafür, dass der so unperfekt war, ja er ekelte sich geradezu davor und überlegte tatsächlich, den Arzt aufzufordern, ihm alle restlichen hundert oder hundertfünfzig Flecken, die auf ihm verteilt waren wie kambodschanische Tretminen, auf einmal wegzuschneiden oder auszubrennen, damit endlich Ruhe wäre.

Als der Arzt dann endlich kam und die Flecken wegschnitt, nur die markierten neun natürlich, verspürte Gursky fast

Befriedigung, fast eine Art Vergnügen: Das Schneiden fühlte sich so an, als würde man Dreck wegwischen, und in gewisser Weise war es ja auch so.

Neben seiner empfindlichen Haut musste Gursky auch seine grünen Augen mit einer dunklen Brille schützen, während es den beiden Fischern reichte, die Augen bloß zusammenzukneifen, um auf das reflektierende Wasser sehen zu können. Sie liefen barfuß an Bord herum und führten jeden Handgriff – das Anlassen der Maschine, das Präparieren der Angeln, das Losmachen von der Pier – mit beiläufiger Routine aus, während Gursky und Schweitzer sich vorsichtig auf den Planken bewegten: Das kleinste Schaukeln schon gefährdete ihren Gleichgewichtssinn, und die Tatsache, dass sie nichts selbst ausführen konnten, dass es nichts an Bord gab, womit sie sich nützlich hätten machen können, machte sie zu Fremdkörpern, zu Ballast. Allein, weil wir dafür *bezahlen*, sind wir an Bord dieses Schiffes, dachte Gursky und erinnerte sich an den Blick des Mannes von der Küstenwache, den sie eben bestochen hatten. Allein deshalb, weil wir uns *eingekauft* haben; darüber hinaus besitzen wir nicht den geringsten Wert für diese Leute.

Er fühlte sich wie Britney Spears oder so jemand. Auch die war mal Gast in der Sendung gewesen. (Gursky: »Ich finde es sehr nett, dass du dich so lange für mich aufgespart hast. Danke, Britney!« Britney: »Hihi.« Gursky: »Wollen wir es jetzt gleich hier machen?« Britney: »Du hast aber einen lustigen Humor.« Gursky: »Das war kein Witz, Britney. Ich möchte wirklich mit dir schlafen.« Britney: »Ähm, also das nächste Video ist von …«)

Jetzt aber, als das Boot die zwei Felsen passierte, die die Bucht von Punto Escondido verengten, zu der Angel sie an diesem Morgen gefahren hatte, waren diese Gedanken wie weggefegt, und es lag allein am Meer.

Gursky hatte in seinem Leben nicht viele Schiffsreisen gemacht, nur ein paar Fährtrips nach England, und mit seinen Eltern auf den Kanaren eben, doch die wenigen Male, die er auf dem Meer gewesen war, hatten ihn immer beeindruckt.

Denn das Meer sprach zu ihm.

Auch jetzt war es so.

»Du warst lange weg, mein Freund«, sagte das Meer. »Es ist gut, dass du jetzt wieder hier bist; es ist schön, dich wiederzusehen, denn dich habe ich immer besonders gemocht. Du bist gekommen, um einen Hai zu fangen? Ein mutiges Vorhaben, aber so wie ich dich kenne, wird es dir gelingen, denn du bist stark, mächtig und talentiert. Du kannst in meiner Welt überleben, weil du ein Kämpfer bist und dich immer durchsetzt, egal, was auch passiert.«

Es war ihm klar, dass das Meer wie die amerikanische Verfassung redete, dass es pathetisch war und die Magie besaß, alles, was auf ihm geschah, mit Bedeutung aufzuladen. Das Meer sagte Worte, die schon oft gesagt worden waren, vielleicht log es manchmal sogar, doch selbst wenn es so war, bekam das Meer es immer hin, diese Worte so klingen zu lassen, als seien sie wahr und nur für ihn bestimmt.

Das Meer kennt sogar meinen Vornamen, dachte Gursky und fühlte sich zum ersten Mal, seit er auf Kuba war, nicht wie ein Tourist, sondern wie ein Reisender. Nicht wie jemand, der immer nur ankam und konsumierte, sondern wie jemand, der auf der Suche war.

Ging es Schweitzer genauso?

Bestimmt, dachte Gursky. Er sieht glücklich aus. Sein Gesicht verjüngt sich wieder.

Die See war ruhig, kaum Wind, kaum Wellen, und außer einem Fischer, der in seinem kleinen Ruderboot ein paar

Meter vor der Küste angelte, war die Abacora das einzige Schiff. Mit größtmöglicher Geschwindigkeit pflügte sie durchs Meer, die Gischt spritzte, und die Tropfen berührten Gurskys von der Sonne erwärmte Haut.

Ob er ihm helfen solle, fragte Gursky Miguel, der gerade zwei kleine Barsche als Köder für die Angeln präparierte, mit denen Schweitzer und er den Hai fangen sollten.

Ginge schon, sagte Miguel. Aber wenn sie wollten, könnten sie schon mal ein bisschen mit den Rollen da angeln.

Er zeigte auf zwei tellergroße Plastikräder, auf die eine grüne Nylonschnur mit Haken gewickelt war.

»Nehmt als Köder etwas von dem Tintenfisch hier.«

Er warf die gefrorenen Tiere herüber.

Es dauerte etwas, bis Schweitzer und Gursky die Tintenfische am Haken festgemacht hatten, die glibbrig wurden, während sie nun langsam auftauten.

»Und jetzt?«, fragte Gursky.

»Werft ihr die Schnur aus«, sagte Miguel, ein wenig genervt, während er die zwei Angeln mit den Barschködern in Halterungen am Heck steckte. Dann ließ er die Köder ins Wasser und die Trommeln sich ein Stück weit abrollen.

Vier Schnüre liefen nun durchs Wasser, zwei davon hielten Schweitzer und Gursky an den Plastikrädern in den Händen. Die Köder tanzten auf dem Meer wie Zwerge, die Wasserski fuhren, sie ditschten auf der Oberfläche hin und her und zogen Spuren hinter sich wie Kondensstreifen am Himmel.

Es fühlt sich gut an, die Schnur in den Händen zu halten und die Spannung zu spüren, die sich aus dem Gewicht des Köders und dem Widerstand des Wassers ergibt, dachte Gursky. Es ist gut, weil nun eine *Verbindung* zum Meer, zur Natur möglich ist, wenn irgendein Tier aus dieser Welt anbeißen sollte. Eine Verbindung, die dann zu einer Kraftprobe zwischen Natur und Mensch werden wird. Zu einem *Test*, einer *Prüfung*.

»Sieh her!«, rief Schweitzer, den Gursky schon fast vergessen hatte, weil er sich so sehr auf seinen Köder konzentrierte.

»Bonitos!«

Und tatsächlich: In etwa vierzig Meter Entfernung rechts vom Boot sprang ein Schwarm dieser kleinen Thunfische durchs Wasser wie Delphine. Ihre silbrigen Körper blitzten in der Sonne, und auch fliegende Fische sahen sie jetzt, die vor den Bonitos flüchteten.

»Mein Gott!«, rief Gursky.

»Ich wusste nicht, dass die auch springen!«

»Passt auf eure Köder auf«, rief Miguel, während er Domingo dirigierte, der das Boot in die Nähe des Schwarms lenkte und die Geschwindigkeit drosselte.

Dann riss es Gursky fast die Rolle aus der Hand.

Er war abgelenkt und nicht vorbereitet darauf, dass tatsächlich ein Fisch anbeißen und wie ein Zentnergewicht an seinem Arm zerren würde, und bevor Gursky noch reagieren konnte, sprang schon Miguel neben ihn und griff in die Schnur.

Das Bild seines Vater kam in Gurskys Kopf.

»Ich will es selbst machen!«, schrie er Miguel an.

»Stetig, aber vorsichtig einholen«, befahl der.

Gursky wickelte die Schnur auf, doch weil er das Plastikrad mit beiden Händen drehen musste, verhedderte sich die Leine ständig.

»Schneller, viel schneller!«, schrie Miguel. Er wollte erneut in die Leine greifen, wurde aber von Schweitzer gestoppt, der auf einmal vor Gursky stand und die Schnur einholte, Meter für Meter.

»Sehr gut, sehr gut«, sagte Miguel und ging zur Seite.

Das Aufrollen ging jetzt besser, dafür spürte Gursky nichts mehr von dem Fisch, kein Zucken, keinen Widerstand, denn aller Druck war nun auf Schweitzer verteilt. Die Verbindung war gekappt, Gursky spulte nur noch die schlaffe Schnur auf, so lange, bis der Fisch an Bord war und Schweitzer ihn am gestreckten Arm hielt, während das etwa dreißig Zentimeter lange Tier nach Luft schnappte und zappelte.

Miguel griff den Bonito, entfernte den Köder aus dem Maul und warf ihn in einen Plastikeimer. Dann klopfte er Schweitzer auf die Schulter. »Un pescador bueno!«, lobte er anerkennend. Auch Domingo reckte vom Steuersitz aus seinen Daumen in die Höhe.

Schweitzer lächelte wie ein Sieger.

Gursky klopfte ihm ebenfalls auf die Schulter, aber nur kurz. Ich hätte es auch allein geschafft, dachte er, wie kommt Schweitzer überhaupt darauf, ohne zu fragen den Fisch einzuholen, der an meiner Leine hängt? Und warum macht das für die Fischer keinen Unterschied; warum respektieren sie Schweitzer mehr als mich? Halten sie ihn für stärker?

Er fühlte sich um irgendetwas betrogen.

Als Gursky merkte, dass Schweitzer ihn so ansah, als hätte er seine Gedanken gehört, drückte er sie weg. Sie waren ihm peinlich in ihrer Schwäche, in ihrer Weinerlichkeit; Schweitzer durfte auf keinen Fall von ihnen erfahren.

»Jetzt aber einen Hai!«, rief er den Fischern zu.

»Tiburón! Tiburón!«, schrien die zurück.

Na also. Wie leicht man die Menschen für sich gewinnen konnte, wenn man seine wahren Gefühle überspielte; und wie schnell man für sie ein anderer wurde, ein Haudegen.

Die Abacora entfernte sich immer weiter von der Küste.

Dann stellte Domingo den Motor ab und warf den Anker.

Hier sei die Stelle, sagte er.

Der Haiplatz.

Alles gäbe es hier: Tiger und Blaue, Hammerhaie und Makos, manchmal sogar einen Weißen.

Gursky beugte sich über die Reling. Das Wasser war tiefblau, fast schwarz.

Seid ihr da?

Ich komme.

Miguel zog die beiden Angeln aus den Halterungen und drückte sie Schweitzer und Gursky in die Hände.

»Den Köder bis zum Grund laufen lassen und dann etwa bis zur Hälfte einholen.«

Das taten sie, genau eine Stunde lang.

»Sollten wir nicht vielleicht ein paar Fischreste und Blut ins Wasser schütten, um sie anzulocken?«, fragte Gursky.

»Die Köder sind Blut genug«, antwortete Miguel.

Sie angelten eine weitere Stunde, ohne dass etwas geschah.

»Vielleicht sollten wir den Platz wechseln«, schlug Miguel vor.

Vielleicht habt ihr einfach keine Ahnung, dachte Gursky.

Domingo startete den Motor und wendete, aber schon jetzt wusste Gursky: Sie würden heute keinen Hai fangen. Es lag nicht allein daran, dass er Miguel und Domingo im Grunde für unfähig hielt – zum ersten Mal seit seinem Entschluss, auf Kuba einen Hai zu fangen, wurde ihm klar, dass er nicht einen einzigen Moment lang darüber nachgedacht hatte, dass es sehr gut möglich war, wochenlang auf dem Meer herumzufahren, ohne jemals auch nur einen kleinen Riffhai zu Gesicht zu bekommen, geschweige denn einen großen vor die Angel. Ja, es ist sogar so, dachte er, dass die Wahrscheinlichkeit, *keinen* zu fangen, viel größer ist als die Chance, dass es gelingt, wenn man bedenkt, wie weit und tief das Meer ist. Man kann Haie zwar locken, sie aber niemals zu sich bestellen – und selbst wenn sie kommen sollten, ist noch lange nicht klar, ob sie auch anbeißen, denn sie sind kluge Tiere, die sich nicht einfach so hereinlegen lassen.

Die Jagd kann also praktisch endlos dauern.

Wo eben noch alles klar und alles möglich schien, war nun gar nichts mehr klar und gar nichts mehr möglich.

»Was tun wir eigentlich, wenn wir keinen Hai fangen?«, fragte er Schweitzer.

»Darüber habe ich noch nicht nachgedacht«, sagte der. »Ich nehme an, dass wir es dann einfach nochmal versuchen müssen.«

Am nächsten Ankerplatz befolgte Miguel sogar Gurskys Rat, Fischreste ins Wasser zu schütten. Wieder warfen sie die Angeln aus, ließen die Köder bis zum Grund, holten sie zur Hälfte hoch und bewegten sie rhythmisch hin und her, damit die Haie sie für lebendig hielten. Und wieder geschah nichts, nicht einmal ein kleiner Schnapper biss an.

Nach einer halben Stunde erinnerten Domingo und Miguel daran, dass sie nur für einen halben Tag bezahlt hätten und die Fischer nun die über Nacht ausgelegten Köder prüfen müssten. Weder Gursky noch Schweitzer wussten diesen Argumenten etwas entgegenzusetzen.

Wortlos fuhren sie zurück in den Hafen.

Gursky horchte auf das Meer, aber auch das blieb still.

III. Der Schwur

Im Innenhof des Sevilla saßen Touristen aus Deutschland, Italien und Spanien. Sie hatten abgeschnittene Jeanshosen an, bunte T-Shirts und irgendwelche Mützen auf den Köpfen. Gursky starrte besonders auf einen von ihnen, der ganz offensichtlich aus Leipzig kam und im breitesten Sächsisch über die kubanischen Frauen redete.

»Wir sind genau wie der da«, sagte er und zeigte auf den Mann, der verwirrt zurückblickte, vielleicht deshalb, weil er in Gursky den ehemaligen Fernsehprominenten erkannte.

»Es gibt keinen Unterschied.«

Seit das Meer nicht mehr geredet hatte, lamentierte Gursky. Er beschwerte sich über Domingo und Miguel, über die Abacora und über Angel, der sie vor einer halben Stunde hier abgesetzt und sich fast während der gesamten Rückfahrt von Punto Escondido über sie lustig gemacht hatte. Echte Haijäger bräuchten eben Geduld, die Regeln des Meeres könne man nicht bestimmen, es sei eben nicht alles auf der Welt käuflich. Die Gedanken, die Gursky auf der Abacora gehabt hatte, hatten sich noch verstärkt, und fast wünschte er sich zu Nathalie zurück.

Werde ich eben ein Vater ohne Haitrophäe.

»Sind wir nicht«, sagte Schweitzer mit Blick auf den Sachsen. »Der da hat keinen Auftrag, wie wir ihn haben. Der will im besten Fall nur billigen Sex, aber selbst das wird ihm nicht gelingen.«

Gursky nahm einen Schluck von seinem Bier. Was war los mit Schweitzer? Seit sie von dem Boot gestiegen waren, hatte er, den Gursky für so verwöhnt und anspruchsvoll gehalten hatte, sich noch kein einziges Mal beschwert über diesen unfassbaren Misserfolg, über diesen Reinfall. Ganz im Gegenteil schien er gerade jetzt erst aufzublühen, so als hätte ihm die Fahrt Hoffnung gegeben.

»Ehrlich gesagt zweifle ich daran, ob wir diesen Auftrag, wie du es nennst, je erfüllen werden.«

Gerade jetzt glaube er daran, sagte Schweitzer.

»Es klingt vielleicht komisch – aber ist vorhin auf dem Meer nichts mit dir passiert? Ich weiß nicht, ob ich mich jetzt richtig ausdrücke; aber zum ersten Mal seit langer Zeit habe ich wieder etwas gespürt. Meine Sinne hatten wieder eine *Aufgabe*: Ich war angespannt und konzentriert, meine

Augen suchten den Horizont ab nach einem Ziel. Alles wirkte *schärfer, fokussierter* als sonst. Ging es dir nicht so?«

»Doch«, gab Gursky zu.

»Und darum müssen wir weiterjagen, so lange, bis wir einen Hai haben. Wir müssen alles viel drastischer machen – eben nicht wie Freizeitabenteurer, sondern wie richtige Jäger.«

Gursky lachte.

»Entschuldigung, aber so viel Geld habe ich leider nicht, und bis dahin geht meine Tochter in die Schule.«

Schweitzer lachte nicht, als er sagte, er habe endlos viel Geld. Er war auch vollkommen ernst, als er Gursky nach dem letzten Schwur fragte, den er geleistet habe.

Wisse er nicht mehr genau, sagte Gursky.

Irgendwann in der Schule oder so.

»Dann sage ich dir jetzt, wie wir es machen werden: Wir versprechen uns, nicht eher mit der Jagd aufzuhören und nach Hause zurückzukehren, bis wir erfolgreich sind, egal, wie lange es dauert und egal, wo es uns hinführt. Wir reisen im Zeichen des Hais, immer die kubanische Küste entlang, notfalls umrunden wir sie mehrmals. Was das Geld betrifft, kümmere ich mich um alles; ab jetzt bist du eingeladen. Ich erfülle dir – und mir – diesen Traum. Alles, was du tun musst, ist, mir zu schwören, dass wir nicht aufhören werden, bis wir ihn haben.«

Gursky starrte Schweitzer an.

So hatte er noch keinen Menschen reden gehört, niemals. Weder einer seiner Popstars noch einer seiner Mitarbeiter noch irgendjemand sonst, nicht mal Nathalie, hatte je so absolut ernst zu ihm gesprochen.

Es war, dachte Gursky, so als souffliere irgendeine Kraft Schweitzer diese Sätze. So als habe er sie schon vor langer Zeit vorbereitet und so als hänge sein Leben davon ab.

Es war ein Sog.

Aber sollte man sich deshalb von ihm mitreißen lassen? Natürlich war es verführerisch, Schweitzer zuzusagen, obwohl Gursky jetzt schon wusste, dass er Nathalie so eine unbedingte Entscheidung kaum würde erklären können, ohne dass sie ihn dafür hassen würde. Schließlich konnte das, auch wenn es nicht wahrscheinlich war, dass diese Reise noch drei Monate dauern würde, eventuell seine rechtzeitige Rückkehr zur Geburt verhindern. Und wie würde sie ihm das jemals verzeihen können? Trotzdem war Nathalie nicht der Hauptgrund, weshalb er zögerte.

Gursky zögerte, weil er spürte, dass es, würde er den Schwur leisten, von nun an um mehr gehen würde als nur eine Haijagd. Bis hierhin war alles noch Tourismus gewesen, ein Abenteuer-Tourismus vielleicht, aber doch innerhalb von Regeln und Gesetzen, die er sich selbst gesetzt hatte.

Wenn er zusagte, würde er dieses Gebiet verlassen und sich, zusammen mit Schweitzer, etwas Größerem überlassen, über das man irgendwann vielleicht keine Kontrolle mehr hatte. Dem Unbekannten.

IV. Gursky und Schweitzer

Sie fuhren seit Tagen.

Meist saß Schweitzer am Steuer des Toyota, den sie gemietet hatten, und er fuhr zügig und schnell, so als steuere er auf ein bestimmtes Ziel zu. Gursky wunderte sich manchmal darüber, denn so ein festgelegtes Ziel gab es ja noch nicht, den Ort, an dem Haie, Fischer und Boote auf sie warteten, mussten sie ja noch suchen.

Es passte aber alles, denn seit dem Abend, an dem sie den Schwur geleistet hatten, mit gespreizten Fingern und auf ihre Leben, wie Schweitzer es gefordert hatte, war der es, der die

Dinge vorantrieb. Gursky störte das nicht, im Gegenteil: Es gefiel ihm, sich von seiner wieder erweckten Lebenslust und Energie mitreißen zu lassen. Von Nina jedenfalls redete er kaum noch.

Außerdem zahlte Schweitzer ja.

Er hatte alles wahrgemacht, was er an dem Abend versprochen hatte, und wenn Gursky tatsächlich noch irgendwelche Zweifel an seiner Ernsthaftigkeit gehabt hatte, waren die spätestens dann verschwunden, als Schweitzer am Morgen danach tatsächlich um zehn Uhr morgens vor seiner Tür stand und fragte, ob er schon gepackt habe. Als Gursky verneinte und auf seine immer noch vermisste Reisetasche hinwies, öffnete Schweitzer einen der beiden Lederkoffer, die er neben einer Umhängetasche, in der sich sein Powerbook befand, mitgebracht hatte, schüttete den – natürlich komplett beigefarbenen – Inhalt auf den Boden und gab Gursky den Koffer, damit er seine Uniformteile einpacken konnte. Eine Viertelstunde später war Gursky reisefertig, und als er an der Rezeption seine Rechnung zahlen wollte, hatte Schweitzer auch das schon erledigt.

Sogar um die richtige Ausrüstung hatte er sich gekümmert: Im Kofferraum des Wagens lagen zwei starke Angeln plus diverse Haken, ein paar englischsprachige Bücher über Haie, Reiseführer und Anglerzeugs wie Noppenhandschuhe, eine Art Hakenspeer und verschieden starke Nylonschnüre.

Ein Profiset.

So ließen sie Havanna hinter sich, die Stadt, in der sie sich wiedergetroffen hatten; die Stadt mit all ihrem Dreck, ihren Abgasen, ihren Latexmädchen und ihrem Hemingwaywahn; und sie machten sich auf in das Kuba der Tabakfelder und der undomestizierten Küsten, an deren Riffen sie sich Haie erwarteten. Sie machten sich auf ins Kuba der

Landbevölkerung; in das Bundesland Pinar del Rio im Westen des Landes.

Während Gursky neben Schweitzer saß und den DJ machte, der im Autoradio die besten Musiksender suchte, überlegte er, woran es lag, dass er sich Schweitzer so nah fühlte, diesem Mann, der noch vor kurzem ein Feind gewesen war. Obwohl, vielleicht war *nah* das falsche Wort, denn geistig nah fühlte er sich Schweitzer eigentlich gar nicht so sehr. Es war eine andere Form von Nähe: das Gefühl, dass sie auf eine besondere Art miteinander verbunden waren. Die Nähe kam durch den Schwur, dieses Ritual, das kaum noch ein Mensch auf der Welt beging. Das so unglaublich altmodisch war, dass man seine volle Bedeutung gar nicht mehr kannte und das darum magisch wirkte.

Magisch und ein wenig unheimlich.

Das Unheimliche an der Situation wurde noch dadurch verstärkt, dass Gursky ein schlechtes Gewissen hatte: Wegen der schnellen Abreise hatte er nicht mehr mit Nathalie reden können und nur eine kurze und sehr wirre Nachricht auf dem Anrufbeantworter hinterlassen, die im Wesentlichen besagte, dass er bei der Haijagd noch keinen Erfolg gehabt hatte und nun mit Schweitzer ein wenig durch Kuba fahren würde. Den Schwur, so lange zu fahren, bis sie das Tier hätten, verschwieg er – wie er sie kannte, hätte er dann gar nicht erst zurückzukommen brauchen.

Vermisste er sie?

Irgendwie ja.

War es sein Recht, ein einziges Mal seinen Traum auszuleben?

Auch.

Musste man sich jetzt viele Gedanken darüber machen?

Nein. Es war ja noch Zeit, bis das Kind kam.

Zwei oder drei Monate.

Als er Schweitzer davon erzählte, sah der es genauso. Er

sagte auch: »Mach dir keine Sorgen, du kommst garantiert rechtzeitig zurück.«

Bei einem ihrer ersten Stopps, in Playa de Baracoa, gelang es ihnen sogar, den Vorfall bei »Gurskys Welt« vor einigen Jahren zu klären.

»Ich habe dich gehasst damals«, sagte Gursky, als sie bei einem Drink am Strand saßen – »dafür, dass du mir die Show ruiniert hast und alles, was ich sagte, an dir abzuperlen schien.«

»Ich habe dich auch gehasst«, sagte Schweitzer – »Obwohl ich gar nicht mehr genau weiß, worum es eigentlich konkret ging. Ich weiß nur noch, dass ich mir ein System konstruiert hatte, das ich um jeden Preis aufrechterhalten wollte. Ein System, das auf Abgrenzung beruhte, ein System, das mir damals lebenswichtig war.«

»Wenn es nur darum ging, hat es funktioniert. Es war unmöglich, irgendetwas mit dir anzufangen. Du warst ein Eisblock.«

»War«, sagte Schweitzer und lächelte. »Das ist jetzt doch anders, oder nicht?«

Es war seltsam, über die Zeit von damals zu reden, die Zeit der Sendung, die Gursky hier auf Kuba so vorkam, als sei sie endlos lange her, ebenso lange wie Schweitzers System – so lang, als gehöre sie schon längst nicht mehr zu ihm und sei Teil der Biografie eines anderen.

Vielleicht lag es auch daran, dass es so typisch, so durchschnittlich begonnen hatte: Als ein orientierungsloser Hamburger Geschichtsstudent unter vielen hatte er sich um das Praktikum in Köln beworben, weil er damals kein Geld besaß, um in Urlaub zu fahren oder sonst wohin.

Er erinnerte sich daran, wie er zum Kaffeekochen und Aktenkopieren und Kabeltragen hin und her geschickt wurde, von und für Menschen, die ihn nicht besonders beeindruckten. Zwar hatte Gursky nie einen besonderen Respekt fürs Fernsehen besessen, nur für Tierreportagen, doch als er sah, wie klein alles bei dem Sender war, wie klein die Studios und wie wenig Kameras es gab, hatte er auch keine Angst, sich bloßzustellen, als er während der Aufzeichnung eines Interviews mit Herbert Grönemeyer, der über die Pflicht des Künstlers – also *seine* Pflicht – zum Humanismus monologisierte, einfach aus dem Off dazwischenschrie. Die Künstler Deutschlands, sagte Grönemeyer gerade, sollten sich in regelmäßig stattfindenden künstlerischen Gesprächskreisen organisieren und wichtige soziale Probleme dieses Landes besprechen, gerne auch im Fernsehen. Rechtsradikalismus sei zum Beispiel so ein Thema, oder auch die immer größer werdende Armut.

Weil die 23-jährige Moderatorin mit den gefärbten Haaren nach dem Abnicken dieses Satzes erst nach der nächsten Frage auf ihrem Kärtchen suchen musste, war es einen Moment lang still im Studio.

»Hervorragende Idee, Herr Grönemeyer!«, rief Gursky in die Stille: »Sie könnten zur Eröffnung dann ja jedes Mal Ihr Lied ›Currywurst‹ singen, bevor Sie mit Juden und Palästinensern Friedensverträge aushandeln!«

Danach war es noch stiller im Studio.

Selbstverständlich wurde Gursky sofort des Studios verwiesen, doch als der Chef des Senders das Band sah, das ihm die entrüstete Moderatorin vorspielte, damit er Gursky vor die Tür setzte, lachte der Chef nur, und zwar so lange und so laut, wie er es seit der Gründung des Senders nicht mehr getan hatte.

Ein paar Wochen später produzierten sie die erste Folge von »Gurskys Welt«.

Mein Gott, dachte Gursky, als er den Vertrag unterschrieb, die Welt funktioniert ja tatsächlich genau nach den Gesetzen, die wir jeden Tag im Fernsehen sehen, nach allen Klischees:

Ein klein bisschen wohl überlegte Provokation, und schon steht jemand mit einem Vertrag vor der Tür.

Es erschütterte ihn fast, wie einfach es war.

Ein halbes Jahr später bekam er einen Schreibtisch ins Studio gestellt. Und wer als Moderator einen Schreibtisch hatte und sich hinsetzen konnte, hatte es wirklich zu was gebracht: Vom Studioschreibtisch aus die Welt kommentieren – mehr war nicht zu erreichen, weiter konnte man es nicht schaffen.

Wenn Gursky Schweitzer während der Fahrt Fragen stellte nach seiner Vergangenheit und wie er aufgewachsen war, gab Schweitzer bereitwillig Auskunft. Er war überhaupt nicht mehr so verschlossen, wie Gursky ihn vor Jahren kennen gelernt hatte, sondern erzählte frei, offen und warm aus seinem Leben, fast nostalgisch: von seiner Jugend in Frankfurt, München und Hamburg; von der Scheidung seiner Eltern und den Schulen, die er besucht hatte, von Büchern, die er mochte, und Schriftstellern, die er bewunderte – Joseph Conrad, Thomas Wolfe und Malcolm Lowry –, von den Exfreundinnen, auch von der, die sie beide kannten; von einer kurzen Zeit als Texter bei einer Werbeagentur; und von seinen Reisen in die ganze Welt. Sogar von Nina erzählte er und wie sie sich vor ein paar Jahren auf irgendeiner Party kennen gelernt hatten.

»Hast du sie eigentlich mal getroffen?«

Gursky schüttelte den Kopf.

»Na ja, ich glaube auch nicht, dass du sie besonders gemocht hättest, denn nach außen war sie oft schnippisch und arrogant. Die Art Frau, die herumläuft und ungefragt Kommentare abgibt über das, was ihr gerade nicht passt. Es kam nicht selten vor, dass sie einer Freundin sagte, das Kleid, das die trage, stehe ihr überhaupt nicht, ihre Beine seien viel zu dick. Viele Leute hassten sie dafür, und sie kam nur damit durch, weil sie so unglaublich hübsch war.«

»Und deshalb hast du dich in sie verliebt?«, fragte Gursky – »Weil sie so hübsch war?«

»Das auch«, sagte Schweitzer, ohne seinen Blick von der Straße zu wenden. »Jedenfalls hat mich die Frage interessiert, wie jemand, der so aussah, gleichzeitig so grausam sein konnte und wie diese Grausamkeit nicht die geringste Spur in ihrem Gesicht hinterließ. Geliebt habe ich sie aber hauptsächlich deshalb, weil sie in meiner Gegenwart so ganz anders war.«

»Nämlich wie?«

»Still, verloren, zauberhaft. Es klingt vielleicht blöd, aber ich sah das in ihr, was noch kein anderer je gesehen hat – und so sollte die Liebe doch sein, oder nicht? Wir waren eine Festung zusammen.«

»Eine Festung gegen was?«

»Eine Festung gegen die Pornoversionen.«

»Nochmal, bitte: gegen *was*?«

»Gegen die Pornoversion der Liebe – die degenerierte Form von ihr, die heute so populär ist und die im Wesentlichen daraus besteht, dass es schon reicht, sich nicht zu sehr auf die Nerven zu gehen, um sich Liebende zu nennen. Die Form der Liebe, deren Bild sich zusammensetzt aus der Palmers-Werbekampagne, roten Rosen und einem Kuss im Mondlicht. Die Form der Liebe, die sprachlich verroht und nur noch ein Klischee ist, abgenutzt von Millionen ungewaschener Finger und Millionen schlecht gewählter und hässlicher Adjektive. Die Liebe als Massenware, die keine Verpflichtung und keinen Respekt mehr kennt, die Art Liebe also, für die es Geschenkegutscheine von *Douglas* gibt.«

»Und ihr«, Gursky verlangsamte seinen Satz, denn er überlegte noch – »ihr wart keine Massenware? Was war denn anders an euch?«

»Wir hatten eine Identität zusammen«, sagte Schweitzer.

»Eine Seele, nicht mehr und nicht weniger. Einen Ort, der frei war von dem Dreck um uns herum. So lange zumindest, bis alles zusammengebrochen ist. Und das Schwerste ist es nun, das Bild loszuwerden.«

»Das Bild von Ninas Verrat?«

Schweitzer schüttelte den Kopf.

»Das reicht nicht. Ich muss die ganze Vorstellung von ihr loswerden.«

»Und wenn die Vorstellung so stark ist, dass man sie nicht vergessen kann? Wenn sie so stark ist, dass man sie nicht aus dem Kopf bekommt?«

»Einen Weg gibt es immer«, sagte Schweitzer. »Und das, was wir hier machen, ist ein ganz guter, glaube ich.«

Gursky versuchte sich vorzustellen, wie das gewesen sein musste, was Schweitzer und Nina verbunden hatte. Er fragte sich, was das *Besondere* gewesen war. Vielleicht ihr gemeinsamer Hass auf die Pornoversionen? Vielleicht hatten sie sich *erkannt* und gemeinsam ein System gelebt.

Ein System, das Nina dann zerstört hatte, durch den Verrat mit The Artist Formerly Known As Prince.

Eigentlich ist er nur ein Romantiker, dachte Gursky.

Allerdings ein besonders entschlossener.

Mehr bohren aber wollte er nicht, aus Angst, Schweitzers Gesicht würde wieder in sich zusammenfallen, wenn er ihn an zu viele Dinge aus seiner Vergangenheit erinnerte.

Denn sonst war es angenehm, mit ihm zu reisen: Schweitzer duschte keinesfalls dreimal am Tag, wie irgendjemand mal behauptet hatte, er stellte sich langsam wieder auf die Realität ein, auf ein Leben nach Nina also, und dass es so war, schrieb Gursky auch sich selbst zu.

Er schien ihm wirklich geholfen zu haben.

War er von einem Typen, der Michael Jackson und Herbert Grönemeyer fertig gemacht hatte, zu einem Retter geworden?

Ein Problem aber gab es.

Und zwar ein großes.

Es stimmte, was Angel Gursky schon beim ersten Treffen gesagt hatte: Castro und der Sozialismus hatten was gegen Leute wie sie, Kapitalisten, die meinten, sich für ein paar Dollar die Freiheit erkaufen zu können, aufs Meer zu fahren und einen Hai zu angeln.

Es fand sich kein einziger Fischer, der dazu bereit gewesen wäre, egal wie viel Dolares die beiden ihnen boten. Neben der Tatsache, dass die Fischer nicht verstanden, warum sie unbedingt einen Hai haben wollten – einen Fisch, in dem sie im Vergleich zu einem Marlin oder Schwertfisch nicht den geringsten Nutzwert erkannten –, und Schweitzer und Gursky somit für zwei besonders komische Clowns hielten, hatten die Fischer Angst vor der Polizei, vor der Küstenwache, vor dem Staat. Sie waren scharf auf die Dollars, aber nicht scharf genug, um ein solches Risiko einzugehen.

Und lachten nur.

In Mosquito war es so.

In La Boca war es so.

In Corojalito genauso.

Egal in welcher Pension, in welchem Gasthaus, an welchem Hafen sie es versuchten – in jedem Küstenort zwischen Havanna und Santa Lucia wurden sie abgewiesen.

Statt ihm näher zu kommen, entfernten sie sich von ihrem Hai.

Bis zum sechsten Tag ihrer Reise.

V. Die Legende von El Tiburón

Das Haus musste früher mal sehr schön gewesen sein, zur Zeit des Batista-Regimes. Höchstwahrscheinlich hatte es einem reichen Amerikaner gehört, der hier vor Jahrzehnten regelmäßig überwintert hatte, denn es hatte etwas von einer alten Südstaatenranch mit seiner Holzveranda und den kleinen Giebeldächern, die wie neugierige Vogeljunge aus dem Hauptdach heraus Richtung Meer sahen.

Jetzt war es etwas runtergekommen. Schon vor Jahren hätte es einen neuen Anstrich nötig gehabt, und die Planken der Veranda waren morsch, sie knackten beim Betreten und waren zum Teil schon durchgebrochen. Die insgesamt fünf Zimmer waren spärlich eingerichtet, nur Bett, Tisch und ein Stuhl, die Dusche befand sich auf dem Gang. Um das Haus herum standen Autowracks, verdorrte Baumstämme und aufgekippte Müllberge, die nach Schimmel rochen.

Definitiv keine First-Class-Location.

Und trotzdem gefiel Gursky die Casa Esperanza.

Zum Teil lag es am Namen: Ein Haus, das Haus der Hoffnung hieß, konnte man nur sehr schwer unsympathisch finden, noch dazu, wenn der Ort, in dem sich das Haus befand, genauso hieß: Puerto Esperanza.

Es gab also viel Hoffnung hier; Hoffnung im Überfluss.

Am meisten Hoffnung aber gab Gursky der Mann, der neben ihm auf der Veranda saß: ein großer graubärtiger Typ, etwa Mitte fünfzig, mit brathähnchenfarbenem Oberkörper und langen Storchenbeinen. Auch seine Arme waren dünn, hatten aber, genau wie die Beine, nichts Schwächliches an sich, im Gegenteil: nur Muskeln, die so solide wie Maschinenteile wirkten, und Sehnen so unzerreißbar wie die dickste Angelschnur.

Ricardo Gúzman.

Er war es gewesen, zu dem der Besitzer eines kleinen Fischrestaurants in El Rosario Gursky und Schweitzer geschickt hatte, leise und verschwörerisch, so als würde er ihnen die Privatadresse eines Geheimagenten verraten: Ricardo, hatte der Mann gesagt, sei der Einzige, der ihnen weiterhelfen könne – der erfahrenste Fischer der Gegend, besonders mit Haien kenne er sich aus.

Zusammen mit seiner Frau Jolanda, einer schwarzen Kubanerin, gerade mal halb so alt wie er, führte Ricardo in Puerto Esperanza seine kleine Pension, und während er jeden Tag mit seinem kleinen Motorboot zum Fischen rausfuhr, um Langusten, Marlins und Barrakudas zu fangen, kümmerte sie sich um die Gäste.

Gursky fasste sofort Vertrauen zu Jolanda, die sie zuerst begrüßt hatte, als Schweitzer und er ihren Wagen vor der Casa Esperanza geparkt hatten. Wie sollte man auch kein Vertrauen haben zu einer Frau, deren Gesicht so sanft und gütig war und die einen weißen Kittel und ein Häubchen auf dem Kopf trug, weil sie nebenbei noch als Krankenschwester in der Kinderklinik von Puerto Esperanza arbeitete? Sie musste eine gute Pflegerin sein, die jedes Bedürfnis ihrer Patienten sofort erkannte, und auch Gursky und Schweitzer brachte sie gleich nach der Ankunft zwei kalte Biere und rückte den beiden die Baststühle auf der Veranda zurecht, während sie auf Ricardo warteten, der noch beim Fischen war.

Ein glücklicher Mann, dieser Ricardo, dachte Gursky – er hat das Meer, er hat die Sonne, er hat diese Frau.

Dann stand er vor ihnen, ihr Mann der Hoffnung.

Er begann die Unterhaltung mit den üblichen Eingangsformeln: woher sie kämen, wo sie auf Kuba schon gewesen seien, was sie zu Hause täten etc. Sie redeten ein bisschen über Che, Fidel und Hemingway und die Revolution; dann wandte Ricardo sich plötzlich dem Hauptthema zu.

»Ein Hai also?«

»Ein Hai«, bekräftigte Gursky und erzählte seine Geschichte.

Als er geendet hatte, nickte Ricardo.

Er schien zu überlegen.

»Es gibt viele Geschichten über Haie«, sagte er.

»Kennt ihr sie?«

Er kenne einige, sagte Gursky und zählte sie auf: die von Kama-Hoa-Lii, dem großen Haigott der Hawaiianer; von dem Heiligen To Karvuvu, der angeblich sämtliche Haiarten erschaffen hat; und die von den Gladiatorenkämpfen mit Haien in regelrechten Wasserarenen, die früher angeblich auf Tonga stattfanden.

Das seien die bekannten Geschichten, sagte Ricardo.

Und die unbekannten, fragte Gursky.

»Kennt ihr die Legende von El Tiburón?«

»Nein«, sagte Gursky.

Auch Schweitzer schüttelte den Kopf.

»Wer soll das sein?«

»Es ist eine alte Geschichte«, sagte Ricardo. »Sie spielt hier ganz in der Nähe. Sie handelt von Haien – und von der Liebe.«

»Dann würden wir sie gern hören«, sagte Gursky. Völlig unnötig, denn Ricardo begann schon damit, sie zu erzählen.

»Stellt euch diesen Ort vor hundert Jahren vor«, sagte er. »Stellt euch das alte Kuba vor, das Kuba vor der Revolution, sogar vor Batista. Stellt es euch ohne Industrie vor und fast ohne Autos. Stellt es euch *schön* vor.

Es gab damals einen jungen Mann hier, einen Fischer. Sein Name war Carlos. Er hatte sein eigenes kleines Boot, höchstens dreieinhalb Meter lang, mit Rudern und einem kleinen Segel. Er hatte es von seinem Vater geerbt, der ebenfalls ein Fischer war.

Carlos war ein besonderer junger Mann: Früher, als Kind, war er beim Klettern auf den Klippen an der Küste hier« – Ricardo zeigte nach Westen – »ausgerutscht. Beim Sturz auf die Felsen schlug er sich ein Loch in den Schädel; so groß, dass er ein paar Tage lang bewusstlos war und seine Eltern fürchteten, er müsse sterben.

Doch Carlos starb nicht.

Die Wunde verheilte. Nicht vollständig zwar, ein kleines Loch blieb und auf der linken Schläfe eine große Narbe, und manchmal, so der Arzt damals, müsse Carlos bei Wetterumschwüngen oder leichten Erschütterungen mit Kopfschmerzen rechnen. Abgesehen davon könne er alles tun, was normale Kinder auch tun.

Als Carlos in die Schule zurückkam, versuchte er das auch, aber irgendwie funktionierte es nicht richtig. Er war immer ein Einzelgänger gewesen, schwächlich und schüchtern, und als die anderen Kinder seine Geschichte hörten und die Narbe sahen, machten sie sich lustig über ihn. Warum, ist nicht wichtig: Ihr wisst, wie Kinder manchmal sind – sie denken sich Namen aus für das, was sie nicht verstehen.

Sie nannten Carlos *El Del Aguejero En La Cabeza* – der mit dem Loch im Kopf.

Weil Carlos das nicht gefiel, blieb er meist allein.

Der mit dem Loch im Kopf wurde älter: Er verließ die Schule und übernahm das Boot seines Vaters, der ein sehr begabter Fischer gewesen war.

Bei Carlos schien es anders zu sein. Zwar fuhr er jeden Tag aufs Meer raus, aber er brachte nicht besonders viel Fang mit. Woran es lag, wusste kein Mensch: Hatte das Talent in seiner Familie ihn übersprungen? Interessierte Carlos das Fischen nicht? Oder genügte es ihm einfach, bloß im Boot zu sitzen und aufs Meer zu schauen, weitab von den anderen?

Eines Tages aber hatte er Glück: Er fing einen großen Barsch, einen wunderschönen Schwarzen Zackenbarsch, über einen Meter lang. Es war die Art Tier, von der man zwei Wochen lang leben kann, wenn man es richtig verkauft.

Aber so, wie Carlos kein guter Fischer war, war er auch kein guter Verkäufer.

Er verschenkte den Barsch.

An ein Mädchen. Estella.«

Ricardo nahm einen Schluck von dem Bier, das Jolanda auch ihm inzwischen gebracht hatte, und sah hinüber zu Gursky und Schweitzer, die wiederum ihn ansahen, wortlos. Er lächelte kurz und nahm noch einen Schluck.

»Wer ist das hübscheste Mädchen, das du je gesehen hast?«, fragte er Gursky.

Gursky überlegte. Man musste jetzt das Richtige sagen. Sicher, Nathalie war hübsch – aber war sie die Hübscheste, die er je gesehen hatte? Er dachte an Popstars, Schauspielerinnen, Models. Er erinnerte sich an Kate Moss, die auch mal bei »Gurskys Welt« zu Gast gewesen war.

»Die kenne ich nicht«, sagte Ricardo.

»Oder die junge Lauren Bacall, die dann später Humphrey Bogart geheirate …«

Ricardo prustete.

»Die ist ein Witz im Vergleich zu Estella Santisteban! Ein Witz, ein Witz, ein lächerlicher Witz!«

»Jolanda!«, rief er – »Wo ist das Foto? Zeig ihnen das Foto, auf dem sie mit drauf ist!«

»Ich muss es erst suchen!«, rief Jolanda zurück.

»Jesus!«, sagte Ricardo.

»Aber gut. Lasst mich euch versichern: Estella Santisteban war die schönste Frau, die damals in Pinar del Rio – vielleicht sogar auf ganz Kuba – gelebt hat. Ich habe sie nie kennen gelernt, aber von meiner Mutter, die sie kannte, und von dem Foto weiß ich: Es kann keine schönere gegeben haben als sie. Sie hatte Haare wie Seide und Haut wie Samt; sie war ein Wunder!

Also, wo war ich? Ach ja, der Barsch.

Carlos Aguejero, der mit dem Loch im Kopf, schenkte Estella den Barsch; den besten Fang, den er je gemacht hatte.

Weil Carlos Estella liebte.

Wer weiß, wann sie sich zum ersten Mal getroffen hatten? Ich glaube, es war auf dem Markt, denn als jüngste ihrer Geschwister wurde Estella immer von ihrer Mutter auf den

Markt geschickt. Außerdem, wie schon gesagt, war sie ja auch die Hübscheste, das wirkte sich manchmal auf die Preise aus. Aber ein Mädchen, das mit ihrer Schönheit gehandelt hätte, war Estella nicht.

Sie war ein zauberhaftes Mädchen voller Seele.

Und weil das so war, verliebte auch sie sich in Carlos. Es interessierte sie nicht, dass er ein Einzelgänger war, die Narbe an seiner Schläfe war kein Problem für sie, und ebenso wenig hatte sie Mitleid mit ihm. Sie liebte Carlos, weil sie etwas in seinen Augen sah, was die anderen nicht sahen: eine Art Leidenschaft vielleicht, oder die Trauer seiner Seele.

Auch wenn es Estellas Mutter nicht gefiel, die beiden heirateten.

Sie war damals gerade siebzehn geworden.

Die beiden waren ein wunderbares Paar. Fast ständig waren sie zusammen, sogar zum Fischen kam Estella oft mit – sie war der einzige Mensch außer ihm selbst, der jemals Carlos' Boot betreten durfte. Und, so unglaublich es auch scheint, auf einmal hatte er Glück: Fast jeden Tag brachte er einen reichen Fang mit, so als sei Estella seine Muse oder, wie einige im Dorf vermuteten: Sie war der Sinn, auf den Carlos so lange gewartet hatte, der Sinn, für den sich alles lohnte.

Carlos wurde zu einem wahren Meisterfischer: Schon bald kannte er das Meer wie kaum ein anderer, er wusste, welche Strömung wo herrschte und an welchen Orten sich die meisten Fische befanden. Die Leute kauften fast nur noch bei ihm, denn er brachte die größten Tiere in den Hafen.

Carlos' und Estellas Glück schien so hell, dass es sogar die Narbe an Carlos' Kopf verdeckte; ja manchmal fragten sich die Leute sogar, ob jemals eine dagewesen war. So stark war die Kraft ihrer Liebe!«, schrie Ricardo, beugte seinen Arm und zeigte auf den Bizeps.

»So stark!«

»Und dann geschah es.

Es war ein Tag wie jeder andere: normaler Wind, normales Wetter, Sonnenschein. Carlos wollte sie mit auf dem Boot haben, er vermisste sie schon, bevor er sich von ihr verabschiedete, doch sie wollte schwimmen gehen.

›Ganz kurz nur. Die Abendfahrt machen wir dann zusammen‹, soll sie gesagt haben.

Also ging sie schwimmen.

Und kam nicht zurück.

Carlos und die Familie suchten sie, eine Nacht lang. Die Fischer des Orts fuhren die Küste ab, sie fragten in den Nebenorten, überall.

Dann, am nächsten Morgen, fanden sie sie am Strand.

Das Seltsame war, wie schön sie noch aussah: Ihr Gesicht war unverletzt, ihre Augen geschlossen, so als würde sie sich nur ausruhen. Auch ihr Körper hatte sonst keine Wunden.

Fast merkte man nicht, dass ihr linker Arm fehlte, so säuberlich war er abgetrennt worden.

Als Carlos die Leiche sah, erstarrte er.

Er stand davor und sagte kein einziges Wort.

Dann ging es los.«

Ricardo sah Gursky und Schweitzer an.

»Es ist bis heute nicht klar, ob es wirklich ein Hai war; ja es ist sogar eher unwahrscheinlich, dass es einer war. Denn wäre es ein Hai gewesen, der sie beim Schwimmen angegriffen hätte – hätte er ihr nur einen Arm abgebissen und sie, die im Wasser zappelte, dann einfach sich selbst überlassen? Wenn ein Hai sich schon entschließt anzugreifen, das ist meine Theorie, dann belässt er es nicht bei einem Biss allein. Was meint ihr?«

»Nun ja«, sagte Gursky. »Viele Leute glauben immer noch an die Hit-and-Run-Theorie, nach der ein Hai erst mal einen Probebiss riskiert, um zu prüfen, ob das Opfer überhaupt essbar ist. Danach wäre es erklärbar. Was mich nur wundert, ist die Tatsache, dass die Leiche so gar keine weiteren Fleischwunden aufwies. Was glaubst du?«

Er sah Schweitzer an, der in den Himmel starrte, irgendwie abwesend.

»He! Schläfst du?«

»Nein«, sagte Schweitzer, »ich überlege nur.«

»Die Strömung ist nicht besonders stark an der Stelle, an der es passiert sein soll«, schaltete sich Ricardo wieder ein. »Ich war selbst oft dort. Allerdings gibt es dort ein paar Plätze, die tückisch sind und die einen Schwimmer ziemlich schnell raustreiben können. Es sind nicht viele, aber sie sind da.«

»Demnach hätte sie also auch ertrunken sein können?«, fragte Gursky.

»Ja«, sagte Ricardo. »Sie hätte ertrunken sein können, und dann, später erst, als Leiche von einem Hai angefressen worden sein. War es so, hätte man dem Hai keine Schuld geben können dafür, dass er einen Kadaver probierte, schließlich sind sie auch Aasfresser. Es hätte sogar auch ein Zackenbarsch sein können oder eine große Makrele und gar kein Hai, denn auch die haben scharfe Zähne.«

»Aber hätte das für Carlos einen Unterschied gemacht?«, fragte Gursky. »Ist es nicht egal, welches Tier dafür verantwortlich ist, wenn man seine Frau verliert?«

»Nicht, wenn ein Arm dabei verloren geht«, sagte Ricardo.

»Ganz und gar nicht, wenn ein Arm dabei verloren geht.« Er trank noch einen Schluck Bier.

»Ich weiß nicht, wie es bei euch zu Hause ist, wenn Menschen sterben, aber bei uns gibt es ein altes Gesetz, das besagt, dass eine Leiche immer ganz – also vollständig, mit allen Gliedmaßen – verbrannt werden muss, damit sie in den Himmel kommt. Eine zerstörte Leiche ist eine zerstörte Seele. Und eine zerstörte Seele kommt in die Hölle.«

Gursky ahnte, was jetzt kam.

»Mein Gott«, sagte er.

»Carlos hat doch nicht ...?«

»Er fuhr noch am selben Tag raus«, bestätigte Ricardo. »Er machte sich noch am selben Tag auf die Jagd.

Und er jagte immer dasselbe.

Früher hatte Carlos sich nie besonders für Haie interessiert.

Jetzt aber waren sie sein einziges Ziel.

Er kümmerte sich um nichts anderes mehr.

Er musste das Tier finden, das Estellas Arm im Magen hatte.

Zuerst fuhr er nur tagsüber raus: Frühmorgens verließ er den Hafen. Er legte Netze, Leinen und Haken aus, um Riffhaie, Hammerhaie, Bullenhaie und Tiger zu fangen. Biss ein Hai an, zog er ihn ins Boot, schnitt seinen Magen auf, um nach dem Arm zu suchen, und warf das Tier wieder ins Wasser. Er fing jeden Hai, den er bekommen konnte, und war mal ein anderer Fisch dabei, selbst ein wertvoller, warf er ihn gleich wieder weg, wie nutzlosen Müll.

Muss ich noch sagen, dass Carlos keinen Erfolg hatte bei seiner Suche?«, fragte Ricardo und warf die Arme in die Luft. »Es gibt viele Haie hier, und wie wir alle wissen, reisen die meisten von ihnen an der Küste entlang, oft über Tausende von Kilometern. Wenn wirklich ein Hai Estellas Arm im Bauch hatte, konnte er schon in Havanna sein oder in Matanzas, unerreichbar für Carlos!

All diese Dinge aber interessierten Carlos nicht.

Er jagte weiter und blieb nun oft auch nachts auf dem Boot, manchmal mehrere Tage lang. Er schlief kaum noch.

Etwas geschah mit ihm: Er, der nie besonders stark gewesen war, wuchs über sich hinaus. Er entwickelte unglaubliche Kräfte bei seiner Jagd, und obwohl schon alles verloren war – Estella war ja tot –, gewann er mit jedem Tag mehr Energie, mehr Stärke. Carlos wurde zum größten – oder schlimmsten, ganz nach Wunsch – Haijäger, den es in Pinar del Rio jemals gegeben hatte. Vielleicht war er sogar der größte Haijäger von ganz Kuba.

Er war besessen von dem Gedanken, den Mörder seiner Geliebten zu finden. Wenn die Fischer abends nach Hause kamen, erzählten sie in den Bars von Carlos' Boot, das von einem Blutteppich von Haikadavern umgeben war wie ein düsterer Heiligenschein. Sie erzählten von dem gespenstischen Bild eines Mannes, der wie der Teufel persönlich einen Hai nach dem anderen harpunierte, zerlegte und in den Gedärmen des Tiers herumwühlte, immer auf der Suche nach dem Arm.

Und weil Blut und Kadaver Haie anlocken, kamen immer mehr. Manchmal umkreisten Hunderte von Flossen das Boot; und die meisten der Tiere fanden den Tod.

Er zog Tausende aus dem Wasser.

Weil die vielen Haie die Fische vertrieben und die Fischer immer weniger Fang mit nach Hause brachten, versuchten sie mit Carlos zu reden. Sie sagten: ›Carlos, akzeptiere Estellas Tod. Sie wird auch ohne Arm ihren Frieden finden.‹ Sie sagten: ›Carlos, das geht jetzt schon seit Monaten so. Wenn du dich nicht selbst zerstören willst, musst du damit aufhören.‹

Aber Carlos hörte nicht, im Gegenteil, einen der Fischer griff er sogar mit seinem Speer an. Und reden tat er so gut wie gar nicht mehr.

Er blieb nun wochenlang auf dem Boot und kehrte nur noch selten in den Ort zurück, und wenn, dann nur, um frisches Wasser zu besorgen oder neue Haken, Leinen und Netze.

Zu essen kaufte er nichts.

Er aß das Fleisch der Haie.

Es muss um diese Zeit gewesen sein, dass Carlos einen neuen Namen bekam. Die Leute im Dorf nannten ihn jetzt nicht mehr *Der mit dem Loch im Kopf* – sie nannten ihn *El Tiburón*, der Hai.

Ein Fischer, der mal in Carlos' Nähe gekommen war, weil er ein Problem mit seinem Segel hatte, meinte gehört zu haben, wie Carlos mit den Haien sprach.

Man sagte, er sah übers Meer und zum Horizont, und er wusste, wo sie waren.

Man sagte, er konnte sie schon von weitem spüren. Man sagte, er verstand ihre Sprache.

Dann, eines Tages, fanden sie sein Boot.

Es war leer.«

Ricardo machte eine Pause, denn Jolanda kam gerade aus der Tür, komplett in ihrer Schwesterntracht. Sie verabschiedete sich zur Nachtschicht und küsste Ricardo auf die Stirn.

»Eine unfassbare Geschichte«, sagte Gursky, als Jolanda weg war.

»Sie ist noch nicht zu Ende«, sagte Ricardo.

»Zwei Jahre lang war alles ruhig in Puerto Esperanza. Sicher, es dauerte ein bisschen, bis die Geschichte von Carlos und Estella vergessen war, und zuerst suchten sie auch nach irgendeinem Überbleibsel von Carlos, nach seiner Leiche, doch sie fanden nichts. Irgendwann dann aber kamen die Fische zurück, die von den angelockten Haien vertrieben worden waren, und alles ging wieder seinen normalen Gang. Esperanza war ein Ort wie jeder andere auf Kuba auch.

Bis zu diesem einen Tag im April.

Ich weiß nicht mehr genau, zu welcher Familie sie gehörte; alles, was ich weiß, ist, dass sie noch sehr jung war, vierzehn, höchstens fünfzehn.

Sie war nicht allein, als sie schwimmen ging, ihr Bruder befand sich nicht weit von ihr im Wasser.

Einen Schatten oder so was sah er nicht, auch keine Flosse.

Er hörte sie nur schreien.

Dann war es auch schon vorbei.

Als sie sie an Land zogen, sprach sie noch wirr von einer gigantischen Kraft, die sie auf einmal gepackt habe. ›Es war nur ein Riss, ein einziger Riss‹, sagte sie, bevor sie wegdämmerte. Wenig später starb sie, weil sie zu viel Blut verloren hatte.

Dem Mädchen fehlte der linke Arm.

Sicher: Das, was passiert war, ließ die Erinnerung an Carlos und Estella wieder aufleben, und einige Leute sahen schon einen Fluch auf Esperanza liegen. Doch so abergläubisch, wie es immer heißt, waren die Menschen auch hier nicht, und die meisten von ihnen begnügten sich damit, dass der Angriff ein Zufall war, der eben mal geschah, wenn man an einer Küste lebte, an der es Haie gab.

Eine Woche später badete ein Mädchen an einer Stelle, die etwa zwei Kilometer entfernt lag von dem Ort, wo der Unfall passiert war.

Sie wurde nie wieder gesehen.

In der Woche darauf kenterte bei ruhigem Seegang keine hundert Meter vor der Küste ein Fischerboot mit zwei Mann Besatzung.

Sie kamen nicht an Land.

Ein paar Tage später verschwand wieder eine junge Frau. Sie hatte nicht gebadet, sondern nur in knietiefem Wasser ihre Wäsche gewaschen.

Da dämmerte den Leuten von Puerto Esperanza, dass sie ein Problem hatten.

Der Bürgermeister rief eine Versammlung ein. Sie berieten, was zu tun war, und beschlossen, dass die Fischer sich nur noch darum kümmern sollten, dieses Tier, ganz offensichtlich ein Hai, zu fangen.

In den nächsten Wochen fuhren die Fischer gemeinsam hinaus: Sie bildeten eine regelrechte Flotte, die Fischblut und

-schleim, Innereien und Gedärme ins Wasser schüttete, um das, was sie *den Mörder* nannten, anzulocken.

Nichts geschah: Kein einziger Hai, nicht mal ein kleiner, kam auch nur in die Nähe der Köder.

Wieder verschwand eine Frau, wieder beim Waschen.

Die Leute des Orts waren ratlos.

Dann hatte einer der Fischer eine Idee.

Er war schon etwas betrunken, als er darauf kam: Da ja besonders Frauen angegriffen wurden, so meinte er, sollte das schönste Mädchen von Puerto Esperanza zu genau derselben Uhrzeit und an genau demselben Ort baden gehen, an dem damals Estella gefunden worden war. Ganz in ihrer Nähe, so der Fischer weiter, sollen sich zwei Ruderboote mit Speeren und Netzen und den besten Fischern an Bord befinden. Das Mädchen selbst würde einen Strick um die Hüfte gebunden bekommen, damit sie im Falle eines Angriffs schnell in eins der Boote gezogen werden könne.

›Eine Schnapsidee!‹, sagten die meisten der Fischer.

›Eine gute Idee‹, fand der Bürgermeister.

›Zumindest die letzte, die wir noch ausprobieren können.‹

Um sicherzugehen, auch wirklich das schönste Mädchen des Ortes auszuwählen, führte der Bürgermeister am nächsten Wochenende so eine Art Misswahl durch. Mit Abstand die meisten Stimmen bekam die siebzehnjährige Maria Santos, die Tochter des Arztes.

Als der Bürgermeister ihr erklärte, warum sie wirklich gewählt worden war, bekam sie zuerst einen Schreck.

Dann sagte sie zu.

Sie war ein mutiges Mädchen.

So kam es, dass sich an der Stelle am Strand, an der Estella gefunden worden war, ein paar Tage später ganz Esperanza einfand, zu derselben Uhrzeit am Morgen. Maria, mit einem Strick um die Hüfte, ging ins Wasser, patrouilliert von zwei

Booten in einigen Metern Abstand, mit jeweils drei Männern darauf.

›Schwimm!‹, riefen die Männer.

Und Maria schwamm.

Zuerst geschah nichts, etwa eine Viertelstunde lang, sodass die Leute am Ufer sich schon fast zu langweilen begannen.

Maria schwamm etwas weiter hinaus.

Dann passierte es.

Maria sah nichts, aber sie spürte etwas. Später sollte sie sagen, dass sie im Wasser auf einmal unendlich traurig geworden war, so traurig und düster, wie sie es noch nie gespürt hatte – so als habe jemand ein undurchdringliches schwarzes Tuch um ihre Seele geschlungen.

Die stärkste Überwindung aber sei es gewesen, die Fischer zu rufen. Sie hätte das ›Gefühl einer Schuld gehabt‹ und einen ›Stich im Herzen‹ gespürt.

Doch sie tat es.

›Zieh mich raus!‹, rief sie dem Mann zu, der das Seil hielt.

Der sah sich um.

›Wieso? Hier ist weit und breit nichts zu sehen!‹

›Zieh mich raus!!‹, rief sie wieder.

Der Mann zog Maria aus dem Wasser.

Kurz nachdem sie an Bord war, tauchte er auf: zuerst als dunkler Schatten, der sich aus der Tiefe nach oben arbeitete, dann immer deutlicher und heller werdend, bis sie ihn sahen.

Es war ein gigantischer Tigerhai, über vier Meter lang. Ein wunderschönes, kräftiges Tier.

Als er mit dem Kopf aus dem Wasser kam, trafen ihn drei Harpunen. Zwei davon blieben in der Haut stecken; sofort flogen Netze und Leinen, die um die Schwanzflosse des Hais geschlungen wurden.

Es war ein seltsamer Kampf: So groß und kräftig das Tier auch war; irgendwie wehrte es sich nicht so sehr, wie die Fischer es erwartet hatten. Es bot sogar seinen Bauch zum

Angriff dar, was ein Hai sonst niemals tut, weil es seine empfindlichste Stelle ist. Nirgends ist er so verletzlich.

Es war so, als wollte er sterben.

So als würde er darum *bitten*.

Zehn Minuten später hatten sie ihn an Land.«

Wieder machte Ricardo eine Pause. Er nahm einen Schluck des Biers, das inzwischen schal schmecken musste, und zündete sich eine Zigarre an.

»Bis hierhin«, sagte er langsam, und er grinste ein wenig, »könnte man sagen, dass die Geschichte eine schöne Geschichte ist; außergewöhnlich schön vielleicht sogar, und außergewöhnlich dramatisch. Das aber – nun ja –, worüber ich immer wieder nachdenken muss und was mir manchmal sogar Angst einjagt – das kommt erst noch.

Die Leute standen voller Ehrfurcht um den Hai herum, als er am Strand lag. Es war ein Männchen, das schnell gewachsen sein musste, denn einige der tigerartigen Streifen auf dem Rücken, die im Alter verblassen, waren noch zu sehen. Seine Haut war glatt und unverletzt, was bei einem Tigerhai, dem mutigsten und furchtlosesten aller Haie, nur sehr selten vorkommt, weil er sich andauernd in Kämpfe stürzt. Es musste also ein schlaues Tier gewesen sein, ein schlaues und vorsichtiges Tier.

Doch so schön, so perfekt der Hai auch war, natürlich wollten die Leute, so schnell es ging, wissen, ob es auch wirklich dieser Hai gewesen war, der in der letzten Zeit für so viel Unruhe gesorgt hatte; darum schnitten ihm die Fischer den Magen auf.

Was sie darin fanden«, sagte Carlos nun sehr ruhig und bedächtig, »waren, neben einigen Thunfischen und den Kadaverresten kleinerer Haie, sechs Menschenarme. Sechs *linke* Menschenarme, um genau zu sein.«

Gursky blieb die Luft weg.

»Die ersten fünf konnten sie ziemlich schnell identifizieren: Es waren zwei kräftige Männerarme, die wohl den Fischern gehört hatten, die gekentert waren; auch die anderen zwei konnte Marias Vater, der Arzt, über ein Armband und einen Schmuckring, die sich noch an den Händen befanden, gemeinsam mit den hinterbliebenen Ehemännern den beiden Frauen zuordnen, die beim Wäschewaschen angegriffen worden waren. Und der kleinste der Arme musste zu dem fünfzehnjährigen Mädchen gehört haben, das zuerst getötet wurde.

Zu wem aber gehörte der sechste Arm? Fast komplett befanden sich die Knochen im Magen des Hais. Es war ein zarter, feingliedriger Arm, der einer jungen Frau zwischen achtzehn und fünfundzwanzig gehört haben konnte, genau so gut aber auch einem jüngeren Mädchen oder einem sehr dünnen Jungen.

Ein Armband oder irgendein Ring befand sich nicht an der Hand.

Es war eine alte Frau, die zuerst ausrief, was alle dachten.

›Es ist Estellas Arm! Es muss ihr Arm sein! Oder hat sie an der linken Hand jemals einen Ring getragen?‹

Estellas Mutter und die Schwestern stürzten zu dem geöffneten Magen des Hais und starrten auf den Arm.

Estellas Mutter weinte: ›Mein Gott, mein Gott – es könnte ihr Arm gewesen sein, natürlich, aber wie kann ich sicher sein, dass er es wirklich ist? Was, wenn ich ihn zu ihr in die Urne lege und er der Arm eines anderen ist?‹

Sie war verzweifelt.

Auf einmal schrie eine Frau, dieselbe, die eben Estellas Namen gerufen hatte.

›Seht euch sein Gesicht an!‹, schrie sie.

Sie zeigte auf den Hai.

›Seht euch sein Gesicht an!‹

Zuerst verstanden die Leute sie nicht. Dann ging die Frau ganz nah an den Hai heran und zeigte auf die linke Seite seines Kopfes.

Am ganzen Körper war er unversehrt geblieben; nur hier, etwas oberhalb des linken Auges, befand sich eine große Narbe, die fast bis zur Schnauze des Hais reichte.

Man könnte sagen, dass es mal ein Loch gewesen sein musste.«

»Das«, sagte Ricardo nach einer erneuten Pause und holte pfeifend Luft, »war die Geschichte von El Tiburón.«

Weder Gursky noch Schweitzer sagten ein Wort.

Irgendwie gab es nichts zu sagen nach so einer Geschichte.

Gursky war der Erste, der die Sprache wiederfand.

»Das ist nicht wirklich passiert, oder? Ich meine, zumindest nicht genau so?«

Ricardo zuckte mit den Schultern.

»Glaub was du glauben willst, chico.«

»Ich bin mir nicht sicher, ob ich die Geschichte ganz verstehe«, sagte Gursky. »Ich meine, wenn Carlos sich wirklich in einen Hai verwandelt hatte – warum hatte er dann Estellas Arm im Maul? Bedeutet das, dass er den Hai, der sie damals angriff, am Ende doch gefangen hat und den Arm wiederbekam? Aber warum wurde er dann selbst zum Hai?«

Ricardo sah Gursky an, als halte er ihn für minderbemittelt.

»Nur ein Hai fängt einen Hai«, sagte er. »Schon mal was davon gehört, dass zwischen Jäger und Opfer eine besondere Beziehung besteht? Eine Art Liebe?«

»Gut, gut«, sagte Gursky, der unbedingt Ricardos Respekt wiedererlangen wollte.

»Aber was wurde aus dem Arm?«, fragte Gursky.

»Du glaubst die Geschichte also?« Ricardo grinste.

Gursky war verunsichert: Glaubte man die Geschichte,

ließ man alles hinter sich, worauf man bislang seine ganze Existenz aufgebaut hatte, alle Logik, alle Klarheit. Ließ man sie zu, zerstörte man die kleinen Regeln und Gesetze der säkularisierten Welt, die man sich so mühsam erarbeitet hatte.

Glaubte man sie nicht, war es so, als verbannte man allen Zauber und alle Magie für immer aus seinem Leben; alle Religion.

Ricardo erlöste ihn.

»Es gibt zwei Versionen über das, was danach geschah: Nach der ersten verbrannte Estellas Mutter den Arm noch in derselben Nacht und schüttete die Asche der Knochen zu der alten, die sich in der Urne befand. Nach der zweiten Version nahm sie den Arm ihrer Tochter mit nach Hause und starrte ihn an, unfähig zu entscheiden, was zu tun war. Sicher ist nur, dass sie den Arm mitnahm und er nicht bei ihr gefunden wurde, als sie zwei Wochen später starb.«

Gursky hatte sich jetzt entschieden.

»Ich habe noch nie eine Geschichte von solcher Schönheit gehört«, sagte nun Schweitzer.

Ricardo nickte ihm zu; irgendwie dankbar.

»Ich kenne keine Geschichte, die die Kraft und Energie der Liebe so gut beschreibt. Es ist eine Geschichte, die man nicht aufschreiben kann, man muss sie erzählt bekommen. Oder, noch besser: Man muss sie erleben.«

»So sehen es die Leute hier«, redete Ricardo weiter, »sie sehen die Geschichte von El Tiburón als eine Geschichte über die Liebe, und Carlos, El Tiburón, ist der Dämon der Liebe. Er ist beides: gut und böse, kraftvoll und schwach. El Tiburón ist die Temperatur der Liebe, das Fieber – er ist das, was die Liebe anrichten kann, wenn wir sie wirklich zulassen, wenn wir sie so ernst nehmen wie eine Religion. Und El Tiburón hat sich noch ein letztes Mal dieser Liebe, diesem Fieber, gestellt.«

»Wird die Geschichte heute noch oft erzählt?«, fragte Gursky.

»Kommt die Liebe jemals aus der Mode?«, fragte Ricardo.

»Ich bete zu El Tiburón immer dann, wenn ich einen Hai sehe – oder einen fange, was sehr selten ist«, sagte er. »Carlos ist zu einem Gott geworden.«

»Ein guter Gott oder ein böser?«, fragte Gursky.

Ricardo sah ihn wieder so seltsam an, als verstünde er nicht.

»Ein Gott«, sagte er. »Ein Gott ist ein Gott, oder nicht?«

Sie saßen noch ein wenig da auf der Veranda der Casa Esperanza in dieser Nacht; sie nahmen noch ein paar Drinks, aber sie redeten nicht mehr viel. Sie alle schienen ihren Gedanken nachzuhängen, jeder woanders.

Ricardo war der Erste, der aufstand.

»Wir müssen morgen früh raus, wenn ihr wirklich einen Hai fangen wollt. Wollt ihr denn noch?«

Gursky blickte Schweitzer an.

Sie nickten.

Wenig später ging auch Gursky schlafen.

VI. Esperanza

Das Gesicht war schön und schwarz, und es trug ein Häubchen auf dem Kopf. Es befand sich in dem Magen eines Hais, der so groß war, dass die Welt darin verschwinden konnte. Alles war drin in diesem Magen: die linken Arme irgendwelcher Mädchen, der beigefarbene Schweitzer, Gurskys Vater, Ricardo – und die Reste des Bühnenbilds von »Gurskys Welt«. Es roch nach Rauch, Schwefel und verbranntem Plastik.

Es roch widerlich.

Erst als Jolanda ihn anschrie und rüttelte wurde Gursky klar, dass er gerade aus einem Traum erwachte.

Oder träumte er immer noch?

Sie ist das Licht – dieser Satz war der erste, der ihm bewusst in den Kopf kam.

Denn es lag tatsächlich ein Licht auf Jolandas Gesicht. Von irgendwo hinten kam es, dort wo die Tür seines Zimmers war, die eigentlich geschlossen sein sollte. Das Licht flackerte, mal hell, dann wieder dunkler, und es tanzte über Jolandas Gesicht wie ein Derwisch, der sich nicht entschließen konnte, wo auf diesem Gesicht es ihm am besten gefiel.

War sie am Ende doch ein Engel?

»Wach auf!«, brüllte der Engel. »Das Haus brennt!«

Irgendwo hinten in seinem Kopf klang noch ein »Wie bitte?«; dann war Gursky schlagartig wach.

Dort, wo das Licht hergekommen war, schlugen tatsächlich Flammen in die Höhe. Es war noch nicht ganz so, dass man von einem *Meer* reden konnte, wie man es ja immer tut, aber es waren genug Flammen da, genug jedenfalls, das wurde ihm jetzt schlagartig klar, dass man die Casa Esperanza, das Haus der Hoffnung, so schnell es ging verlassen musste und genug, dass nach diesem Brand nicht besonders viel von dem Haus übrig sein würde, denn es war ganz aus Holz und knisterte jetzt schon wie ein Kamin am Weihnachtsabend.

Wo war Jolanda?

Gursky griff nach dem Hemd und der Hose, die über dem Stuhl lagen, auch für die Schuhe war noch Zeit, so gar nicht, wie sie es in den Filmen immer zeigen; und dann stürzte er aus dem Raum, dorthin, wo gerade das in Flammen aufging, was eben noch das Wohnzimmer gewesen sein musste.

Wo war Schweitzer?

Er schrie nach ihm, ein paarmal, dann hielt er sich das

Hemd vor Nase und Mund und lief dorthin, wo Schweitzers Zimmer war.

Die Tür stand offen, drinnen war nichts zu sehen.

Aus Richtung der Haustür kam ein Schrei, der seinen Namen rief.

Gursky erkannte eine dünne und große Gestalt im Rahmen, die aufgeregt mit den Armen winkte, offensichtlich Ricardo.

Gursky lief zur Tür. Es war tatsächlich Ricardo, und er zog ihn nach draußen, die Stufen der Veranda hinunter zu dem Parkplatz, wo Schweitzer und Jolanda standen und aufs Haus starrten, bewegungslos, rußig und verschwitzt.

»Sonst ist keiner im Haus?«, fragte Gursky. Ricardo schüttelte mit dem Kopf. Er hustete.

»Wir müssen noch weiter weg!«, rief er den anderen zu und zog Jolanda an ihrem Schwesternkittel hinter die Autowracks.

Erst jetzt sah Gursky das ganze Bild: den Rauch, der aus den Fenstern und aus der Tür stieg, und die Flammen, die überall dazwischen loderten, mittlerweile auch aus dem Dach mit den hübschen kleinen Giebeln, die er bei der Ankunft noch so bewundert hatte.

Inzwischen hatten auch die nächsten Nachbarn, die ein paar hundert Meter weiter wohnten, den Brand bemerkt und sammelten sich um Ricardo und Jolanda. Ein paar Frauen umarmten Jolanda, aber sie stand ruhig da, immer noch wie ein Engel. Die Feuerwehr, sagte irgendjemand, sei schon verständigt, aber große Hoffnung dürfe man sich wohl nicht machen.

Gursky und Schweitzer standen wortlos nebeneinander, nachdem sie sich kurz vergewissert hatten, dass es dem anderen gut ging.

Natürlich fragte Gursky sich, wie das alles passiert war,

wie es zu dem Feuer gekommen war, ob vielleicht jemand eine Zigarette hatte brennen lassen oder eine der Kerzen auf der Veranda den Brand entfacht hatte. Er fragte sich auch, wer das Feuer zuerst bemerkt hatte und was passiert wäre, wenn Jolanda nicht im genau richtigen Moment von ihrer Nachtschicht im Krankenhaus zurückgekommen wäre, und was später, nach dem Feuer, aus Ricardo und Jolanda werden würde.

Das Erste allerdings, was in seinen Kopf kam, als er da stand und auf das brennende Haus sah, war etwas anderes.

Er dachte daran, was jetzt aus ihrem Hai werden würde.

Denn so wie die Sache lag, würde Ricardo erst mal andere Dinge zu tun haben, als sie mit dem Boot rauszufahren.

Es überraschte und erschreckte ihn, dass dies sein erster Gedanke war, aber unsere Geistesreaktionen, dachte er, unsere ersten Instinkte können wir nicht steuern, also hat es auch gar keinen Sinn, sich bei irgendjemandem dafür zu entschuldigen.

Gursky sah rüber zu Ricardo, der mit verschränkten Armen neben Jolanda stand. Beide sahen stolz und würdevoll aus.

»Diese verdammten Stromleitungen«, sagte Ricardo.

»Ich wusste, dass das eines Tages passieren würde.«

Exuma III

»Bist du es, Carlos?«, fragte er den Bullenhai, der ihn seit ein paar Minuten umkreiste. »Wenn du es bist, dann ist es gut, denn dann bin ich endlich angekommen.«

Gursky wusste, dass Haie sich in zwei Schritten an ein potenzielles Opfer annähern: nach der ersten Ortung zuerst im *äußeren Kreis*, einem im gebührenden Abstand vom Objekt gelegenen Zirkel, der dem Hai Sicherheit garantiert und gute Fluchtmöglichkeiten im Falle einer Gefahr; und dann, wenn nichts auf Gefahr hinweist, im *inneren Kreis*, der bis zur Berührung des Objekts führen kann, bis zum Anstoßen mit der Schnauze und schließlich zum Angriff.

Der innere Kreis war der, in dem es ernst wurde.

Der Bullenhai, der Gursky umkreiste, befand sich gerade auf der Schwelle zum inneren Kreis. Irgendwo in der Nähe waren auch die Zitronenhaie, aber der Bullenhai war der, der sich Gursky ausgesucht hatte. Die anderen würden nicht näher kommen, aus Angst vor ihm, denn kaum ein anderer Hai konnte es mit einem Bullenhai aufnehmen.

Er war etwa drei Meter lang, schätzte Gursky. Warum er allein gekommen war, wusste er nicht – vielleicht war es ein besonders mutiges Tier, das keinen Kompagnon brauchte. Ein Individuum, eine *Persönlichkeit*.

Vielleicht war es auch El Tiburón.

»Ich habe gehört«, sagte Gursky, während er sich die Schuhe abstreifte, weil die sich inzwischen ganz mit Wasser voll gesogen hatten, »dass man sich stellen soll, wenn man eine Sünde begangen hat, und darum stelle ich mich jetzt dir, mein Freund. Du wirst entscheiden müssen, was mit mir geschehen soll, denn du bist Anfang und Ziel dieser Reise gewesen. Du bist der Richter, also richte mich.«

»M-M-Mister?«, kam es von irgendwoher.

»M-Mister, are you there?«

Als Gursky sich umdrehen wollte, spürte er den ersten Stoß. Berührung, dachte er, Kontakt.

Endlich: der innere Kreis.

DRITTES BUCH

I. Infight

Der Schlag traf ihn mit voller Wucht ans Jochbein.

Irgendwo hatte Gursky mal gelesen, dass die Kubaner die besten Boxer der Welt seien, doch weil er sich nie so sehr dafür interessiert hatte, wusste er nicht, dass es tatsächlich so eine Art Volkssport war, den viele kubanische Männer recht gut beherrschten.

Und er war auch nicht auf die Idee gekommen, dass er sich hier prügeln würde, in dem für seine Sicherheit so berühmten Kuba.

Der Mann, der ihm den Schlag versetzt hatte, war nicht besonders kräftig oder stark. In seiner Sehnigkeit erinnerte er Gursky an Ricardo, mit dem Unterschied, dass dieser Mann um einiges jünger war, Ende dreißig vielleicht.

Zudem kämpfte er so flink und schnell wie Gursky noch nie einen Mann hatte kämpfen sehen.

Deshalb saß auch der zweite Schlag: Irgendwo aus der Tiefe schoss er von links gegen Gurskys Kinn.

Noch nie hatte ihm irgendjemand mit voller Kraft ins Gesicht geschlagen, auch in der Schule nicht. Er sei kein Gegner, hatten die harten Jungs immer zu ihm gesagt. Er sei zu zart und zu weich.

Vielleicht hatten die harten Jungs damals Recht gehabt, denn Gursky taumelte. Er versuchte, sich an irgendetwas festzuhalten, doch der Stuhl, auf den er sich stützen wollte, gab nach oder rutschte weg oder war ganz einfach gegen ihn, weil es ein kubanischer Stuhl war, und Gursky lag am Boden, schwach und lächerlich, dachte er. Aus den Augenwinkeln sah er, wie Schweitzer mit dem zweiten Mann rang, aber auch für ihn sah es nicht besonders gut aus.

Es war drei Tage her, seit sie Puerto Esperanza verlassen hatten, und natürlich hatte Gursky Recht gehabt mit seiner Einschätzung der Lage nach dem Brand: Daran, dass Ricardo in den nächsten Tagen mit ihnen aufs Meer fahren würde, war nicht mehr zu denken. Er fragte auch gar nicht danach, weil ihm irgendetwas an Ricardos Blick seltsam vorkam, als Schweitzer und er Ricardo Geld und Hilfe für den Wiederaufbau anboten, weil sie dachten, sie seien ihm das schuldig.

Ricardo lehnte ab, und als sie wenig später verschwitzt und dreckig in den Toyota stiegen, hatte Gursky fast das Gefühl, als sei Ricardo froh darüber, dass sie Esperanza verließen. So wie man froh darüber ist, wenn ein Fluch oder ein böser Geist endlich ausgetrieben ist.

Dass Ricardo an Flüche und Geister glaubte, hatte er ja mit seiner Geschichte bewiesen, der Geschichte von El Tiburón.

Sie machten sich also erneut auf den Weg, sie starteten von null. From scratch, wie sie in Amerika sagen.

Aber irgendwie war es nicht mehr dasselbe. Es war schlimmer als die Zeit, bevor sie Ricardo gefunden hatten, noch hoffnungsloser.

Es waren sogar ein paar Probleme dazugekommen. Wie Schweitzer, dessen Koffer mit fast der ganzen Beige-Garnitur in den Flammen aufgegangen war, besaß auch Gursky nur noch die Kleidung, die er am Körper trug, auch seine Brieftasche mit allem Geld und den Kreditkarten war verbrannt. Er war finanziell nun komplett von Schweitzer abhängig, und dass Gursky überhaupt noch seinen Reisepass besaß, war nur der Tatsache zu verdanken, dass Schweitzer ihn nach dem Einchecken in die Casa Esperanza mit in seine kleine

Umhängetasche getan hatte, in der sich die wichtigsten Unterlagen und sein Geld befanden und die er bei der Flucht aus dem Haus als Einziges hatte mitnehmen können. Eigentlich hätte sich auch Schweitzers Powerbook in der Tasche befinden müssen, doch das hatte er wohl zum Aufladen rausgenommen, und so war es wahrscheinlich mit verbrannt.

Muss irgend so ein konditionierter Reflex des Reiseprofis Schweitzer gewesen sein, der ihn gerade noch die nötigsten Dinge hatte retten lassen, dachte Gursky.

Ohne ihn und seine goldene Amex-Karte wäre ich komplett verloren.

Wir waren so nah dran an der Erfüllung unseres Traums, überlegte er, während Schweitzer still vor sich hin fuhr, wir waren zur richtigen Zeit am richtigen Ort mit dem richtigen Mann, dem ersten, von dem ich tatsächlich geglaubt habe, dass er uns einen Hai besorgen kann. Wir hatten Zauber, Mythos und Magie; wir waren drauf und dran, so zu jagen, wie die Menschen früher jagten.

Wir waren drauf und dran, es richtig zu tun.

Und dann war ihnen etwas in den Weg gekommen, was einem Menschen aus dem Westen so gut wie nie in den Weg kommt. Etwas Gewaltiges, Zerstörerisches.

Ein Feuer.

Gursky sträubte sich, darüber nachzudenken, aber er fragte sich doch, ob der Brand nicht vielleicht wirklich etwas zu bedeuten gehabt hatte.

Wenn ja, dann was?

Bedeutete es, dass sie aufhören sollten und nach Hause zurückkehren, ohne den Schwur erfüllt zu haben?

Aber wer – oder welche *Kraft* – hatte etwas gegen sie?

An einer Tankstelle rief er Nathalie an, zum ersten Mal seit Tagen.

»Ich bin's«, sagte er.

»Wer?«

»Haha, sehr lustig. Du wirst es nicht glauben, aber ich bin gerade aus einem brennen …«

»Es interessiert mich nicht«, unterbrach sie ihn.

»Nathalie, es ist kein Witz: Ich bin gerade wirkl …«

»Es interessiert mich nicht«, sagte sie. »Wer glaubst du eigentlich, dass du bist, dich tagelang nicht zu melden und mir bloß irgendwelche wirren Nachrichten zu hinterlassen, du würdest jetzt erst mal mit deinem *neuen Freund* durch Kuba fahren, ich solle mir aber keine Sorgen machen? Ich meine, ich weiß ja, dass du nicht gerade der erfahrenste *Mann* und *Vater* bist, aber etwas mehr *Interesse* hätte ich dir schon zugetraut.«

Sie sagte es ganz ruhig.

»Nathalie, es tut mir Leid«, stöhnte Gursky in den Hörer. »Ich weiß, dass das nicht in Ordnung war, aber wir hatten wirklich kaum Zeit. Es ist nicht so einfach wie gedacht, hier einen Hai zu bekommen, weil Castro den Fischern … aber das ist jetzt ja auch egal. Jedenfalls waren wir die ganze Zeit unterwegs, und du kannst froh sein, dass ich dich überhaupt anrufen kann, denn eben noch wäre ich fast verbrannt.«

Er redete so schnell wie möglich, um seine Argumentation durchzubekommen.

Sie schien sich jetzt etwas zu entspannen.

Zumindest hörte sie zu.

»Gut, freut mich, dass du überlebt hast«, sagte sie dann. »Von mir aus auch, dass *ihr* überlebt habt. Und was heißt das jetzt? Siehst du nun ein, dass das alles nichts bringt, und kommst zurück? *Lernst* du jetzt?«

»Ich kann noch nicht zurückkommen«, sagte Gursky.

»Aha. Wieso denn nicht?«

»Weil wir noch keinen Hai haben.«

»Soso. Du kommst also erst, wenn du einen gefangen hast, sehe ich das richtig?«

»Nein«, sagte Gursky. »Oder: Ja. Aber es wird nicht mehr

lange dauern. Wir haben jetzt eine, ähm, wirklich sichere Adresse bekommen.«

Schweitzer sah ihn an, verwundert.

In der Leitung war es still.

»Nathalie?«

Immer noch Stille.

»He: Ich verspreche dir, dass ich spätestens in zehn Tagen zurück bin, okay? In zehn Tagen.«

»Mach, was du willst«, sagte sie. »Ach ja, und noch was: Du hast kein einziges Mal danach gefragt, wie es mir geht. Oder dem Kind, falls du dich daran noch erinnerst.«

Dann legte sie auf.

Natürlich gab es keine Adresse, geschweige denn ein Ziel, das die beiden hätten ansteuern können. Sie irrten einfach nur weiter, die Küste entlang, und selbst wenn es dort vielleicht schön war, hatten sie keinen Blick mehr dafür. Manchmal stiegen sie auch an einem Hafen aus und fragten ein paar Männer, aber sie taten es lustlos und ohne Energie, denn wie die Männer reagieren würden, wusste Gursky schon: Eher hätten sie sich einen Fuß abhacken lassen, als sie aufs Meer zu fahren.

Im äußersten Westen Kubas, in dem Dorf Arroyos de Mantua, erlebten sie die erste wirkliche Krise seit ihrem Schwur.

Spätabends parkten sie den Wagen und gingen in eine Bar.

»Ich weiß, wer schuld daran ist, dass wir unser Ziel nicht erreichen«, sagte Schweitzer beim Hereinkommen.

Etwa zehn Leute saßen an den kleinen Tischen der Bar herum, an der Theke standen zwei Kubaner: ein langer dünner, relativ glatt rasiert und mit einer verblichenen Baseballkappe der Fluglinie Cubana auf dem Kopf, und ein kleinerer, stämmiger Typ mit Schnauzbart und rasiertem Schädel.

»Es ist der Sozialismus«, sagte Schweitzer, nachdem er beim Barmann zwei Cuba Libres bestellt hatte.

»Es ist das System dieses Landes, das uns im Weg steht. Dieses System, dessen Hauptfunktion es ist, alles zu verhindern, was den Menschen ausmacht: allen Fortschritt, allen Warenverkehr, alle Leidenschaften.«

Gursky nickte nur, er war etwas zu erschöpft, um diesen plötzlichen Eingebungen Schweitzers zu folgen.

»Nicht wahr?«, sagte Schweitzer zu dem schnauzbärtigen Kubaner, der neben ihm saß und ein Bier trank.

»Bitte was?«, fragte der Mann in recht gutem Englisch.

»Ich sagte gerade, dass es dieses Land ist, das alles verhindert, was den Menschen Spaß macht. Gut, ihr habt kaum Verbrechen hier, aber nur, weil das Land ein verdammter Polizeistaat ist und jeder Zweite« – er zeigte auf Gursky – »so eine Uniform anhat. Und ich frage mich gerade, wie man als *Mensch* in so einem Land überhaupt leben kann, in so einer grässlichen Langeweile.«

»Das fragen Sie mich?«, fragte der Schnauzbart.

»Das frage ich Sie«, bestätigte Schweitzer und sah ihn an.

Was er denn von Kuba wolle, das ihm Spaß mache, und er hier nicht bekommen könne, fragte der Mann.

Schweitzer erklärte es in drei Sätzen.

Der Dicke grinste, sah seinen Kumpel an, den Langen, und erklärte dem, was Schweitzer gesagt hatte.

»Gibt's denn da, wo ihr herkommt, überhaupt Haie, die man fangen könnte, wenn man dürfte?«, fragte der Lange.

»In Deutschland?«

Die beiden lachten über ihren Witz und bestellten zwei neue Biere.

Darum ginge es nicht, sagte Schweitzer. Darum ginge es überhaupt nicht.

»Worum dann?«, wollte der Schnauzbart wissen.

»Es geht um die theoretische Freiheit, es tun zu dürfen«, sagte Schweitzer.

Über den Begriff der »theoretischen Freiheit« lachten die beiden Männer noch lauter.

Schweitzer wartete, bis sie sich erholt hatten, dann sagte er den Satz, den er offenbar vorbereitet hatte.

»Sklaven und Dumme lachen natürlich immer am lautesten.«

Der Schnauzbart beugte sich über den Tresen und starrte Schweitzer an.

»Wen nennst du hier einen Dummen und einen Sklaven?«

»Sie beide«, antwortete Schweitzer.

»Lass gut sein«, mischte sich Gursky ein, der erst jetzt Schweitzers aggressiven Ton bemerkt hatte. Er legte ihm den Arm auf die Schulter und zog ihn leicht zu sich herüber, so als wolle er ihn wiegen wie ein Kind.

Dem Schnauzbart reichte das offenbar nicht: Er erhob sich vom Barhocker und baute sich vor Schweitzer auf.

»Du nennst mich dumm und versklavt?«

»Nicht nur dich, Compañero, sondern auch das ganze kubanische Volk. Ihr nennt euch Revolutionäre, obwohl ihr seit über vierzig Jahren einem Diktator nachlauft, der euch nach Strich und Faden verarscht. Kuba ist nichts als ein gigantisches Revolutionsmuseum, *un museo muy viejo*, und ihr bloß Liftboys ohne Eier, *chicos sin cojones*, die in der Gegend herumstehen, damit es hier nicht so leer aussieht. Außerdem brennen bei euch dauernd irgendwelche Häuser ab!«

Gursky fragte sich, woher Schweitzer auf einmal so gut Spanisch sprechen konnte. Er überrascht mich immer wieder, dachte er.

»Ach ja«, setzte Schweitzer noch nach – »Wie hoch ist eigentlich die Homosexuellenquote auf Kuba?«

Der Schnauzbart lächelte kurz und sah zur Seite.

Dann hatte Schweitzer die Faust im Gesicht.

Der Schlag war gut gezielt. Er traf irgendwo unterhalb von

Schweitzers Auge, und es saß so viel Kraft dahinter, dass Schweitzer seitwärts vom Barhocker geschleudert wurde, gegen Gursky. Bis der verstanden hatte, worum es ging, traf ihn der Hieb des Langen am Jochbein, und nach dem zweiten Schlag lag auch er am Boden, wo schon Schweitzer mit dem Schnauzbart rang.

Gursky war zuerst wieder auf den Beinen. Sein erster Impuls gebot ihm, Abstand zu suchen, um die Lage in Ruhe zu beurteilen und vielleicht irgendwie zu beschwichtigen, aber offensichtlich war der Lange nicht daran interessiert, beschwichtigt zu werden. Er holte schon zum nächsten Schlag aus, der wieder punktgenau landete, diesmal in Gurskys Magengrube.

Es war so, als fegte ein Orkan durch Gurskys Lungen.

Gursky krümmte sich, um sich zu schützen, schlechte Idee, denn der nächste Hieb war wohl das, was man einen Uppercut nannte. Er traf Gursky unterm Kinn und bewirkte das genaue Gegenteil des Schlags davor. Gurskys Körper bog sich nach hinten und streckte sich, die Füße rutschten weg, sein Kopf schlug gegen irgendetwas Hartes.

Er landete wieder am Boden, diesmal näher an Schweitzer und dem Schnauzbart, und weil er sich einredete, dass sie zusammen vielleicht eine Chance gegen einen der Männer hätten, packte er den Schnauzbart am Nacken und riss ihn, mit der wenigen Kraft, die er noch aufbringen konnte, zu sich herüber.

Eine noch schlechtere Idee, denn nun saß der Schnauzbart rittlings auf Gursky und boxte ihm abwechselnd in Magen und Gesicht.

Wenn man in der Defensive ist, hatte er mal gehört, muss man klammern, also zog er den Schnauzbart so nah an sich heran, wie es ging, so nah, dass er dessen Atem im Gesicht spürte.

Aber es half nichts: Gursky konnte kaum noch etwas

sehen mit diesem Pitbull über sich und hatte bloß noch das Gefühl, erdrückt zu werden.

Von irgendwoher kamen wütende Schreie.

Auf einmal wurde es leichter, schlagartig leichter, so leicht, dass Gursky meinte zu schweben, zu fliegen.

Und er flog tatsächlich, genauso wie Schweitzer und die beiden Kubaner, die vom Barmann und den anderen Gästen der Bar gepackt und über die Treppen zur Tür rausgestoßen wurden.

Irgendwo hinter der letzten Stufe landete er wieder.

Er schlug mit dem Steißbein auf, was sich so anfühlte, als breche der wichtigste Teil der Wirbelsäule, für alle Zeiten irreparabel, und während Gursky sich von der Treppe weg zur Häuserwand hin durch den Staub rollte, versuchte er Kontakt zu seinen Beinen aufzunehmen. Sie schmerzten, also musste der Kontakt noch da sein, also gab es noch Hoffnung.

Erst als er die Wand erreicht hatte und sich anlehnte, fielen ihm Schweitzer und die zwei Kubaner wieder ein.

Schweitzer lag links von der Treppe, er krümmte sich und stöhnte, den Kubanern aber schien es schon wieder ganz gut zu gehen.

Sie sahen erst Schweitzer an, dann Gursky.

Er wusste genau, was sie dachten: erst den Größeren, dann den Kleinen.

Sie wankten langsam auf ihn zu.

Sie lächelten.

Gursky drückte sich gegen die Wand, so als hoffe er, darin verschwinden zu können.

Es war keine Zauberwand, aber er spürte etwas Hartes in der Tasche seiner kubanischen Armeehose.

Etwas, das helfen konnte.

Er zog es heraus, öffnete es und hielt das Messer am ausgestreckten Arm vor sich, zitternd, so wie James Dean in »Denn sie wissen nicht, was sie tun«.

Und auch Gursky wusste nicht, was er tat.

Aber offensichtlich machte es Eindruck.

Die Kubaner stoppten.

Gursky drückte sich die Wand hoch, das Messer immer noch vor sich. In seinen Ohren rauschte es.

»Okay«, sagte er und nickte, mehr zu sich selbst als den Kubanern.

»Okay.«

Die Kubaner stemmten ihre Arme in die Hüften.

Wirklich ängstlich sahen sie nicht aus.

Sie lächelten immer noch. Aber sie gingen.

Er stand noch so da, als sie schon längst weg waren.

Dann klappte er das Messer zusammen, steckte es ein und sah zu Schweitzer, der immer noch auf dem Rücken am Boden lag, Arme und Beine von sich gestreckt. Sein Brustkorb ging heftig auf und ab, Geräusche kamen aus seinem Mund, aber es war kein Stöhnen mehr.

Schweitzer kicherte.

Er sah Gursky an und kicherte.

»Das Messer«, sagte er dann und zeigte mit wackelnder Hand auf Gursky, »steht dir echt gut. Außerdem ist es das beste Geschenk, das ich je jemandem gemacht habe.«

Jetzt lachte auch Gursky.

»Und du«, sagte er, »siehst aus wie ein verdreckter Straßen-Chico aus den Slums von Buenos Aires.«

Schweitzer war unglaublich dreckig, nun konnte man auch seine letzte beige Hose und das Hemd vergessen, und im Gesicht hatte er ein paar blutende Kratzer, aber nichts Schlimmes.

Er tastete sich ab, bog und streckte sich, und auch bei ihm schien alles Wesentliche noch zu funktionieren: keine Brüche oder Verstauchungen, nur blaue Flecken und Prellungen am Rücken, den Beinen und der Brust und ein paar kleine Schnitte im Gesicht.

Es war alles in Ordnung.

Sie hatten überlebt.

Sie setzten sich auf die Treppe der Bar, über die sie eben noch geflogen waren, und zündeten sich jeder eine Zigarette an.

Früher, dachte Gursky, während er den ersten Zug nahm, hätte ich über so eine Szene gelacht und sie nicht ernst genommen. Ich hätte sie lächerlich gemacht, vielleicht deshalb, weil sie schon zu oft benutzt und verwendet wurde. Vielleicht deshalb, weil jeder schlechte Schauspieler dieser Welt darauf brannte, sie zu spielen. Aber das, was sie in den Filmen und Büchern immer sagen, stimmt wirklich: Nach einer Schlägerei zündet man sich eine Zigarette an.

Was sollte man auch sonst tun?

Und tatsächlich: Sie schmeckte besser als alle Zigaretten vorher.

So saßen sie still da und rauchten.

Schweitzer war der Erste, der wieder den Mund aufmachte.

»Lass uns fahren«, sagte er. »Ich habe eine Idee.«

II. Die Katze

Kraftvoll, mächtig und arrogant lagen sie da, mit blitzblanken und in der Sonne glitzernden Rümpfen, so rein und weiß, dass sie blendeten.

Sie trugen die protzigen Namen ihrer Heimathäfen: Queen of Tahiti, Princess of Dover, London Girl und Miami Dolphin. An den Bugenden wehten britische, amerikanische und italienischen Flaggen im Wind wie militärische Ordensbänder, und die silbernen Masten reichten so hoch in den

Himmel, dass man die Augen zukneifen musste, um ihr Ende zu erkennen.

Wenn es überhaupt ein Ende gab.

Das Beste an den Jachten aber war: Sie hatten nichts mit Kuba zu tun, nichts mit dem Sozialismus, sondern einzig und allein mit Dekadenz, Luxus und Technik. Sie waren die Speerspitzen des Kapitalismus im kommunistischen Fleisch.

Die perfekten Tötungsmaschinen. Und man konnte sie mieten.

Gursky musste an ein altes Video denken, das er in seiner Sendung mal angesagt hatte, während er mit Schweitzer vor den Jachten stand, »Gigantic« von den Pixies.

Gigantic, giga-a-antic!, hallte der Refrain in seinem Kopf wieder.

Giga-a-antic, gi-ga-a-antic!

Sie waren die ganze Nacht durchgefahren, von Arroyos de Mantua bis kurz vor Havanna, als Schweitzer Gursky auf einmal befohlen hatte abzubiegen, in Richtung Marina Hemingway, einem der größten Charterhäfen Kubas, an dem sie schon zu Beginn ihrer Fahrt in den Westen vorbeigekommen waren.

Gursky hatte keine Ahnung gehabt, wohin sie fuhren oder worum es bei der *Idee* ging, von der Schweitzer geredet hatte, doch als er den Wagen am Kai parkte und die Boote sah, wurde ihm alles klar.

Es wurde ihm klar, dass sich etwas geändert hatte.

Gespürt hatte er es allerdings schon vorher, als er noch am Steuer des Wagens saß.

Von dem Sturz auf der Treppe tat ihm noch immer das Steißbein weh, es musste ein gigantischer blauer Fleck sein, der sich dort befand, und jedes Mal, wenn Gursky ein kleines Stück hin und her rutschte, um den Druck auf der Stelle zu verlagern, lief ihm ein pulsierender Schmerz über den Rücken, sogar im gepolsterten Sitz des Wagens.

Es war unangenehm, doch Gursky genoss diesen Schmerz auch, dieses Pulsieren der Muskeln und Blutergüsse, und auf eine seltsame Art und Weise war er stolz darauf, wie er jetzt in dem Toyota saß und fuhr. Er fühlte sich wie ein Kriegsheimkehrer oder ein Mensch, der von allen gejagt wird, aber immer wieder entkommt, weil er nicht zu fangen ist, weil es etwas gibt, eine besondere Qualität oder Fähigkeit, die ihn überlegen macht.

Er war auch stolz darauf, diesen Kampf erlebt und mit Schweitzer geteilt zu haben.

Er rekapitulierte die Schlägerei: Ja, der Kubaner war der bessere Kämpfer gewesen, schlauer und wendiger, doch was ihn – hätte Gursky am Ende nicht das Messer gezogen – den Kampf hätte gewinnen lassen, war etwas anderes gewesen, das nichts mit irgendwelchen körperlichen Vorzügen oder einem Mehr an Erfahrung zu tun gehabt hatte.

Es war die Tatsache, dass der Kubaner keine Angst gehabt hatte.

Während Gursky gleich nach dem ersten Schlag an sein Gesicht dachte und daran, ob es vielleicht verletzt war; während er sich also sofort Gedanken über seinen *persönlichen Schutz* machte, waren dem Kubaner all diese Dinge offensichtlich egal gewesen. Er hatte nicht an seine eigene Verletzbarkeit gedacht, nicht an seine Zukunft oder an seine Chancen bei den Frauen mit einem Gebiss ohne Zähne oder einem schlecht verheilten Nasenbeinbruch. Er hatte all das ausgeblendet und sich allein darauf konzentriert, was wichtig und für den Kampf entscheidend war: anzugreifen also, und so viele Treffer wie möglich zu landen.

Es war eine ähnliche Situation wie damals, auf dem ersten Boot, das sie gemietet hatten und auf dem Gursky sich zuerst so unpassend vorgekommen war, so überflüssig.

Durch den Kampf aber war ihm noch klarer geworden, dass die Menschen hier, die Fischer und Bauern und Boxer, besser geeignet waren für die wesentlichen, die ursprünglichsten Anforderungen des Lebens.

Sie waren ganz einfach überlebensfähiger.

Gursky konnte ja nicht einmal einen Fisch ausnehmen.

Wie sollte man da erst einen Hai besiegen?

Er war ein Mensch des Westens, schwach und unbedeutend, und er schämte sich dafür. Ein Mensch, dessen größte Leistung es war, vor Kameras schlechte Witze gerissen und ein paar Popstars erniedrigt zu haben. Darauf basierte im Wesentlichen seine ganze Identität – nicht auf Taten, sondern auf Rhetorik.

Nicht nur seine: die der gesamten westlichen Welt.

Ansonsten war er einfach nur stumpf. Seine Verbindung zum Kern aller Existenz, zum *Echten*, war gekappt, seit Jahren schon. Eigentlich schon immer, von Geburt an.

Und genau das musste man ändern.

Man musste zurück in der Zeit, zurück zum Ursprung.

Dahin, wo noch alles klar war. Dahin, wo alles begonnen hatte.

Gursky begriff, dass das, was sie erlebten, ein Geschenk war, ein göttliches Geschenk, das heutzutage kaum noch ein Mensch überreicht bekam.

Und eine Chance.

Eine Chance, herauszufinden, was noch da war, in ihm – wie viele seiner Instinkte all die Jahre eines Lebens unter der Glasglocke der westlichen Gesellschaft überdauert hatten.

Nur darum und nur so ging es: Man musste mit Körper und Seele und mit allen Sinnen zum Jäger werden.

Nur ein Hai fängt einen Hai, hatte Ricardo gesagt.

Erst jetzt verstand er die Geschichte.

Nachdem sie stundenlang geschwiegen hatten, erzählte er Schweitzer, worüber er nachdachte.

Der wirkte nicht im Geringsten überrascht, sondern so, als sei er schon vor Tagen auf diese Lösung gekommen.

Fast klang er ein wenig arrogant.

»Natürlich geht es nur so«, sagte er. »Wir müssen unsere Zivilisation ablegen, damit wir unsere ursprüngliche Kraft wiederbekommen. Wir müssen uns dekonstruieren. Wir müssen zurück auf null. Wer wäre besser geeignet als wir, die Vorzeigevertreter der modernen Welt, die alles erreicht haben und nun im Loch der Zivilisation angekommen sind? Du die Fernsehprominenz, der Moderator, und ich der Schriftsteller, der Kommentator.«

»Heißt das, dass wir *böse* werden müssen?«, fragte Gursky, aber eher im Spaß, um Schweitzer ein bisschen runterzubringen.

»Um gut oder böse geht es nicht«, sagte Schweitzer vollkommen ernst. »Es geht nicht um Moral oder Anstand oder um Nicht-Moral oder Nicht-Anstand – diese Werte gab es nicht in der Zeit, in die wir zurückreisen wollen. Es geht einzig und allein darum, alle unsere Sinne auf das Ziel zu richten. Es geht darum, es zu lokalisieren, einzukreisen und schließlich zu töten, mit allen Mitteln, die wir haben.«

Die Mittel, die sie hatten, lagen nun vor ihnen, am Pier von Marina Hemingway.

Mit so einem Schiff einen Hai zu fangen, dachte Gursky, bedeutet das Ende aller Romantik, aller Der-alte-Mann-und-das-Meer-Ästhetik, denn an Technik, Hygiene und Effektivität sind diese Schiffe das Beste, was der Markt anzubieten hat. Aber auch der Hai setzt immer seine besten Sinne ein, also geht es wohl in Ordnung.

»CIA-Style«, sagte Gursky.

»Genau«, sagte Schweitzer.

Was die Schiffe schon für ihre Mieter erreicht hatten, verrieten die Trophäen, die an den vertäfelten Wänden des Clubhauses hingen: ausgestopfte Marlins, Barsche, Barrakudas und Thunfische.

Sie hingen dort wie Skalps.

Schweitzer, immer noch in seinen verdreckten Klamotten, knallte der jungen Frau, die sich um die Buchungen kümmerte, seine Amex-Karte auf den Tisch.

»Ich will das schnellste und beste Boot mieten, das Sie dahaben«, sagte er, »komplett mit Radar, Sonar, Crew, Ausrüstung und allem, was dazugehört. Wir wollen einen Hai töten.«

»Kein Problem«, sagte die Frau in perfektem Englisch.

»Ich schlage die Fantasea vor, aus England. Die zwei Männer an Bord gehören zu den besten Fischern der Gegend. Die Miete für einen halben Tag beträgt 700 Dollar.«

»Ich hätte gern einen ganzen Tag«, sagte Schweitzer.

»Sehr gut, das wären dann 1400 Dollar. Wann wollen Sie rausfahren?«

»So schnell es geht. Am besten gleich morgen.«

»Morgen ist kein Problem«, sagte die Frau.

»Seien Sie bitte pünktlich um halb neun am Boot.«

Gursky sah, dass Schweitzers Hand zitterte, als er den Kreditkartenausdruck unterschrieb.

Als Gursky wieder zum Wagen zurückging, fühlte er sich trotz seiner Blessuren so, als habe er fünf Kilo zugenommen. Reine Muskeln.

Im nächsten kleinen Dorf, schon ein Vorort von Havanna, nahmen sie sich ein Doppelzimmer in einem kleinen Hotel. Weil Schweitzer unmöglich weiter so verdreckt rumlaufen konnte und auch Gursky was zum Wechseln brauchte, besorgten sie sich in einer Shopping-Mall neue Kleider.

In Beige gab es kaum etwas, aber irgendwie schien das Schweitzer nicht besonders zu stören. Er kaufte Polohemden in allen möglichen Farben und zwei grüne Hosen, dazu Ledersandalen, die er früher nicht mal hätte ansehen wollen.

»Jesus«, sagte Gursky, als Schweitzer vor ihm stand – »Schwer vorstellbar, dass dich auch nur einer deiner alten Freunde erkennen würde, wenn sie dich jetzt sähen.«

»Ein neuer Mensch«, sagte Schweitzer nur.

»Ein bunter Vogel. Ein *lustiger* Vogel.«

Später saßen sie in einem schäbigen kleinen Straßenrestaurant. Sie hatten den ganzen Tag noch nichts gegessen.

»Dick muss man werden«, sagte Gursky und klopfte sich auf den Bauch. »Dick ist gesund. Man braucht so einen kleinen festen Bauch wie Hemingway oder Castro. Harte Männer haben immer einen Bauch wie ein Punching-Sack.«

»Außerdem müssen wir uns Bärte wachsen lassen«, sagte Schweitzer, der schon ein paar ganz ordentliche schwarze Stoppeln im Gesicht hatte.

Katzen streunten um die Tische herum und miauten, während Schweitzer die Speisekarte studierte, die nicht besonders viel anzubieten hatte.

»Nehme ich nun *Arroz con Huevos* oder *Bistec con patatas fritas*?«, fragte er sich laut.

Wisse er auch nicht so genau, sagte Gursky, klänge alles gleich schlecht.

»Das ist die Schuld der Spanier.«

Gursky zeigte aufs Meer, Richtung Osten. »Von dort sind sie gekommen, die Eroberer, und was sie mitbrachten, waren ihre Schiffe, ihre Toreros, ihren Katholizismus und ihre Paellas, dieses unglaublich schlimme Essen.«

»Und dann kamen irgendwann die Amerikaner«, setzte Schweitzer die Rede fort.

»Und die Amerikaner brachten ihr Geld und ihr Militär, und mit dem Geld und dem Militär machten sie die Kubanerinnen zu Huren und die kubanischen Männer zu

Zuhältern, bis Castro kam und die Amerikaner vertrieb und den Kubanern alles nahm, ihren importierten Katholizismus und das importierte Geld. Und jetzt haben die Kubaner gar nichts mehr.«

»Du vergisst die Musik«, sagte Gursky und war überrascht über den Spott in seiner Stimme, weil er die kubanische Musik doch vor ein paar Tagen – oder waren es Wochen? – im Floridita noch für die allerbeste der Welt gehalten hatte.

»Ach ja, genau – die *Musik*.«

Ein Kellner trat an ihren Tisch.

»Möchten Sie etwas bestellen?«, fragte er höflich auf Englisch.

Er könne sich nicht entscheiden, sagte Gursky, hätte aber erst mal gern einen Drink.

»Und Sie, Sir? Etwas zu essen?«

Schweitzer lehnte sich zurück und überlegte einen Moment, dann sah er den Kellner an.

»Ja«, sagte er vollkommen ruhig und zeigte auf eine der Katzen vor seinen Füßen, eine kleine graue mit dunklen Sprenkeln.

»Ich hätte gern diese Katze gebraten.«

Gursky prustete los.

Der Kellner lächelte, aber etwas unsicher.

»Das ist ein guter Witz, Sir!«

Das sei kein Witz, sagte Schweitzer.

»Ich möchte, dass Sie mir diese Katze zum Essen zubereiten.«

Gursky lachte immer noch.

»Entschuldigung, Sir, aber auf Kuba essen wir keine Katzen«, sagte der Kellner, immer noch bemüht lächelnd, aber langsam rutschten ihm die Mundwinkel weg.

»Katzen sind doch Haustiere.«

»Waren Sie schon mal in Asien?«, fragte Schweitzer.

»Ähm, nein, Sir«, antwortete der Kellner.

»Nun, ich war schon einmal dort, in China, bei Ihren sozialistischen Genossen, und kann Ihnen versprechen, dass gegrilltes Katzenfleisch sehr schmackhaft ist, wenn man ein wenig Limonensaft dazugibt. Sie haben doch Limonensaft?«

»Ja, Sir, natürlich haben wir Limonensaft, aber trotzdem können wir Ihnen doch nicht diese Katze braten. Sie gehört ja nicht einmal zum Restaurant.«

»Oh. Wäre die Situation anders, wenn sie zum Restaurant gehören würde?«

»Nein, Sir. Aber trotzdem ist es mir unmögl ...«

Gursky lachte nun nicht mehr, stattdessen schwitzte er ein wenig. Er suchte in seinem Kopf nach irgendetwas, das er sagen könnte, um Schweitzer erkennen zu lassen, dass er den Kellner jetzt genug gedemütigt hatte, aber ihm fiel nichts ein. Außerdem wühlte Schweitzer schon in seinem Portemonnaie.

»Dreihundert Dollar für die Katze!«, sagte er und knallte sechs Fünfzigdollarscheine auf den Tisch.

Der Kellner sah sie verständnislos an, fast ängstlich.

»Ein gutes Geschäft!«, sagte Schweitzer.

»Sir!«

»Ein sehr gutes Geschäft!«, wiederholte er.

Der Kellner blickte sich um, ob irgendeiner der anderen Gäste etwas mitbekommen hatte, dann wandte er sich wieder Schweitzer zu und sprach sehr leise.

»Entschuldigen Sie, Sir, aber ich möchte Sie bitten, das zu unterlassen. Entweder bestellen Sie jetzt etwas, das auf der Karte steht, oder ...«

Schweitzer achtete gar nicht auf seine Worte.

»Gut: vierhundert Dollar!«

Er knallte noch zwei Scheine auf den Tisch.

»Bitte, Sir!«, flehte der Kellner.

»Hören Sie«, sagte Schweitzer nun mit sanfter Stimme – »Ich will Sie nicht ärgern, sondern möchte einfach nur, dass

Sie in der Küche mal nachfragen, ob es eventuell möglich ist, dass mein Freund und ich hier eine Katze essen können. Nur mal fragen, das könnten Sie doch wohl?«

Gursky hörte förmlich, wie es im Kopf des Kellners arbeitete und er sich fragte, was *in Gottes Namen die richtige, die angemessene Reaktion* auf Schweitzers Frage sein könnte.

»Gut, Señor«, sagte er dann entnervt.

»Einen Moment bitte: Ich frage nach, aber ich kann Ihnen nicht versprechen, dass es etwas brin ...«

Zu mehr kam der Kellner nicht, denn in diesem Moment explodierten Schweitzer und Gursky. »Er *fragt nach*!!«, wiederholten sie brüllend den Satz des armen Mannes und lachten ihn aus, so laut, dass sich jetzt auch die anderen Gäste des Restaurants zu ihnen drehten und die Köpfe schüttelten.

Eine Minute später stand eine kleine Kubanerin vor ihnen, die Chefin des Restaurants.

»Ich möchte Sie bitten zu gehen«, sagte sie.

Schweitzer und Gursky sahen sich an.

»Bloß, weil wir etwas bestellen wollten, was nicht auf der Karte steht?«, fragte Gursky, um jetzt auch mal was zu sagen.

»Weil Sie sich nicht angemessen zu benehmen wissen«, sagte die kleine Frau tapfer.

»Bitte gehen Sie jetzt!«

Schweitzer und Gursky standen auf und verließen das Restaurant unter den Blicken aller Anwesenden, aber sie lachten immer noch, und Gursky wusste, dass er noch niemals in seinem Leben so gelacht hatte, so laut, dass die ganze Welt es hörte, und so grausam und böse, dass diese Welt eigentlich erzittern und auf Schweitzer und ihn einen Haftbefehl ausstellen müsste.

Aber da war nichts, was sie hindern konnte: kein Verbot, kein Haftbefehl, keine Strafe.

Und darum lachte Gursky weiter, auch im Auto noch.

Was die Katze betrifft – die ist gerettet, dachte er, aber die Uhr für den Hai läuft und läuft und läuft. Und wenn nötig, erschießen wir ihn auch oder sprengen ihn mit Dynamit weg.

Wir wären nicht die Ersten, die so gearbeitet hätten.

III. Fantasea

Im Gegensatz zu Schweitzer hatte Gursky nicht die geringste Ahnung von klassischer Musik, nur von Popmusik eben, und die Schuld daran gab er seinem Elternhaus, denn sein Vater hörte nur Johnny Cash und die Mutter nichts als Schlagermusik. Auch das Aufwachsen in einer Wohnsiedlung war nicht die beste Voraussetzung für ein Diplom in Kunst und Kultur gewesen – und später war dann ja sein Job beim Sender gekommen.

Ein Stück Klassik aber gab es, das Gursky gefiel, auch wenn ihm klar war, dass es auf jeden Klassikhörer wie eine Beleidigung wirken musste – in etwa so, als sage man einem Fan von Antonio Carlos Jobim, Phil Collins sei der beste Komponist, den die zeitgenössische Musik habe, seit Jahrzehnten schon.

Gurskys Lieblingsstück der Klassik und das einzige Lied, das er tatsächlich mit Namen kannte und erkannte, war der Canon von Pachelbel, der nach allem, was Gursky wusste, ein Mönch war, der gegen Ende des siebzehnten Jahrhunderts gelebt und komponiert hatte.

Was Gursky am Canon mochte, war seine Hymnenhaftigkeit: Fast monoton wiederholte das Stück sein immergleiches Thema, die immergleiche Melodie, die nur in ihrer Instrumentierung variiert und mal mit zwei, mal mit ungefähr zehntausend Streichern gespielt wird. Für Gursky demonstrierte der Canon eine stets zunehmende Erhabenheit und Größe: Der Mönch wollte mit seinem Werk zu Gott aufsteigen, zum Verständnis aller Dinge, zur Lösung, und mit jedem Geigenton bezwang er eine weitere Stufe auf dem Weg in die Höhe, ins Paradies.

Und auch jetzt, als Gursky um neun Uhr morgens an Bord der Fantasea ging, hörte er den Canon. Er hörte eine Million Streicher, die seinen Gang begleiteten, und er sah den Mönch, wie er vor Gott stand, sprachlos, aber glücklich.

Dieser Mönch war er selbst.

Die Motorjacht Fantasea, Heimathafen Swansea, UK, war etwa fünfzehn Meter lang und lag am Anleger wie ein Raubtier, das nach einem langen Schlaf zum Angriff erwachte, mit Zähnen und Krallen, die darauf brannten, endlich wieder eingesetzt zu werden.

Ihre eigenen Haiangeln hatten Gursky und Schweitzer gleich im Wagen gelassen, denn alles an Bord, das war auf den ersten Blick zu erkennen, war um so vieles besser, war die bestmögliche State-of-the-Art-Profiausrüstung, die für Geld zu haben war. Die zwei Anglerstühle im Heck sahen mit ihren Fußstützen aus wie Hinrichtungsmaschinen: Sie waren mit einem Vierfuß fest an Deck verschraubt, aus rostfreiem Stahl und gleich mit mehreren Sicherheitsgurten ausgerüstet, so als könnten die Angler sich mit ihnen im Notfall auch in die Luft katapultieren.

Gleich nach dem Betreten des Boots setzte Gursky sich auf einen der Anglersitze. Es fühlte sich gut an.

Wie ein Thron, dachte Gursky. So als seien Kameras auf ihn gerichtet, Light, Cameras, Action – wie damals, als er von dem Michael-Jackson-Interview nach Deutschland zurückgekommen war und schon am Flughafen von Fans und Klatschfotografen begrüßt wurde.

An dem Tag nach Neverland.

Die Zeitungen waren voll von Diskussionen darüber, ob man einen Menschen so behandeln könne, wie Gursky es mit Jackson getan hatte – ob man jemanden so erniedrigen durfte. Dürfe man nicht, schrieb die bürgerliche Presse, schrieben FAZ, SZ und sogar die BILD, doch was die bürgerliche Presse schrieb, war egal, denn die Jugend des Landes feierte ihn. Er war in ganz Deutschland berühmt, als der Mann, der einen Star geköpft hatte, hingerichtet.

Der Chef des Senders ließ ihn mit einer Limousine vom Frankfurter Flughafen abholen, im Studio hatte er eine Party vorbereitet, mit Playmates in Häschenkostümen und weiteren fünfhundert Gästen.

Gursky fühlte sich wie Hugh Hefner, als der noch jung war.

Er bekam eine Gehaltserhöhung, die Sendung wurde auf zwei Stunden verlängert, dazu stellte sein Chef noch zwei zusätzliche Redakteure an, die nur für ihn arbeiteten.

In den nächsten zwei Monaten ging Gursky mit über dreißig Mädchen ins Bett; die meisten davon waren unter 22.

Sie sehen aus wie Kanonen, dachte Gursky, als er die sechs Sportangeln betrachtete, die in Halterungen an der Heckreling der Fantasea steckten. Wie Kanonen mit goldenen Trommeln, die keine Kugeln abfeuern, sondern Haken, und nicht mit Pulver geladen werden, sondern mit Ködern und Bleigewichten.

Das Gewaltigste an dem Boot aber war der vier Meter hohe Aufbau, der sich wie ein Stromträger pyramidenförmig über die Kajüte erstreckte. Es gab zwei Ebenen, von denen aus man angeln konnte: eine in etwa zwei Metern Höhe, wo Platz für bis zu drei Angler war, und eine ganz oben, unter einem Sonnendach, wo ebenfalls zwei sitzen konnten und sogar noch ein Steuermann hinpasste, um auch von hier aus das Boot zu lenken. Der Aufbau sah aus wie eine Leiter, die in den Himmel führte; vielleicht musste Gursky auch deshalb wieder an Pachelbel und seinen Canon denken.

Vielleicht lag es auch an dem Koks, das sie eben noch genommen hatten, von den restlichen paar Gramm, die Schweitzer noch in seiner Tragetasche gefunden hatte.

»Wir müssen unsere Sinne schärfen«, hatte Schweitzer gesagt, als er die Linien vorbereitete.

Das klang ganz logisch. Und es funktionierte auch.

Schließlich hatten sich die Jäger von früher auch mit Kokablättern fit gemacht, wenn sie auszogen, sagte Gursky sich, als er an das Versprechen dachte, das er Schweitzer vor so langer Zeit in Havanna abgenommen hatte.

Die Waffen des Boots wurden Schweitzer und Gursky voller Stolz von den beiden Männern gezeigt und vorgeführt, die dieses Ungetüm für sie zu den Haien führen sollten: Edelberto, ein schlanker und gut aussehender Mann, der vor Jahren mal einen Preis für den größten Marlin bekommen hatte; und Bill, sein Matrose, etwas kleiner und dicker und mit dem frechen Gesicht des jungen Danny DeVito.

Beide, Edelberto und Bill, waren Kubaner, aber nicht die Art Kubaner, die Schweitzer und Gursky bislang kennen gelernt hatten. Sie sahen gepflegt aus und trugen teure Polohemden von Lacoste und Shorts mit Bundfalten. Für kubanische Verhältnisse waren sie offensichtlich sehr reich geworden durch die Brotkrumen, die ihnen die amerikanischen Sportfischer jede Marlin-Saison aufs Neue zuwarfen, und darum – weil sie so westlich waren, so offensichtlich einverstanden mit dem Kapitalismus – fühlte Gursky sich nicht von ihnen ausgeschlossen wie noch auf der Abacora. Ganz im Gegenteil, er fühlte sich ihnen überlegen, denn – auch wenn es nicht sein eigenes Geld war, sondern Schweitzers – sie zahlten viel für das Boot und seine Crew, und solange wir zahlen, dachte Gursky, bestimmen wir, was gemacht wird.

Solange wir zahlen, sind wir die Herren des Meeres.

Die Männer befolgten jeden ihrer Befehle. Den Auftrag, einen Hai zu fangen, nahmen sie ernst. Die zwei Picknickbehälter auf dem Hinterdeck waren voll bis obenhin mit gefrorenem Schweinefleisch, Fischköpfen und Tintenfischen, alles in Form eines blutfarbenen Eisklotzes.

Gursky drehte sich auf dem Anglersessel im Kreis, bis ihm schwindlig wurde.

»Wir sind wie Fremdenlegionäre«, sagte er zu Schweitzer: »Kein Heimatland, keine Moral, keine Familie – aber bestens für den Kampf gerüstet.«

»Allerbestens gerüstet«, sagte Schweitzer und zeigte auf das Echolot und die Radaranlage in der Kajüte.

»In diesem Schiff steckt mehr Elektronik als im gesamten kubanischen Verteidigungsministerium.«

Gursky hielt Zwiesprache mit der Fantasea.

»Vielleicht gehörst du ja dem britischen Geheimdienst?«, fragte er das Boot.

»Ich gehöre jedem, der mich mietet«, antwortete es.

»Und? Tust du alles, was man dir sagt?«

»Alles!«, sagte das Boot.

»Wirst du uns heute einen Hai besorgen?«

»Verlass dich drauf!«, sagte das Boot.

»Ich bin ein Totenschiff.«

»Ich habe das Boot sprechen hören«, sagte Gursky, während Edelberto den Motor anließ und sie durch die Kanäle der Anleger von Marina Hemingway in den Atlantik fuhren.

»Ich weiß«, sagte Schweitzer und nickte. »Ich habe es auch gehört.«

Bill war mit dem Präparieren der Köder beschäftigt, er legte sie zum Auftauen in die Sonne und suchte die passenden Haken aus, die viel größer waren als die, die Gursky und Schweitzer auf der Abacora benutzt hatten – sie bestanden aus fünfzehn bösartigen Zentimetern des allerbesten Stahls. Und während Gursky beim letzten Mal noch Lust gehabt hatte, alles selbst zu machen, wäre das auf diesem Boot Idiotie gewesen. Hier funktionierten die Dinge von allein, hier ging alles automatisch.

Edelberto beschleunigte den Motor, das Heck des Boots drückte sich ins Wasser, und sofort rasten sie mit einer Geschwindigkeit von dreißig Seemeilen durchs Wasser.

Wie mit einem Raketenantrieb.

Aus der gut sortierten Bar im Wohnbereich der Kajüte mixte Gursky aus Havanna-Rum und einer Dose Cola zwei Cuba Libres und ging zu Schweitzer, der zur sich immer weiter entfernenden Küste hinübersah.

»Mit diesem Service müsstest du doch eigentlich zufrieden sein.« Gursky grinste, als er Schweitzer den Drink reichte.

»Mein Vater hatte mal so ein Boot«, sagte Schweitzer. »Aber er hat es verkauft, weil wir es kaum benutzt haben. Nur einmal, als ich noch sehr klein war, sind wir damit in der Karibik herumgefahren. Vielleicht war es sogar irgendwo hier.«

Es war gar nicht so leicht, auf der Bordtoilette die Linie Koks zu nehmen, die Schweitzer vorbereitet hatte, aber Gursky schaffte es.

Alles gelang, wenn man es sich nur ernst genug vornahm.

Es war ein Tag für Sieger. Die Sonne stieg höher, das Meer war ruhig, Pachelbel wurde immer lauter, und die Fantasea nahm Kurs auf das Finale.

Wie ein Stoßtrupp ins Feindesland dringen wir immer weiter vor, dachte Gursky.

Unter uns wimmelt es nur so von Haien, die mit ihren Lorenzinischen Ampullen, diesem besten aller Sinnesorgane, die elektrischen Impulse und Vibrationen des Motors aufnehmen und sich auf unsere Fährte setzen.

Plötzlich hielten sie.

Nach dem Echolot gebe es hier viele Fischschwärme, sagte Edelberto.

»Und wo Schwärme sind, sind auch Haie.«

Bill hatte den Fischmüll inzwischen in einen löchrigen Jutesack gestopft, aus dem überall die Köpfe mit den leeren Augen herausguckten. Er band einen Strick an den Sack, warf ihn über Bord, und sofort drangen kleine Fleischpartikel aus dem Sack ins Wasser und verströmten das Aroma des Todes, das die Haie angeblich so lieben. Bill leerte noch zwei Eimer frischen Blutes über dem an der Oberfläche schwimmenden Sack, und das Wasser färbte sich rot. Es sah genauso aus wie in den unzähligen Haifilmen.

»Das werden sie sich nicht entgehen lassen«, sagte Bill und lachte.

Gursky starrte auf den Matsch, der im Wasser vor ihm schwebte, und musste trotz des Canons in seinen Ohren fast darüber lachen, dass sein Traum, seine Mission, der Sinn seiner letzten Reise und eines neuen Lebens, in diesem Müll vergraben liegen sollte, zwischen diesem Aas.

Sein Kopf war heiß, sein Zahnfleisch kribbelte.

Es ist der Tod, mit dem wir ihn locken, dachte er.

Wir locken ihn allein mit dem Tod, damit sein Blut dann später genauso im Wasser herumschwimmt wie jetzt dieses hier ...

Sie übernahmen ihre Plätze an den Angeln, Schweitzer auf dem linken Stuhl, Gursky auf dem rechten. Dann taten sie alles genauso wie auch auf der ersten Fahrt: Sie ließen den Köder sinken und sinken; holten ihn zur Hälfte wieder rauf und bewegten ihn hin und her.

Gleich wird er kommen, dachte Gursky.

Gleich beißt er an.

Gleich feuern wir unsere Raketen ab, die Nuklearraketen unseres Totenschiffs.

Sie warteten.
Und nichts passierte.
Sie warteten weiter.
Und nichts passierte.
Nichts, nichts, nichts.
Nicht einmal ein Delphin oder ein Barrakuda oder ein Barsch oder ein Bonito kam zum Boot.
Keine Flosse, keine Bewegung, gar nichts.
So saßen sie da mit ihrer Ausrüstung, der *bestmöglichen, die für Geld zu haben war.*
Stundenlang.
Das Meer war so tot wie der Fischmüll, der sich inzwischen fast ganz aus dem Sack gelöst hatte und von der Strömung längst meilenweit weggetragen worden war.
Weder Schweitzer noch Gursky bewegten sich vom Platz: Wie festgefroren saßen sie wortlos auf ihren Stühlen und starrten auf den Punkt, an dem ihre Leinen durch die Wasseroberfläche stachen und in die Tiefe hinabsanken. Dorthin, wo sie sein sollten, die Haie.
Dann schrie Gursky.
Es war kein Wort, kein Satz, nicht mal ein erkennbarer Laut – nur ein lang gezogener, schriller Schrei, der übers Meer flog, zum Festland, zu Alina, zu Ricardo, zu der abgebrannten Ruine der Casa Esperanza, zu den Schlägern aus der Bar, zu El Tiburón, zu Nathalie und dem Kind in ihrem Bauch. Schließlich stimmte auch Schweitzer mit ein, in genau derselben Tonlage. Sie schrien so lange, bis es wehtat, bis ihre Stimmen versagten und Edelberto und Bill völlig verstört vor ihnen standen. Doch selbst, als sie schon lange wieder zurück im Hafen waren, hatte Gursky das Gefühl, immer noch zu schreien.

IV. Spring Break

Natürlich bestritten es die meisten Leute nach wie vor. Sie bestritten, dass es sie gab, weil die Existenz der anderen, der besonderen Menschen, ihre eigenen Existenzen gefährdet hätte, ihre kleinen Idyllen, die sie sich so mühsam aufgebaut hatten.

Gursky aber wusste genau, dass es sie gab: Menschen, die mehr merkten, mehr spürten als die anderen; Menschen, die wacher waren als der Durchschnitt.

Sie waren keine Superhelden aus irgendwelchen amerikanischen Comics, die fliegen konnten oder so schnell rennen wie ein ICE-Zug. Sie hatten auch keinen Röntgenblick, mit dem sie durch Mauern und Knochen blicken konnten, und es war auch nichts Esoterisches an ihnen, nichts, das etwas mit Kristallkugeln und kosmischen Theorien zu tun gehabt hätte.

Der Unterschied lag allein in der Wahrnehmung.

Den besonderen Menschen passierten genau dieselben Dinge wie den normalen. Sie verrichteten irgendeine Arbeit, sie nahmen Nahrung auf, sie traten in Kontakt mit anderen Leuten – doch während die normalen Menschen ihre Körper so zügig und effizient wie möglich durch diese Welt trugen, blieben die besonderen Menschen, die Sinnesmenschen, immer wieder stehen. Manchmal stolperten sie auch oder fielen der Länge nach hin.

Weil sie mehr empfanden als die anderen.

Woran es lag, wusste Gursky nicht: Vielleicht hatten die Sinnesmenschen eine durchlässigere Membran für die Bilder, die um sie herum existierten; vielleicht hatten sie eine höhere Sensibilität entwickelt für das, was sich zwischen der Handbewegung und dem Blick eines Menschen abspielte. Vielleicht waren sie auch einfach das, was man »weise« nennt.

Jedenfalls hatten sie die Fähigkeit, hinter die Gesichter der anderen zu sehen, hinter ihre Mimik, hinter ihre Körper, sogar hinter ihre Seelen, wenn sie denn welche hatten.

Die Sinnesmenschen durchdrangen und erkannten die anderen Menschen. Schweitzer war so jemand. Und seit ich jage, bin auch ich so ein Mensch, dachte Gursky, denn die Jagd steigert meine Wahrnehmungsfähigkeiten mit jedem Tag, mit jeder Stunde. Auch ich spüre das, was hinter allen Mauern liegt, hinter allen Verstecken. Hinter den Pornoversionen.

Die Wahrheit.

Er hatte das Gefühl, ein Licht läge auf ihm, ein Spotlicht, das ihn heraushob aus der Menge der Leute um ihn herum in dieser Disco hier, in Nassau, auf den Bahamas. Und wegen dieses Lichts konnte er klarer sehen als die anderen; er sah in die jungen Männer und Frauen hinein, die am Pool der Disco standen und sich zu billiger Technomusik langsam auszogen. Gursky konnte hören, was in ihren Köpfen vorging, die Dialoge, die sie mit sich selbst führten, und die Stimmen, die ihnen einflüsterten, sie seien die wildesten und begehrenswertesten Geschöpfe der Welt.

Und als er zu Schweitzer sah, der neben ihm stand, wusste er, dass der diese Szene genauso sah.

Denn er war ebenso erleuchtet wie Gursky.

Ein paar Dinge waren geschehen, seit sie mit der Fantasea in den Hafen von Marina Hemingway zurückgekehrt waren, erneut ohne Hai. Ein paar Dinge, die schließlich dazu geführt hatten, dass sie den kubanischen Sozialismus gegen den Kapitalismus der Bahamas eingetauscht hatten.

Die geringste Neuigkeit war noch die, dass Gurskys Reisetasche wieder aufgetaucht war, die Tasche, die British Airways ihm so lange nicht hatte zurückbeschaffen können und die er schon verloren geglaubt hatte.

Es war eher Zufall gewesen. Schweitzer und er warteten am Flughafen von Havanna auf den Flug nach Nassau, doch die Maschine hatte über eine Stunde Verspätung, und um die Zeit zu überbrücken, lief Gursky auf dem Gelände herum, bis er irgendwann vor dem Lost-and-Found-Schalter stand.

Man kann es ja wenigstens mal versuchen, dachte er.

Er wühlte in den Hosentaschen nach dem Verlustzettel und fand ihn sogar – halb verblichen und verwaschen von Sonne und Salzwasser zwar, aber seinen Namen und die Nummer, die sie ihm gegeben hatten, konnte man noch erkennen.

Er glaubte es kaum, als die Beamtin die Tasche vor ihn hinstellte, so als sei das Ding gar nicht verloren gewesen, sondern ganz rechtmäßig mit der Post gekommen. »Unterschreiben Sie bitte hier, Señor, dann können Sie das Paket mitnehmen.«

Der Sozialismus, dachte Gursky, kennt keine Entschuldigung. Nicht mal zum Abschied.

Noch auf der Flughafentoilette wollte er sich umziehen, den hübschen Sommeranzug anziehen, den er für alle Fälle mitgenommen hatte, doch als er die frischen Sachen sah, hatte er auf einmal keine Lust mehr.

Die Kleider, die dort lagen, hatten keine Geschichte. Sie hatten nichts mit ihm zu tun.

Die kubanische Uniform stand ihm viel besser.

Er riss den Anhänger mit seinem Namen ab und ließ die Tasche auf der Toilette liegen. Vielleicht würde es ja einen Bombenalarm geben oder so was.

Er fühlte sich leicht, als er die Toilette verließ, so als würde er schweben.

Sie waren erschöpft wie nie nach dem Ausflug mit der Fantasea. Wenn es ihnen selbst mit der besten Ausrüstung nicht gelang, einen Hai zu fangen – wie sollte es dann überhaupt möglich sein? Wie lange sollten sie ihn noch durchlaufen, diesen ewigen Kreislauf aus Hoffnung und Enttäuschung, Hoffnung und Enttäuschung?

Sie fuhren wortlos nach Havanna zurück und checkten ins Hotel Nacional ein, in ein Doppelzimmer.

»Vielleicht«, sagte Gursky zu Schweitzer, »sollten wir aufgeben, trotz des Schwurs.«

Schweitzer antwortete nicht.

Weil Gursky die Stille im Zimmer nicht ertragen konnte, ging er in die Lobby des Nacional, in den Presseshop. Vielleicht hatten sie ja ein paar deutsche Zeitungen da, mit denen man sich ablenken konnte.

Hatten sie.

Der Laden hatte sogar noch mehr: eine kleine Abteilung mit deutschen Büchern.

Darunter waren auch ein paar Reiseführer.

Gursky wusste nicht, warum er sich den über die Bahamas rauspickte. Vielleicht deshalb, weil die Bahamas nicht weit entfernt sind von Kuba; vielleicht hatte es ihm auch das Coverfoto angetan: ein wirklich weißer Sandstrand und nicht der Ölmatsch, den sie auf Kuba als Badeparadies verkauften.

Er blätterte etwas in dem Führer herum und blieb – wohl wegen der unbefriedigenden Konsumlage auf Kuba – in der Rubrik »Einkaufen« hängen, die Shoppingtipps auf den Bahamas empfahl. Am unteren Rand der rechten Seite stieß er auf eine kleine Notiz.

Haimuseum stand da.

Darunter der folgende Text:

Das originellste Souvenir von den Bahamas dürften die Ketten und Kuriositäten aus Haifischzähnen sein, die die hochbetagte Gloria Patience aus The Ferry auf Little Exuma in ihrem »Museum« verkauft. Alle Zähne stammen von Haien, die die robuste Lady in den letzten 25 Jahren aus dem Wasser zog. Die größte Haijägerin diesseits und jenseits des Wendekreises des Krebses, der übrigens, wie sie behauptet, genau durch ihr Schlafzimmer verläuft, brachte rund 2400 Haie zur Strecke, und wenn sie sich fit fühlt, fährt sie immer noch mit Helfern hinaus.

Dazu Adresse und Telefonnummer.

Gursky starrte auf die Seite und auf den Text: *Größte Haijägerin. Aus dem Wasser zog. 2400 Haie. Fährt immer noch hinaus.*

Die Souvenirs interessierten ihn nicht.

Aber diese Frau interessierte ihn.

Es gab keinen Zweifel daran, dass sie es war – die einzige Person auf der Welt, die Gursky und Schweitzer jetzt noch helfen konnte, ihren Traum zu erfüllen. Der einzige Mensch, der die Niederlage abwenden konnte.

Sie war, anders konnte es nicht sein, die lebendige Version von El Tiburón. Señorita Tiburón.

Gursky wollte sofort rauf zu Schweitzer, um den aus seinem Schweigen zu reißen, doch dann besann er sich darauf, dass die *hochbetagte Gloria Patience* ja schon tot sein könnte – vielleicht von einem Hai gefressen oder vom Schlag getroffen.

Er schwitzte, als er die Nummer wählte.

»Hello?«, meldete sich eine alte Frauenstimme.

»Hello?«, fragte Gursky.

»Yes?«

»Ähm, entschuldigen Sie bitte die Frage, aber – wohnt bei Ihnen vielleicht Gloria Patience, die Haijägerin?«

»Das ist richtig, ja«, sagte die Stimme.

Gursky schluckte vor Freude.

»Könnte ich sie bitte sprechen?«

»Ich bin Gloria Patience!«, sagte die Stimme.

Jetzt war er nicht mehr zu halten.

»Wirklich? Oh, mein Gott, Sie wissen ja gar nicht, was das für mich bedeutet ... Könnte ich Sie zusammen mit einem Freund in den nächsten Tagen besuchen? Wir interessieren uns sehr für Haie und würden gern ...«

»Selbstverständlich!«, sagte die Stimme.

»Ich freue mich darauf.«

Als er auflegte, schrie Gursky fast so laut wie vor ein paar Tagen noch auf der Fantasea – mit dem Unterschied, dass es diesmal ein Schrei der Freude und Erleichterung war. Das Spiel war noch nicht vorbei. Eine letzte Chance hatten sie noch.

Schweitzer fiel Gursky in die Arme, als der ihm von dem neuen Plan erzählte.

»Eine Haijägerin? Wie heißt sie – Gloria *Patience*? Was für ein unglaublicher Name! Mein Gott, mein Gott, jetzt wird vielleicht noch alles gut. Jetzt sind wir wieder in Bewegung, jetzt sind wir wieder unterwegs – das muss, muss, muss gefeiert werden!«

So kam es, dass Schweitzer und Gursky nun hier waren, in Nassau auf der Insel New Providence, von wo aus sie am nächsten Tag mit einer Propellermaschine der Bahamas Air nach Exuma fliegen würden, einer kleinen Insel im südlichen Teil dieses Ferienstaats der Amerikaner. Denn dort, auf der Nebeninsel Little Exuma, in einem Haus, durch das der Wendekreis des Krebses verläuft, befand sich ihre Retterin. Vielleicht würde sie sogar gemeinsam mit Gursky und Schweitzer dorthin fahren, wo es wirklich Haie gab. Wenn sie 2400 dieser Biester geangelt hatte, musste sie es ja wissen.

Und weil die Aussicht darauf so wunderbar war, so als sei die Zeit des endlosen Kreislaufs aus Hoffnung und Enttäuschung endlich vorbei, feierten sie nun mit einer Armee komplett betrunkener amerikanischer Studenten in dieser Disco, die Waterloo hieß.

Die Studenten waren im Zuge des Spring Break hergekommen, der zweiwöchigen Ferienzeit im Frühjahr, in der sich Tausende von College-Studenten wie marodierende Heuschrecken über Orte hermachen, die nicht allzu weit von zu Hause entfernt liegen, aber immer noch weit genug, um die dort existierenden Restriktionen zurückzulassen. Orte mit Sonne, Meer und billigen Drinks wie Miami, Florida, Waikiki Beach, Hawaii – oder eben Nassau, hier auf den Bahamas. Die Studenten machten Trinkspiele an diesen Orten, sie soffen, bis sie kotzen mussten, oder spielten an Frauen herum, an denen sie schon immer mal rumspielen wollten, und manchmal vergewaltigten sie sie auch, wenn gerade keiner hinsah. Was die Frauen betraf, waren sie an ähnlichen Dingen interessiert. Sie besoffen sich genauso und wollten irgendwelche Männer abschleppen; und wenn sie wirklich mal vergewaltigt wurden, hatten sie es am nächsten Morgen meistens wieder vergessen. Allein um das Feiern bis zur Besinnungslosigkeit ging es hier.

Auch der Strip der Männer und Frauen am Pool des Waterloo war besinnungslos. Es ging um die Wahl des »Mister Unterhose«, doch neben den Jungs mit ihren Sixpack-Bäuchen und Bizepsarmen waren auch Mädchen auf den Rand gesprungen, um mitzumachen. Sie präsentierten ihre Körper hier so, wie es in Amerika niemals möglich gewesen wäre; sie forderten den Lohn ein für die jahrelange Arbeit im Fitness-Studio.

Der Lohn war die Geilheit und Gier der Zuschauer.

Der Speichel, der ihnen von den Lippen tropfte.

Etwas seltsam war es schon, den Männern und Frauen zuzusehen bei dem, was sie taten, denn für eine andere Form des »Mister Unterhose« hatten sich ja vor langer Zeit auch Gursky und Schweitzer schon mal beworben, damals im Hamburger Schauspielhaus. Aber während das, was Schweitzer und er getan hatten, ein heiliges Bündnis gewesen war, etwas von Bedeutung, hatten die Bewegungen der Stripper und das Gewackle der Mädchen mit ihren Riesenbrüsten aus Silikon etwas Lächerliches und ganz und gar Unheiliges. Genauso war es mit den Leuten, die betrunken davor standen und die Stripper anstierten.

»Oh my God – she flashed her tits!«, schrien sie, und:

»They're big, dude!«

»The biggest knockers that I've ever seen!«

Irgendwie, dachte Gursky, sind dies keine Menschen.

Aber was sind sie dann?

Ihre Bäuche sind aus Plastik.

Ihre Titten sind aus Plastik.

Ihre Ärsche sind aus Plastik.

Ihre Herzen sind aus Plastik.

Ihre Seelen sind aus Plastik.

Es sind Illusionen von Menschen, dachte Gursky, Plastikmenschen, die sich selbst zusammengebaut haben nach den Wünschen ihrer Gesellschaft. They've assembled themselves, wie sie in Amerika sagen würden: They've assembled themselves to fit the image.

Die Jungs mit ihren Plastikmuskeln waren Illusionen von Härte, die Mädchen bloß Illusionen von Leidenschaft mit ihren Plastikkörpern.

Gursky roch die Lüge. Er sah die Leere.

Und er spürte die grenzenlose Schwäche, die sie mit alldem hier überdecken wollten: mit dem Bier, das sie sich über die nackten Oberkörper kippten, mit den engen Kleidern, die sie trugen, mit all dem Schweiß, den sie produzierten und der Ekstase suggerieren sollte.

Es war nicht das erste Mal, dass Gursky so fühlte.

Der Tag, an dem er die Soap-Darstellerin bei »Gurskys Welt« zu Gast hatte, fiel ihm wieder ein. Ihre Qualitäten: Sie war jung, sie war hübsch, sie war in allen Boulevardzeitungen und auf den wichtigen Partys.

Gursky hatte nicht vorgehabt, sie zu vernichten, aber irgendwie ließ sie ihm keine Wahl.

»Und? Was sind so deine Pläne?«, fragte er.

»Och«, sagte sie, »irgendwie will ich so medienmäßig weitermachen.«

»Aha. Also schauspielern?«

»Es gibt eine Menge Projekte«, sagte sie. »Ein Shooting für *Max*, vielleicht sogar eine Party-Kolumne; dann hat mich noch der Playboy gefragt, ob ich mich ausziehe, aber ich weiß noch nicht.«

»Wow«, machte Gursky angestrengt. »Das ist ja *echt* interessant.«

Sie war so leer, dass ihm nichts mehr einfiel. Sie hatte noch weniger Qualitäten als seine anderen Gäste, und das allein war ja schon eine Leistung.

»Und? Hast du einen Freund?«

Sie habe zu viel zu tun, sagte sie. Zu viele Projekte.

»Und? Macht dir dein Leben Spaß?«

»Sehr«, sagte sie.

Gursky war schlecht vor Ekel.

Als das Interview beendet war, verabschiedete Gursky sich völlig ruhig mit den Worten: »Vielen Dank für das Gespräch, ich hoffe, du bekommst bald Bauchspeicheldrüsenkrebs.«

Diesmal war es nicht Gursky, der »Cut!« rief.

Es war sein Chef.

»Entschuldigung, aber das geht nicht«, sagte er.

»Was geht nicht?«, fragte Gursky.

»Du kannst dem armen Mädchen« – der Chef zeigte auf die Schauspielerin, die noch nicht entschieden hatte, ob sie hysterisch lachen oder stumm weinen sollte – »unmöglich Bauchspeicheldrüsenkrebs an den Hals wünschen.«

»Sie ist so dumm, dass sie es verdient«, sagte Gursky. »Außerdem ist das nur ein Witz, und ich würde jetzt gern weitermachen.«

»Nur, wenn wir die Szene rausschneiden und das Interview wiederholen«, sagte der Chef.

»Um nichts in der Welt«, sagte Gursky.

Dann hätten sie jetzt wohl ein Problem, sagte der Chef.

Gursky starrte ihn ein paar Sekunden an, dann verließ er das Studio. Auf dem Weg nach draußen verlief er sich in den Heizungsräumen im Keller des Gebäudes. Es dauerte mehr als zwanzig Minuten, bis er wieder an der frischen Luft war, und auch dort brauchte er Zeit, um wieder zu Atem zu kommen.

Am nächsten Tag saß er im Büro des Chefs.

»Und? Wie hast du dich entschieden?«, fragte er.

»Wenn du das nicht sendest, gehe ich«, sagte Gursky.

»Schade. Dann musst du wohl gehen.«

Und trotzdem, gerade *wegen* ihrer Leere, wegen ihrer Plastikexistenzen, riefen die Leute im Waterloo neben reiner Verachtung bei Gursky noch eine Reaktion hervor, eine Reaktion, die ihn am ganzen Körper erzittern ließ.

Die Männer wollte er schlagen. Mit den Frauen wollte er schlafen.

Besonders auf ein Mädchen war er scharf. Sie stand ganz in Gurskys Nähe, zusammen mit ein paar Jungs und noch einer anderen jungen Frau, die offensichtlich die beste Freundin war oder zumindest ihre Verbündete für die Spring-Break-Zeit. Sie hatte glatte, lange, dunkelblonde Haare und trug ein enges weißes Kleid, schulterfrei, durch das ihre Unterhose zu sehen war.

Perfekt, dachte Gursky.

Sex mit einem Klon; Sex mit einem Sports-Illustrated-Swim-Suit-Poster. Bestimmt war sie Vegetarierin und trug Kontaktlinsen.

Ebenso perfekt, dass Schweitzer schon die ganze Zeit lang ihre Freundin beobachtete, eine Asiatin in schwarzem Kleid.

Bestimmt, dachte Gursky, hätte auch er gern mal wieder Sex *the American way*, sauber und sicher, und wie wir das dann mit unserem Doppelzimmer im British Colonial Hilton regeln, klären wir später.

Erst mal musste man die Jungs loswerden.

Und Gursky wusste auch schon wie.

Die Bahamas würden das für sie erledigen.

Denn die Welt der Bahamas, die Gursky bislang für nichts als ein harmloses Ferienparadies gehalten hatte, für nichts als einen gigantischen weißen Sandstrand, den die Einwohner an reiche Touristen verpachteten – diese Welt war böse.

Er hatte es vorhin schon gemerkt, als sie im Taxi zum Waterloo gefahren waren. Der Fahrer, ein dicker runder Schwarzer, hatte sich zuerst sehr freundlich mit ihnen über die *Crimerate* unterhalten, die hier ganz *heavily on the rise* sei; und auch die Drogen, die er ihnen kurz vor dem Waterloo offerierte, bot er sehr höflich an. »Crack habe ich gerade nicht da, geht zu gut im Moment, aber das Jamaika-Koks hier kann ich euch sehr empfehlen.«

Als Schweitzer und Gursky zögerten, etwas zu kaufen, rollte der Fahrer mit den Augen und betonte wieder die *Crimerate*, diesmal unterstützt durch den Revolver, der neben ihm auf dem Sitz lag und den er zärtlich tätschelte.

Weil klar war, dass das Crack nur aus war, weil er selbst es so gern hatte und der Fahrer sie nicht unter drei Gramm Jamaika-Koks würde gehen lassen, kaufte Schweitzer vier Gramm, zum *Freundschaftspreis* von fünfhundert Dollar, wie der Fahrer noch hinzufügte.

Auch hier, in der Disco, liefen überall diese Bahamianer herum, in Shorts und ärmellosen weißen T-Shirts, damit jeder ihre gewaltigen Muskeln sehen konnte, die im Unterschied zu denen der College-Jungs so aussahen, als könne man sie wirklich benutzen. So, als könne man mit ihnen töten.

Die meisten der Bahamianer waren Dealer, und als Gursky sie beobachtete, wie sie zwischen den Spring-Break-Touristen patroullierten, hatte er eine Idee.

Es war eine recht teure Idee, aber Schweitzer war begeistert, als er ihm davon erzählte.

Zusammen gingen sie rüber zu den Mädchen, die immer noch mit den Jungs am Pool rumstanden.

»Hello!«, begrüßte Schweitzer die Runde, sah aber hauptsächlich die beiden Frauen an.

»Hello!«, grüßten die zurück und lächelten.

»Dürften wie erfahren, wie ihr heißt?«

Schweitzer war sehr höflich.

»Ich heiße Rachel«, sagte das Mädchen, das Gursky sich ausgesucht hatte, mit einem starken Westcoast-Akzent. »Und das hier«, sie zeigte auf die Asiatin, »ist meine Freundin Lin. Wir gehen beide auf die San Diego State University. Und wer seid ihr?«

Gursky wollte antworten, um jetzt auch mal endlich Kontakt herzustellen, aber Schweitzer kam ihm zuvor.

»Mein Name«, sagte Schweitzer, »ist Igor Tiburón. Und das hier«, er legte Gursky den Arm um die Schulter und wies mit der freien Hand auf ihn – »ist Sergej Tiburón, mein Bruder.«

Gursky musste sich sehr zusammennehmen, um nicht loszubrüllen vor Lachen, außerdem fragte er sich, ob sie jetzt Russen mit kubanischen Nachnamen waren oder Kubaner mit russischen Vornamen. Ein Grinsen stahl sich trotzdem auf seine Lippen, aber das bog er rechtzeitig um in ein halb charmantes Lächeln, das er Rachel als Kompliment präsentieren konnte, an die er jetzt heranrückte.

Auch die Typen, allesamt so gesichtslos wie aus einem GAP-Commercial, stellten sich vor, aber Gursky versuchte gar nicht erst, sich ihre Namen zu merken. Sich einen von ihnen für das auszusuchen, was sie vorhatten, war Schweitzers Job, und so, wie der ihm zublinzelte, hatte er das schon erledigt.

Es gelang Gursky sehr schnell, Rachel in ein Gespräch zu verwickeln über San Diego, ihr Jurastudium und irgendwelche Musikgruppen. Sie war schon sehr betrunken und hielt sich manchmal sogar an Gursky fest, der dafür sorgte, dass ihr Vodka-Lemon-Glas nicht leer wurde.

Auch Schweitzer machte wohl Fortschritte, denn er streichelte die ganze Zeit Lins Unterarme, und die schien nichts dagegen zu haben.

»Und?«, fragte Rachel: »Was machen zwei Russen auf den Bahamas? Gibt es bei euch auch so was wie Spring Break?« Sie lachte.

Gut, dachte Gursky, sind wir also Russen.

In schlecht ausgesprochenem Englisch mit hartem Akzent erklärte er ihr – sehr laut, damit auch Schweitzer es hörte und sich bei Lin nicht verplapperte –, dass sie mit einem großen Frachter gekommen seien, um auf den Bahamas zu fischen.

»Wir sind nämlich professionelle Haijäger.«

»Oh my God!«, rief Rachel.

»Haie? Really? Sind die denn nicht sehr gefährlich?«

»Man muss schon sehr aufpassen«, sagte Gursky.

Rachel sah ihn an, den haijagenden Russen.

Sie sah ihn an, wie *ihren* haijagenden Russen.

Haie und Russland, dachte Gursky: Mehr Sex geht nicht für eine Amerikanerin.

»Irgendwie ja auch sehr romantisch«, sagte sie.

»Genau. We are the new romantics«, sagte Gursky, mit noch stärkerem Akzent als vorher.

Geschafft.

Und jetzt die Jungs.

Sie hätten sich eigentlich gar nicht mehr um sie kümmern müssen, denn mittlerweile waren Gursky und Schweitzer so nah dran an den Mädchen, dass fast nichts mehr dazwischenpasste.

Aber Gurskys Idee war so gut, dass man sie trotzdem ausführen musste.

Er sah Schweitzer an, zeigte auf Rachel und sich und dann zur Tanzfläche.

Schweitzer sah den Jungen an, den er sich ausgesucht hatte, einen blondierten Surfertyp mit Baseballkappe und abgeschnittenen Jeans. Er nickte und ging rüber zu dem Jungen.

»Tanzen?«, fragte Gursky die Mädchen.

»Yeah!«, sagte Rachel.

Lin sah sich nach Schweitzer um.

»Der kommt gleich nach«, sagte Gursky und nahm sie am Arm.

»Muss noch was erledigen.«

Die Tanzfläche, überdacht und nicht weit weg vom Pool und den drei Bars drum herum, war voll von Leuten, die in Gruppen wie Kinder zu Rapmusik aus den siebziger Jahren herumhüpften.

Gursky schob die Mädchen in die Menge. Für sich selber wählte er einen Platz, von dem aus er den Pool im Auge behalten konnte.

Er sah, wie Schweitzer den Surferjungen im Arm hatte und spielerisch mit ihm rumboxte. Der Surfer lachte sich tot über dieses Geknuffe, das war seine Vorstellung von Freundschaft.

»Hey!«, rief Rachel.

»Kümmer dich um mich, Haijäger!«

Sie breitete ihre Arme aus und wedelte damit herum wie eine Palasttänzerin.

Gursky bewegte sich so, wie er dachte, dass es ihr gefallen würde, mit ähnlichen Verrenkungen. Das Gefühl der Peinlichkeit kannte er nicht mehr, seit er zum König des Tres-Chinitos-Tanzwettbewerbs gewählt worden war.

Schweitzer umarmte den Surfer jetzt, klopfte ihm auf den Hintern und hüpfte ein paarmal auf und ab mit ihm.

Jetzt musste er es eigentlich geschafft haben.

Fünf Minuten später kam er zu ihnen zurück. Er nickte Gursky zu und tänzelte zu Lin, die ihn umklammerte wie ein Entführungsopfer, das sie schon totgeglaubt hatte.

Schweitzer griff sich Rachel und fasste ihren Bauch an, der viel härter war als der der kubanischen Sängerin damals.

Sie tanzten.

Am Pool, sah Gursky aus den Augenwinkeln, tat sich jetzt was: Zwei der dicken Dealer-Bahamianer standen heftig gestikulierend vor dem Surfertypen, der dauernd mit dem Kopf schüttelte und sehr verschüchtert wirkte. Sie hatten ihn bis zum Rand des Pools gedrängt.

Auf einmal griff einer der Bahamianer dem Surfer von hinten unter die Achseln, beugte ihn und nahm ihn in den Polizeigriff. Der Surfer versuchte um sich zu treten, als der andere Bahamianer in seinen Taschen herumwühlte.

Auf einmal hielt der Bahamianer ein kleines Päckchen in die Luft.

»Allright!«, schrie er.

»Allright, you little fuck! Trying to make your own little business, right? Now, let's get out of here!« Dann boxte er dem Surfer in den Bauch.

Der klappte vornüber.

Die Bahamianer nahmen ihn in die Mitte und schleppten ihn weg.

Wenn er Glück hat, nur nach draußen, dachte Gursky.

Die Freunde des Surfers standen erst ratlos herum, folgten ihm dann aber.

Gursky sah zu Schweitzer, der die Szene ebenfalls beobachtet hatte.

Die Investition von dreihundertfünfundsiebzig Dollar für die drei Gramm hatte sich gelohnt.

Gursky machte das Okay-Zeichen der Taucher, den Kreis aus Daumen und Zeigefinger.

Erledigt.

Wenn man aufhörte, sie als Menschen zu betrachten, war alles einfach.

Sie waren Opfer. Nahrung.

Rachel und Lin hatten nichts gemerkt, und weil die Konkurrenz jetzt ausgeschaltet war, konzentrierten sich Gursky und Schweitzer wieder auf die Mädchen, die sie immer noch im Arm hielten und irgendwie in der Gegend herumschwenkten.

Lin und Schweitzer küssten sich schon bald.

Gursky nahm Rachels Gesicht in seine Hände und tat dasselbe.

Ihre Lippen waren weich. Es fühlte sich gut an. Nicht romantisch, aber gut.

Lips of plastic, dachte er.

Are just fantastic.
Lips of plastic
Are made for me.

Gab es ein Lied mit diesem Text?

Wenn nicht, musste es geschrieben werden.

Als Rachel und Gursky sich nach den ersten Küssen voneinander lösten, kam ganz kurz, einen kleinen Moment nur, ein absurder Gedanke in seinen Kopf, eine absurde Frage. War es möglich, dass irgendwo anders auf der Welt jemand starb, bloß weil man ihn gerade verriet?

Doch schon mit dem nächsten Kuss vergaß er diesen Gedanken wieder, er küsste ihn weg, und der Kuss, den er Rachel gab, schmeckte wieder so, wie er schmecken sollte: wie ein Sieg über irgendwas.

Zehn Minuten später saßen Gursky, Schweitzer, Rachel

und Lin im Taxi, auf dem Weg zum British Colonial Hilton. Beim Verlassen des Waterloo klopfte einer der Bahamianer, die den Surfer hochgenommen hatten, Schweitzer zum Abschied noch freundschaftlich auf die Schulter.

»Well done, Igor! If you ever need a job, man – you know where to find me.«

Diesmal wurden ihnen keine Drogen aufgezwungen.

Die Fahrer trauten sich nicht.

V. Schweitzer II

Gursky war der Einzige im Zimmer, der nicht schlafen konnte. Rachel, die in seinem Arm lag, war eben gerade weggedämmert und schnarchte leise, ein Geräusch, das so gar nicht zu ihr passte und das Gursky ein wenig auf die Nerven ging.

Er hätte sie gern rausgeworfen, aber das hätte sehr viel Energie von ihm verlangt, außerdem wären dann auch Lin und Schweitzer aufgewacht, und das wollte Gursky nicht.

Seit über zwanzig Minuten starrte er sie an, wie sie nackt und ineinander verschlungen auf Schweitzers Bett lagen, im Licht des beginnenden Tages, das sich jetzt einen Weg durch die Ritzen des Vorhangs suchte.

Er starrte sie an wie ein Rätsel, das es zu lösen galt.

Erst jetzt, als der Rausch etwas abgeklungen war, in dem er, in dem sie sich alle befunden hatten; erst jetzt, als die Nüchternheit wieder zurückkehrte, wurde Gursky klar, wie seltsam, wie absurd das gewesen war, was sie gerade getan hatten. Es war absurd für Gurskys Verhältnisse, noch absurder aber, was Schweitzer betraf.

Sie hatten zusammen in diesem Raum hier Sex gehabt, alle vier. Auf verschiedenen Betten zwar, aber trotzdem so nah, dass jeder mitbekam, was das andere Paar tat, auch wenn Gursky sich Mühe gegeben hatte, nicht die ganze Zeit zu Schweitzer und Lin hinüberzusehen.

Ganz verhindern lassen hatte es sich allerdings nicht, und als Gursky den beiden zusah, wie sie miteinander schliefen, als er Schweitzers Körper beobachtete, der sich auf Lin bewegte, und sein Gesicht, das rot war und verschwitzt, da hatte Gursky sich gefragt, wo Schweitzers Schamgefühl geblieben war. Und sein Gespür für die Pornoversionen der Dinge.

Und auch jetzt, als sie ruhig atmend auf dem Bett lagen, verstand Gursky das Bild nicht ganz, das die beiden boten. Was Lin betraf, war ihm das egal, sie kannte er nicht, aber er wunderte sich darüber, dass Schweitzer so offen und schutzlos dalag. Es sah fast so aus, als klammere er sich an Lin; so, als empfinde er wirklich etwas für sie. Er hatte etwas Verzweifeltes an sich.

Gursky dachte an den Abend, als er Schweitzer durch Havanna gefolgt war, den Abend im Tres Chinitos, wo er mit den Huren herumgesessen hatte. Er hatte sie in seiner Nähe geduldet, ja, aber doch immer, jedenfalls war es Gursky so vorgekommen, peinlich genau darauf geachtet, sie nicht zu berühren.

So, als wolle er sich nicht beschmutzen.

Gut, die Mädchen hier waren keine Huren, jedenfalls hatten sie bis jetzt noch kein Geld verlangt; aber das, was Gursky und Schweitzer mit ihnen getan hatten, war so ziemlich dasselbe gewesen: eine Art Körpergeschäft. Für eine Nähe, die darüber hinausging, gab es eigentlich keinen Grund.

Es gab nur eine einzige Erklärung: Schweitzer hatte endgültig abgeschlossen mit Nina, der großen Liebe seines Lebens.

Das Telefon klingelte.

Gursky starrte es an wie einen Geist aus einer fremden Welt. Er sah kurz zu Rachel, aber die schnarchte immer noch.

Dann nahm er den Hörer ab.

»*Hello*?«, flüsterte er.

»Ich bin's«, sagte eine Stimme, die Gursky bekannt vorkam.

»Nathalie?«

»Deine zukünftige Frau, ja«, sagte sie.

Gursky musste sich sammeln.

»Hallo? Bist du noch da?«

»Ähm, versteh mich nicht falsch, aber – woher weißt du, dass ich hier bin?«

»Du hast mich gestern vom Flughafen aus angerufen, schon vergessen? Und du sagtest irgendetwas vom British Colonial Hilton, in das ihr nun fahren würdet.«

»Oh. Ja.« Er erinnerte sich.

»Was ist denn los mit dir? Warum flüsterst du?«

Sie klang eher besorgt als aggressiv.

Sie klang nett.

»Ich ... wir haben letzte Nacht ziemlich viel getrunken. Da war so eine Party. Lauter Amerikaner. Schweitzer schläft schon, ich will ihn nicht wecken. Er schnarcht gerade so schön.«

Gursky sah wieder zu Rachel.

»Ach so. Und? Wie läuft es mit dem Hai?«

Er erzählte von ihrem Plan mit der Lady.

Danach käme er dann auch zurück, fügte er noch hinzu.

»Warum ich eigentlich anrufe«, sagte Nathalie dann, »ist, weil ich in der Süddeutschen Zeitung gestern eine Kurzgeschichte von deinem Freund gelesen habe.«

»Oh. Von Schweitzer? Wirklich?«

Er sah zu den beiden Nackten herüber.

»Es war eine ganz schöne Geschichte«, sagte Nathalie.

»Traurig, aber schön. Sie heißt *Das Hemd*. Kennst du sie vielleicht?«

»Nein. Warum sollte ich? Er liest mir nichts vor, und zum Schreiben hat er auch nicht besonders viel Zeit, glaube ich.«

»Ich meine auch nur, weil sie ziemlich neu ist. Unter dem Text steht sogar das Datum: der 16. März dieses Jahres, Kuba.«

»Aha? Davon habe ich nichts mitbekommen. War, glaube ich, kurz nachdem wir uns getroffen haben. Worum geht es denn in der Geschichte?«

»Ich würde sie dir gern vorlesen. Irgendetwas ist komisch daran.«

Gursky kontrollierte Rachel noch einmal. Es war riskant, aber noch riskanter wäre es gewesen, mit irgendeiner Ausrede zu kommen, um das Gespräch zu beenden. Er zog seinen Arm unter Rachels Nacken hervor und drehte sich auf die andere Seite des Betts, gegen die Wand.

»Gut«, sagte er leise. »Wenn sie nicht zu lang ist.«

»Ist sie nicht«, sagte Nathalie und begann.

Das Hemd

Er bekam das Hemd in Venedig von seinem Vater geschenkt, als er etwa neun Jahre alt war. Er hatte vorher schon Hemden besessen, in allen möglichen Farben, denn wenn die Familie Gäste im Haus hatte, Geschäftspartner, wichtige Kunden oder Freunde aus dem Tennisclub, dann wurde von ihm erwartet, dass er sich hübsch anzog, komplett mit Schlips, Schnürschuhen und gebügelter Hose – auch, wenn er vielleicht nur kurz in das gigantische Wohnzimmer des Hauses an der Hamburger Alster hereinkam, um die Gäste zu besuchen.

»Ein hübscher Junge, und so gut angezogen!«, lobten die Gäste dann, und Vater strich ihm noch kurz über den Kopf, bevor er ihn wieder auf sein Zimmer schickte.

Dieses Hemd aber war seine erste Maßanfertigung.

Die beiden wohnten zusammen im Hôtel des Bains zu dieser Zeit – dem Hotel, das durch Viscontis Filmversion von »Der Tod in Venedig« berühmt wurde.

Der Junge wusste nicht genau, warum sein Vater ihn überhaupt mitgenommen hatte und warum Mutter diesmal zu Hause blieb, doch er wunderte sich auch nicht wirklich darüber – besonders während der Schulferien war er schon oft bei den Geschäftsreisen seines Vaters dabei gewesen: Während andere Kinder Schlüsselkinder waren, war er ein Reisekind, und diese Tatsache akzeptierte er.

Es war ein Dienstag, und der Junge und sein Vater saßen im Café des Hôtel des Bains; Vater trank einen Martini und der Junge eine heiße Schokolade. Die beiden unterhielten sich über die Gondelfahrt, die sie gerade gemacht hatten, als ein Page des Hotels zum Tisch kam und dem Vater etwas von einem Anruf an der Rezeption erzählte.

Als der Vater zurückkam, war er weiß im Gesicht und seine Hände zitterten.

»Was ist los, Vater?«, wollte der Junge wissen.

Es dauerte ein paar Sekunden, bis der Vater ihn ansah.

»Nichts, mein Junge«, sagte er und versuchte ein Lächeln. »Nichts, nichts. Bloß ein verschobener Termin mit dem Kunden.«

Dann, ein paar Minuten später:

»Lass uns gehen, ich möchte dir gern etwas zeigen.«

Der Vater nahm den Jungen bei der Hand und führte ihn durch die Gassen und über die Plätze von Venedig, die voll waren von Touristen und von Tauben, die auf die Köpfe dieser Touristen schissen.

Der Vater hielt vor einem kleinen Laden mit goldglänzender Schrift über der Tür, in dessen Fenster Kleider und Stoffe in allen möglichen Farben lagen.

»Dies ist der beste Schneider von Venedig«, sagte der Vater

und führte den Jungen in den Laden, der nach Mottenkugeln roch.

»Buon giorno, Mister!«, begrüßte ein kleiner glatzköpfiger Italiener mit aufgekrempelten Hemdsärmeln den Vater.

»Wie geht es Ihnen? Lange ist es her!«

»Ja, ja, gut«, sagte der Vater.

»Mein Junge und ich brauchen etwas zum Anziehen. Für ihn habe ich an ein weißes Maßhemd aus Sea-Island-Popeline gedacht.«

»Kein Problem!«, sagte der Mann und sah zum Jungen herunter.

»Dann vermessen wir dich am besten gleich mal!«

Der Junge zog seine leichte Jacke und das Polohemd darunter aus, bis er nur noch im Unterhemd dastand, während der Mann ein Maßband und ein Notizbuch aus der Hosentasche zog.

»Wie alt bist du, kleiner Mann?«, fragte der Schneider in bröckligem Deutsch.

»Neun«, sagte der Junge, während der Mann die Maße von Brust, Taille, Hüfte, Rücken, Armen und Hals nahm und Zahlen auf den Block schrieb. Es war ein seltsames Gefühl, von dem Schneider so angefasst zu werden, besonders am Hals kitzelte es – eine Art Intimität, die er bislang nur von den Friseurbesuchen kannte, zu denen sein Vater ihn regelmäßig nötigte. Aber der Junge empfand auch Stolz bei dieser Prozedur, schließlich wurde der Stoff seinem Körper angepasst, doch als er sich umdrehte, um diesen Stolz mit seinem Vater zu teilen, sah dieser nicht hin, sondern wühlte wie besessen in den vielen Holzregalen des Ladens und riss Hemden, Krawatten, Hosen und Jacketts heraus.

»Ich brauche dringend etwas Neues zum Anziehen«, murmelte der Vater, während er immer mehr Kleider über seinen Arm warf.

Als das Anpassen beendet war, lag ein Berg von Kleidung auf dem Ladentisch.

»Das alles?«, sagte der Schneider und lächelte etwas verlegen. »Na ja, Sie waren ja auch schon lange nicht mehr bei mir, Signore.«

»Wann ist das Hemd für meinen Sohn fertig?«, fragte der Vater, als er einen Haufen Geldscheine auf den Tisch legte.

»Bis morgen Mittag schaffe ich es – weil Sie es sind«, sagte der Schneider.

Sie verließen das Geschäft mit drei schweren Tüten, von denen auch der Junge eine tragen musste.

Zurück im Hotel riss der Vater sich sofort alle Kleidung vom Leib und ging duschen, während der Junge sich auf den Balkon stellte und zu den Kanälen heruntersah, die sich wie Adern durch die Stadt zogen.

Das Wasser stinkt sogar bis hier herauf, dachte der Junge – eigentlich ist es nur ein gigantischer Schlamm.

Als der Vater frisch gewaschen, rasiert und parfümiert aus dem Bad kam, zog er einen Teil der neuen Sachen – ein Jackett aus leichter Super-100-Schurwolle, dazu ein hellblaues Hemd mit Kentkragen, eine dunkelblaue Seidenkrawatte und eine passende Hose, schmal geschnitten – an, in unglaublicher Schnelligkeit, wie der Junge fand.

»So ist es gut«, sagte er, während der Junge ihm zuschaute. »So gefällt es mir.«

Der Junge wusste nicht, was er darauf antworten sollte, auch beim Abendessen mit den beiden Kunden aus der Industrie nicht, das aus vier Gängen bestand und bei dem er sogar sein erstes Glas Wein trinken durfte.

Am nächsten Tag saß der Junge wieder mit einer Tasse Schokolade im Café des Hôtel de Bains, diesmal allein, weil der Vater etwas Geschäftliches zu erledigen hatte, das den ganzen Tag lang dauern würde. Wieder kam ein Page vorbei, der zum Telefon rief.

Der Junge folgte ihm.

Aus dem Hörer kam die Stimme seiner Mutter, die ihn fragte, ob alles okay sei.

»Wieso okay?«, fragte er.

»Dann hat er ... oh mein Gott! Er hat dir noch nichts erzählt?«

»Nein«, sagte der Junge. »Was sollte er denn erzählt haben?«

Die Mutter erklärte dem Jungen, dass sie die Familie verlassen habe, wieder in ihr Haus in Wien gezogen sei und in der nächsten Zeit wohl nicht zurückkommen würde.

Der Junge sagte gar nichts.

»Was dich betrifft, wird sich nichts ändern«, sagte die Mutter, aber richtig überzeugt klang ihre Stimme nicht.

»Mein Gott, ich kann immer noch nicht glauben, dass ... aber du besuchst mich bald, ja? Oder soll ich dich in Venedig abholen kommen?«

Der Junge sagte immer noch nichts.

»Ich liebe dich«, war der letzte Satz, den er hörte, bevor sie auflegte.

Auf dem Weg zum Schneider verlief er sich nicht ein einziges Mal.

»Mein Hemd, bitte«, sagte er, als er im Laden ankam.

»Selbstverständlich, junger Herr«, sagte der Mann und reichte dem Jungen eine Papiertüte, in der sich ein kleines Paket befand.

Den Weg zurück zum Hotel rannte er, und wie besessen riss auch er sich die Kleider vom Leib, ganz so wie es am Vortag noch sein Vater getan hatte.

Dann nahm er das Hemd aus der Tüte und packte es aus.

Der Stoff fühlte sich gut an zwischen den Fingern, weich und seidig, und das Weiß des Hemdes überstrahlte sogar das gleißende Mittagslicht, das durch das Balkonfenster ins Zimmer fiel.

Der Junge zog das Hemd an und knöpfte es zu, langsam und bedächtig, wie ein Ritual.

Dann sah er sich im Spiegel an.

Das Hemd saß perfekt, es umschloss seinen Oberkörper wie eine Haut, ja der Stoff schmiegte sich geradezu an ihn – nur die Wirkung, die das Anziehen neuer Kleider offenbar auf seinen Vater gehabt hatte, stellte sich bei ihm nicht ein: Während sein Vater glücklich in den Spiegel geblickt hatte, stand der Junge bloß ratlos und verunsichert davor. Er meinte sogar, so etwas wie Trauer in seinem Herzen zu spüren.

»Vielleicht habe ich es nicht richtig gemacht?«, fragte der Junge sich und zog das Hemd wieder aus: »Vielleicht muss man es üben, oder es gibt irgendeinen Trick.«

Er zog das Hemd wieder an, aber nichts änderte sich – auch dann nicht, als er die Prozedur ein paarmal wiederholt hatte.

Auf einmal merkte er, dass er leise weinte.

Er wusste nicht, warum. Vielleicht weinte er wegen dem, was seine Mutter ihm erzählt hatte, vielleicht weil er auf einmal das Gefühl hatte, für alle Zeiten allein in diesem Hotelzimmer bleiben zu müssen – vielleicht weinte er aber auch, weil er unfähig war, das, was sein Vater am Vortag getan hatte, nachzumachen oder auch nur zu begreifen, was für eine Art von Handlung er dort vor dem Spiegel vollzogen hatte.

Jedenfalls weinte er einfach in diesem Hotelzimmer, das von der Sonne durchleuchtet war.

Auf einmal stand sein Vater im Zimmer.

»Was ist los, Junge?«, wollte er wissen. »Warum weinst du?«

Der Junge sah ihn an.

»Du hast das Hemd schon geholt?«

Der Vater beugte sich zu ihm herunter.

»Passt es etwa nicht? Warte, ich helfe dir«, sagte er, während er das Hemd zurechtzupfte und die Knöpfe zumachte –

genauso zwar, wie der Junge es vorher auch getan hatte, aber gleichzeitig auch routinierter, entschlossener, mechanischer.

Wie etwas, das am Anfang wehtut und später dann nicht mehr, dachte der Junge.

»Es sitzt perfekt!«, sagte der Vater und strahlte ihn an. »Ganz einfach perfekt! Komm, stell dich vor den Spiegel und sieh dich an.«

Und der Junge stellte sich vor den Spiegel und sah sich an – sich und den Vater, der neben ihm stand und grinste und ihm minutenlang mit der Hand über den Kopf fuhr, sodass es dem Jungen fast wehtat.

In dieser Nacht zog er das Hemd ungefähr achtzigmal an und aus, so lange, bis er nicht mehr konnte und erschöpft auf dem Bett des Hotelzimmers einschlief.

Gursky gähnte.

»Ganz schön, ja«, sagte er, als Nathalie geendet hatte.

»Und? Was ist komisch daran?«

»Das verstehst du nicht?«

»Nein, Nathalie: Das verstehe ich nicht, wirklich nicht.«

»Die Geschichte verrät uns etwas über Schweitzers Stilwahn; über seine Hygiene. Du weißt doch, das, wovon immer alle Leute erzählt haben, wenn es um ihn ging. Die Sache mit dem Duschen. Die ganze Reinlichkeitsnummer.«

»So ein Quatsch«, sagte Gursky. »So ein riesengroßer Quatsch. Wie oft habe ich es dir schon gesagt: Die Leute, die über ihn reden, haben keine Ahnung. Er ist ganz anders. Ich kenne ihn viel besser. Mit wem fahre ich denn seit Wochen durch Kuba und jetzt auch noch durch die Bahamas?«

»Mag sein, dass du ihn ein wenig besser kennen gelernt hast, seit ihr unterwegs seid«, sagte Nathalie. »Mag sein. Und natürlich reden die Leute immer viel Quatsch. Aber bist du dir sicher, dass nicht ein paar Dinge davon stimmen könnten? Wie sonst kämen sie alle darauf?«

»Mein Gott, verstehst du es nicht? Er hat sie alle verarscht!«, rief Gursky nun fast in den Hörer. »Die ganze Hygienegeschichte, alles in Beige und so, war nichts als ein Image. Eine Show, Illusion, Theater, um seine Bücher besser zu verkaufen.«

»Glaubst du wirklich«, sagte Nathalie, »dass es auf dieser Welt auch nur einen Menschen gibt, der so was durchhält?«

»Sollte ich das nicht wissen? Sollte ich, der so viele Popstars, so viele zweitklassige, unwichtige Menschen getroffen hat, die sich – mit größtmöglichem Erfolg – als die wichtigsten, bedeutendsten Menschen präsentiert haben; sollte nicht gerade ich das beurteilen können? Und was deine Theorie zu der Geschichte betrifft: Das Hemd war nicht mal beige, Baby!«

Gursky lachte, Nathalie stöhnte.

»Als ob es darum ginge. Als ob nicht klar wäre, dass die Dinge niemals eins zu eins zu übersetzen sind. Was allerdings wirklich klar ist, ist die Tatsache, dass du ganz offensichtlich ein Problem damit hast, dass ich mir ein klein wenig Gedanken mache über diese Irrsinnsreise, auf der ihr seit Wochen seid.«

Gursky massierte seine Stirn.

»Lass uns irgendwann später weiterreden«, sagte er. »Ich bin müde und habe Kopfschmerzen. Muss mich erkältet haben oder so was.«

Er legte auf und ließ seinen Kopf auf die Matratze sinken.

Exuma IV

Das Gute am inneren Kreis, dachte Gursky, ist die Tatsache, dass wir von allen eigenmächtigen Entscheidungen freigesprochen sind. Alles wird uns abgenommen, und wenn das Urteil gefällt wird, wird es sofort vollstreckt, ohne Verzögerung. Es gibt kein Warten vor Gottes Schiedsgericht, keine Abstraktion, nichts Vages, nur Klarheit.

Im inneren Kreis befand sich die Wahrheit.

Darum musste man keine Angst haben.

Dreimal jetzt hatte der Hai ihn angestoßen mit seiner flachen Schnauze, und Furcht hatte Gursky nur beim ersten Mal verspürt. Jetzt war es etwas anderes. Jetzt war es Nähe, war es Geborgenheit, und eben hatte er die Haut des Hais sogar mit der Hand berührt, in Strichrichtung, und sie war weich gewesen.

Er folgte der Rückenflosse des Hais mit den Augen.

Die Katholiken haben Recht, dachte er. Nur in der Beichte sind wir frei, und nur in der Beichte erkennen wir, ob wir eine Seele haben. Wir erkennen es, weil wir uns überlassen, weil wir uns *in die Hände geben* von etwas, das größer ist als wir selbst, und endlos älter, in diesem Fall über vierhundert Millionen Jahre.

Weiter zurück geht es nicht.

Gursky dachte an den Körper.

Vielleicht ist es das, was Schweitzer mit Nina erlebt hatte. Vielleicht war ihre Liebe so gewesen wie das hier: ein Kreis so eng, dass nichts mehr dazwischenpasste und der deshalb die größtmögliche Intensität generierte. Eine Konfrontation in Reinform. Sie hatten die Welt ausgeschlossen, sie hatten sich eine wahrhaft einzigartige Identität zugelegt, und alles war wunderbar gewesen bis zu dem Tag, als das Vulgäre eindrang.

Der Mond war eine Zitrone.

Das Wasser wurde kälter, Gursky begann zu zittern. Außerdem ließ irgendetwas nach.

Crack ist Dreck, dachte er. Es geht zu schnell vorbei.

»M-Mister!«

Er befühlte den Zahn an seinem Hals und drückte die Fingerkuppe in die Spitze, so, wie er es früher immer als Kind getan hatte, wenn er nervös war.

Etwas Hartes stieß gegen seinen Kopf.

VIERTES BUCH

I. Die mysteriöse Hailady

Am Hafen von George Town, dem größten Ort der kleinen Insel Exuma, lagen die Schiffe im Licht der Nachmittagssonne: Ruderboote aus Holz, kleine Jollen mit aufgerollten Segeln und Schlauchboote mit hochgeklappten Außenbordmotoren – Dingis, mit denen die Besitzer der größeren Jachten, die weiter draußen ankerten, die umliegenden Inseln und Atolle anfuhren, die noch kleiner waren als Exuma.

Es war ein schönes Bild, eine Idylle, aber Gursky und Schweitzer, inzwischen beide vollbärtig, hatten nicht wirklich einen Blick dafür.

Sie saßen an der Freiluftbar des Two Turtles Inn, des besten Gasthauses hier, und warteten auf das Taxi, das sie zur Hailady bringen sollte, zu Gloria Patience.

Heute Vormittag waren sie angekommen, mit einer kleinen Propellermaschine der Bahamas Air und etwa dreißig weiteren Touristen, meist ältere und wohlhabende Amerikaner, die sich auf Exuma einen ruhigen Urlaub versprachen, weil die Insel weit abgeschlagen liegt von dem typisch bahamianischen Massentourismus. Es war still auf Exuma, unglaublich still, und mehr als ein paar Hütten und Liegeplätze für die Jachten gab es nicht, dazu ein paar Tausend Einwohner, die vom Fischen lebten oder vom Tourismus.

Das Wasser war so klar, dass Gursky beim Anflug bis auf den Grund hatte sehen können.

Neben ihnen saß John, ein weißhaariger Amerikaner, der sie vorhin zu einem Bier eingeladen hatte, als er erfuhr, dass

Schweitzer und er Deutsche waren, und er – wie jeder zweite Amerikaner – irgendwann in den Fünfzigern mal in Wiesbaden oder so stationiert gewesen war.

John war ein netter Kerl: Er erzählte die ganze Zeit irgendwelche Geschichten von einer atomar verseuchten Insel namens Johnston Island, die im Niemandsland des Pazifik läge und auf der die Amerikaner ihre Giftgaswaffen vernichteten. Wenn Gursky ihn richtig verstand, hatte John diese Insel sogar irgendwann einmal geleitet, war jetzt pensioniert und lag mit seiner Jacht vor Exuma.

Außerdem hatte er Parkinson, weshalb manchmal seine Muskeln zitterten.

Und war offensichtlich sehr einsam.

Es waren gute Geschichten, die John erzählte, Geschichten, die man nicht jeden Tag hörte, aber Gursky konnte sich darauf genauso wenig konzentrieren wie auf die Karibikidylle, denn er fieberte dem Treffen mit der Hailady entgegen.

Sein rechter Fuß zuckte nervös, wie früher als Kind immer, wenn er nicht einschlafen konnte, weil ihm irgendwelche Gedanken keine Ruhe ließen. Oder war das schon Parkinson?

Dann, endlich, hielt ein weißer Wagen vor dem Two Turtles. Er hupte.

Bye, John.

Gurskys Fuß zuckte noch immer, als sie das Haus erreichten. Das Haus, durch das der Wendekreis des Krebses verlief.

Es war das berühmteste Haus von Little Exuma, der Nebeninsel von Great Exuma, mit der sie durch eine schmale Brücke verbunden war – und die Frau, die darin wohnte, gleich links hinter der Brücke, war die berühmteste Frau von ganz Exuma.

Es war ein altes Holzhaus, schon ein wenig verwittert durch das Salzwasser, aber trotzdem hübsch und gepflegt verfallen, genauso wie der Garten drum herum, der ein Dschungel aus allen möglichen tropischen Pflanzen und Blumen war. Gleich dahinter, ein paar Meter nur, war das Meer. Gursky konnte es rauschen hören.

Gloria Patience, Hailady stand auf dem Briefkasten vor dem Haus und, wohl damit es gar keine Missverständnisse gab, zusätzlich nochmal auf einem in den Schotterboden der Zufahrt gerammten Schild.

Es stand auch auf der Klingel.

Gursky drückte sie.

Das Erste, was er dachte, als die Lady vor ihnen stand: Mein Gott, die Lady ist ja gar keine Lady – sie ist ein verdammter Koloss!

Der Koloss trug ein geblümtes Kleid, eher einen Kittel eigentlich, dazu keine Schuhe, aber Lederbänder an den nackten Fußgelenken mit kleinen Glöckchen daran, die klingelten wie beim Tanz einer Haremsdame. Alles an ihr war riesig: ihr Bauch, ihre Brüste und besonders die Oberarme, deren weißes Fleisch bei jeder Bewegung wackelte wie Dosenpudding.

Auch das Grinsen, mit dem sie Gursky und Schweitzer begrüßte, war riesig: Es füllte die gesamte Fläche ihres über achtzigjährigen Knittergesichts aus.

Ihr Händedruck brach Gursky fast die Finger.

Diese Kraft hat sie von den Haien, dachte er.

»Kommt rein, bringt Glück herein!«, sagte die Hailady und wies mit ihrem Wackelarm den Weg ins Haus.

Das Haus war ein Wunder.

Alles darin – jede Wand, jede Tür, jedes Regal, jeder Tisch, sogar jede Decke – brüllte das Wort »Hai« in Gurskys Ohren, denn alles hier zeigte entweder das Bild eines Hais, hatte mit seinem Fang zu tun oder war *aus ihm gemacht*.

Gursky fühlte sich an die *Kajütenkeller* erinnert, während er sich umsah: die zu Bootskabinen umgestalteten Reihenhauskeller, die im Deutschland der siebziger Jahre als Partyräume so beliebt waren.

Überall im Haus, durch das der Wendekreis des Krebses verlief, hingen Netze und Haken und Angelruten und Fotos von der Lady, wie sie mit ihren dicken Armen einen Tiger- oder Blauhai aus dem Wasser riss – in nichts als in einem kleinen Ruderboot stehend! Überall auf den vielen kleinen Tischen und Regalen standen zwischen Familienfotos in Farbe und Schwarzweiß getrocknete Haigebisse und kleine Figuren herum, die aus Zähnen gefertigt worden waren, Unmengen von Haizähnen in allen Formen und Größen: dreieckige mit winzigen Zacken auf den sich gegenüberliegenden Schenkeln; gewundene Zähne mit Widerhaken – und eben Makozähne, so wie der, den Gursky um den Hals trug. Und dazwischen, immer wieder – gerahmte Berichte über die Lady, und Auszeichnungen, Preise und Urkunden, auf denen Sätze standen wie: »Our beloved sharklady did it once again!« und »The Lady is a champ« und so etwas.

Das Haus war ein Haimuseum, ein einziger *Haischrein.*

Gursky war beeindruckt. Er fühlte sich angekommen.

Auch Schweitzer starrte sprachlos auf das Interieur.

Gursky gratulierte der Hailady zu so viel Geschmack und der Detailfreudigkeit ihrer Einrichtung.

»Vielen Dank«, sagte die Lady.

»Und die ganzen Haie, die Tiger, Weißen, Blauen, Makos und Hammerhaie« – er zeigte auf die ausgestopften Tiere, die von der Decke hingen –, »die haben Sie alle selbst gefangen?«

»Selbstverständlich«, sagte die Lady und kratzte sich mit dem linken Fuß am rechten Unterschenkel, sodass die Glöckchen klingelten.

»Selbstverständlich. Und der Zahn, den Sie um ihren Hals tragen, stammt von einem etwa zweieinhalb Meter langen Mako. Haben Sie den auch selbst gefangen?«

»Leider nein«, antworte Gursky, schüchtern im Angesicht

von so viel Wissen und Weisheit. »Das war mein Vater. Aber wegen des Zahns bin ich hier, wegen des Zahns suchen wir Sie.«

»Na dann: Setzt euch!«, sagte die Hailady.

Gurskys Herz schlug bis zum Anschlag, als Schweitzer und er sich auf das Sofa im lichtdurchfluteten Wohnzimmer des Hauses setzten. Unruhig fingerte er an seinem Makozahn herum.

Die Hailady nahm gegenüber Platz, in einem Sessel, neben dem ein kleines Podest mit einer Jadebüste stand, die ihr eigenes Gesicht zeigte. Sie war also doppelt vorhanden: einmal als grüne Büste, einmal als, nun ja, lebendiger Mensch, dem man fast unter den Rock sehen konnte.

Sie lächelte die beiden an wie eine Großmutter, die Besuch von ihren Enkeln bekommt.

»Ich freue mich sehr über euren Besuch«, sagte sie.

»Wir auch«, antwortete Gursky.

»Wir danken Ihnen, dass Sie uns hier empfangen. Sie haben also über zweitausend Haie gefangen?«

»Mehr als das«, sagte die Hailady.

»Inzwischen sind es knapp dreitausend.«

»Das sind sehr viele Haie«, sagte Gursky.

Die Hailady nickte.

Gursky wollte sofort zum Punkt kommen: Er wollte die Lady sofort fragen, wie genau sie es angestellt hatte mit all den Haien und wann sie gemeinsam rausfahren könnten, um sich auf die Jagd zu machen. Doch wenn er seine Gier zu offen zeigte, dachte er, verärgerte er die Lady vielleicht, und das wollte er auf gar keinen Fall.

Er entschied, ihr erst mal eine belanglose Frage zu stellen, um ihr Vertrauen zu erlangen.

»Leben Sie schon immer hier, in diesem Haus, durch das der Wendekreis des Krebses verläuft?«

Das war ein Fehler, denn jetzt legte die Hailady los.

»Seit über vierzig Jahren schon«, sagte sie. »Das Haus ist ein heiliges Haus an einem heiligen Ort, denn der Wendekreis des Krebses ist ein Wendekreis des Schicksals. Er verläuft genau durch mein Schlafzimmer, weshalb mein Schlaf immer überwacht wird von den Mächten des Schicksals, die die Mächte des Meeres sind. Drei Männer haben hier mit mir gelebt, ich habe sie alle drei geliebt, Gott hab sie selig, und insgesamt sieben Kinder von ihnen, die heute in der ganzen Welt verstreut leben – aber jedes von ihnen hat seinen Weg gemacht, und der Grund dafür sind die Kräfte der Heilung und der Glückseligkeit, die auf diesem Haus, auf meinem Schlafzimmer liegen.«

»Wow!«, machte Gursky, aber es erforderte viel Kraft.

»Mein Vater hat es damals schon gewusst, als ich geboren wurde, am Dienstagmorgen, den 15. Oktober des Jahres 1917 hier auf Little Exuma, gleich in der Nähe der Brücke: Ein starker Wind fegte an diesem Tag über die Inseln, und dieser Wind zeigte meinem Vater, dass ich ein besonderes Kind sein würde, was sich später auch bewahrheitete, denn schon im Alter von sieben Monaten konnte ich problemlos gehen und zum Meer laufen, das nur ein paar Meter von unserem Haus entfernt lag – und genau das tat ich jeden Tag. Ich hatte nie Angst und habe nie geweint, trotz all der Schicksalsschläge, die ich später im Leben erdulden musste.«

»Jesus!«, machte Gursky. Es kostete ihn noch mehr Mühe. Gott, war die Lady eitel!

»Und da mein Vater ein Fischer war, nahm er mich mit auf sein Boot, auf seinen kleinen Einsegler, und auf diesem Einsegler lernte ich das Meer kennen und die Gewalten, die in ihm stecken. Und das Meer prägte mich und machte mich zu der Person, die heute vor euch sitzt.«

»Zur berühmten Hailady also?«, fragte Gursky.

Jetzt musste er sie stoppen.

»Zur Hailady, genau. Jeder Einwohner hier kennt meinen Namen, und die Regierung der Bahamas hat mir sogar ein Verdienstkreuz verliehen für das, was ich für die Inseln getan habe.«

Gursky holte Luft. Jetzt!

»Schön«, sagte er. »Schön, schön, schön, verehrte Hailady. Dann lassen Sie mich jetzt bitte erzählen, warum mein Freund hier« – er wies auf Schweitzer – »der in Deutschland ein berühmter Schriftsteller ist, und ich Sie aufgesucht haben. Wir haben eine lange Odyssee hinter uns, die Gründe dafür sind vielschichtig, und sie zu erklären würde einige Zeit in Anspruch nehmen, Zeit, die wir nicht haben. Um es kurz zu machen: Wir sind hier, weil wir einen Hai fangen wollen – und Sie, das erzählen sich die Leute von Nassau bis Havanna, sollen die einzige Person sein, die uns das ermöglichen kann, der einzige Profi. Darum möchte ich Sie gern fragen, ob Sie sich vorstellen könnten, in den nächsten Tagen mit uns hinauszufahren – gegen Geld natürlich, wir zahlen gut –, und gemeinsam mit uns nach einem Hai jagen würden.«

Gursky atmete durch, nachdem er sein Plädoyer beendet hatte.

»Aber natürlich, Honey!«, sagte die Hailady. »Selbstverständlich kann ich mir das vorstellen.«

Gursky sah Schweitzer an, der auf einmal schlagartig blass wurde, wohl deshalb, weil er nicht damit gerechnet hatte, dass es so einfach sein würde.

Sie hatten es geschafft.

Gursky wollte die Hailady umarmen, trotz ihrer Wabbelarme, so glücklich war er.

»Lady«, sagte er – »Sie wissen gar nicht, was das für uns bedeutet.«

»Ich tue es gern«, sagte die Lady und lächelte.

»Wie werden wir es denn machen?«, fragte Gursky. »Ich

meine, ich möchte sie nicht ausquetschen, aber: Was ist Ihr Trick? Wie fangen Sie die Haie?«

Die Hailady drehte sich in ihrem Sessel um, dorthin, wo eine offene Tür in den Garten hinausführte.

»Jones«, rief sie.

»Komm doch mal her, Jones. Und bring Sharkey mit!«

Wer war Jones, wer war Sharkey?

Jones war ein dünner Bahamianer mit Schnurrbart.

Sharkey war ein Enterhaken mit Holzgriff, etwas über einen Meter lang und dick wie ein Heizungsrohr. Der Widerhaken am Ende des Schafts war verrostet, bis auf die polierte Spitze, die das Licht im Zimmer reflektierte.

»Jones«, sagte die Lady und zeigte auf Jones, »ist mein Gehilfe im Haus und meine linke Hand bei den Haien.«

Sie lachte und schüttelte sich, als sie »linke Hand« sagte. Die Glöckchen an ihren Füßen klingelten wie ein Tambourin.

»Und Sharkey«, sagte sie, als Jones ihr den Haken in die Hand drückte, »ist meine rechte Hand bei den Haien.«

Das sei ein sehr beeindruckender Haken, sagte Gursky.

»Zwei Pfund«, erwiderte die Hailady.

»Ohne den geht gar nichts. Ohne den hauen sie dir ab.«

»Den schlagen Sie direkt in die Haut des Hais?«

»Mit voller Kraft, sonst kommt man nicht durch. Oder ich drücke ihn in die Kiemen.«

Gursky stellte sich vor, wie die Lady den Haken schwang.

»Sie müssen sehr kräftig sein«, sagte er anerkennend.

Es ginge noch ganz gut, bestätigte die Lady und schwang den Haken mit einer Hand in der Luft herum.

»Morgen also?«, fragte die Lady.

»Morgen«, sagte Gursky.

»Gut, dann legt Jones heute Abend noch die Köder aus.«

Gursky hatte sich auf das Meeresrauschen vor dem Haus konzentriert und den Satz nicht ganz mitbekommen.

Er lächelte die Lady an.

»Entschuldigung: Was tut Jones noch heute Abend?«

»Er legt draußen bei den Bojen die Köder aus: Die Thunfischköpfe und Barsche, die er heute Morgen gefangen hat«, sagte die Lady und lächelte zurück.

»Was soll das bringen?«, fragte Gursky.

»Honey«, sagte die Lady – »Nachts sind die Haie am aktivsten: Sie werden sich ein paar der Köder schnappen, am Haken hängen bleiben, und morgen holen wir sie dann raus, mit dem hier.«

Wieder hob sie den Haken in die Luft.

Gursky erstarrte.

»Sie tun was, bitte? Sie legen Köder aus und …«

»… hole sie am nächsten Morgen aus dem Wasser, ja.« Beendete die Lady seinen Satz.

»Ist das so schwer zu verstehen?«

Gursky fühlte sich, als habe ihm irgendjemand ein Loch in die Lunge gestochen.

Alles entwich.

Dann meldete sich auf einmal Schweitzer zu Wort.

»Aber«, begann er ganz ruhig, so als stellte er nichts Überraschendes fest, sondern eine ewig gültige Wahrheit.

»Das ist *feige*. Es ist die Pornoversion einer Jagd.«

Jetzt reagierte die Lady so, als habe sie sich verhört.

»Wie bitte?« Sie lächelte immer noch.

»Das ist feige«, sagte nun Gursky, so als habe er nur darauf gewartet, dass Schweitzer ihm den Einsatz vorgab. »Über Nacht einen Köder auszulegen und darauf zu warten, dass ein Hai anbeißt, ihm also praktisch eine Falle zu stellen – das ist feige. Es hat nicht das Geringste mit einer Jagd zu tun, mit einem Kampf. Sie sind ein Feigling, Mrs Patience, ein Feigling, dessen ganzer Ruhm darauf beruht, dass sie tote Haie wie Müll einsammeln, ohne ihnen jemals selbst wirklich gegenüberzutreten. Ich kann nicht glauben, dass wir unsere Zeit mit Ihnen verschwenden.«

Die Lady lächelte nun nicht mehr.

Stattdessen erhob sie sich aus dem Sessel und baute sich mit dem Enterhaken vor Gursky und Schweitzer auf.

»Jones!«, rief sie. »*Jones!*«

Jones erschien aus der Küche, mit einem Geschirrtuch in der Hand. Er ging zur Hailady, die ihm den Haken in die Hand drückte.

»Sorg dafür, dass diese zwei, so schnell es geht, aus meinem Haus verschwinden«, sagte sie, ebenfalls ganz ruhig. »Wenn nicht, oder wenn sie je auf die Idee kommen sollten, wiederzukommen: Behandle sie wie zwei drogensüchtige Streuner, die versucht haben, ins Haus einzubrechen.«

Dann wandte sie sich ab und ging mit durchgestrecktem Rücken durch die geöffnete Tür zur Veranda heraus, in Richtung Garten.

Die Glöckchen klingelten noch, aber leiser als vorher.

Schweitzer und Gursky ließen sich von Jones und Sharkey zur Haustür eskortieren.

Draußen, noch auf der Treppe, brach Schweitzer zusammen.

II. Der Stotterer

Gursky saß an der Theke des Two Turtles Inn und trank ein Bier, während Schweitzer sich in ihrem Zimmer von dem erholte, was ganz offensichtlich ein Schwächeanfall gewesen war.

Er konnte es verstehen: Seit Wochen nun konzentrierten sie all ihre Energie auf die Jagd, auf ihren Auftrag, und immer, wenn es ernst werden sollte, wenn die Erfüllung nah kam, geschah etwas, das wieder alles verhinderte. In dem Moment, als die Hailady zugesagt hatte, mit ihnen rauszufahren, hatte Schweitzer offenbar nochmal all diese Energien mobilisiert – und war einfach zusammengesackt, als sich auch diese Möglichkeit wieder zerschlug und in eine grenzenlose Leere mündete.

Natürlich: Wäre es nur darum gegangen, irgendwie einen toten Hai in die Finger zu bekommen, mit dem man sich fotografieren lassen konnte, hätten sie der Lady auch zusagen können. Doch nur um einen Hai ging es ja schon längst nicht mehr.

Nein, so, wie die Lady es machte, war es nicht richtig.

Es wäre ein Verrat gewesen an dem, was sie sich geschworen hatten.

Ein Verrat an der Jagd. Ein Verrat an der Rückkehr zum Ursprung.

Jetzt schien es allerdings gar keine Alternative mehr zu geben. Lag vielleicht wirklich ein Fluch auf ihnen?

Gursky nahm einen Schluck.

Wo war das Licht, das ihm bis jetzt immer die Antwort gegeben hatte?

Gursky prostete John zu, dem parkinsonkranken Amerikaner, der immer noch an der Bar saß, als sie zurückgekommen waren.

John erzählte wieder seine Geschichten und von irgendwelchen Shakespeare-Bänden, die er gerade durcharbeitete, weil er das schon immer hatte tun wollen.

Auf einmal spürte Gursky ein Gewicht auf der Schulter.

Als er sich auf seinem Hocker umdrehte, gab es keinen Horizont mehr.

Der Mann, der vor ihm stand, war eine gewaltige Erscheinung: tiefschwarz und dick, riesengroß, mit Muskeln, die fast sein T-Shirt sprengten. Atombomben hätten ihm nichts anhaben können. Auf dem Kopf war er so kahl wie eine Teerstraße.

Er fragte, ob Gursky einer der beiden Männer sei, die einen Hai fangen wollten.

Offenbar ist es wirklich eine kleine Insel, dachte Gursky.

»Ähm … ja«, antwortete er langsam. »Warum?«

»W-Wann wollt ihr rausfahren?«

Erst jetzt merkte Gursky, dass der Mann stotterte.

»Theoretisch so schnell wie möglich – aber wer sind Sie eigentlich?«

Der Stotterer stellte sich als Steve Ferguson vor.

Ob vierhundert Dollar okay seien, fragte er.

Wie gerade er auf die Idee käme, der Richtige zu sein, fragte Gursky zurück.

Er sei der beste Fischer, sagte der Stotterer.

»Ich verspreche euch einen Hai. M-m-morgen um elf h-h-hole ich euch ab.«

Er stand vor Gursky wie ein Fels, der nicht zuließ, dass man ihn aus dem Weg räumte.

Gursky sah den Stotterer an, noch mehr aber sah der ihn an mit seinem runden Gesicht, den dicken Backen und vollkommen starren Augen.

Er wirkt etwas derangiert, dachte Gursky. Fast mongoloid.

Aber vielleicht ist gerade das gut.

Ich verspreche euch einen Hai, hatte er gesagt.

Keiner der anderen Fischer hatte sich je so weit vorgewagt. Keiner von ihnen war so entschlossen und kompromisslos aufgetreten, so zielgerichtet.

Das Beste aber war die Tatsache, dass er stotterte.

Er kommt aus einer anderen Welt, dachte Gursky.

Aus einer alten Welt, einer Welt jenseits von Sprache, vor der Sprache. Aus der Barbarei eigentlich.

Das Licht kam zurück.

Gursky wusste: Dieser Mann – und nur dieser Mann – war es.

»Morgen um elf«, sagte Gursky und gab ihm die Hand.

»Morgen um elf«, sagte der Stotterer und verschwand.

Schweitzer lag auf seinem Bett und starrte an die Zimmerdecke, als Gursky hereinkam.

»Mach dir keine Sorgen mehr«, sagte Gursky. »In zwei Tagen sind wir hier weg.«

Schweitzer sah ihn lange an.

»Es ist alles geregelt«, sagte Gursky. »Er hängt praktisch schon am Haken.«

III. Nixon

Es was das kleinste Boot, das Gursky je betreten hatte. Drei Meter lang vielleicht, ohne irgendwelche Aufbauten, die vor der Mittagssonne hätten schützen können. Zum Sitzen gab es nur zwei unbequeme Holzbänke, auf die man sich während der Fahrt hocken konnte. Ein einziger 50-PS-Außenbordmotor trieb das Boot an, das der Stotterer Nixon getauft hatte – nach dem amerikanischen Präsidenten, der Anfang der siebziger Jahre zurücktreten musste, weil er die Wahlkampfplaner der Demokraten hatte bespitzeln lassen.

Ein Boot von Bedeutung also.

Am Heck sitzend, lenkte der Stotterer die Nixon an Riffen und Felsen vorbei. Hätte das Boot einen dieser Felsen auch nur gestreift, wäre es sofort abgesoffen, so zerbrechlich, wie es war, doch der Stotterer musste die Hindernisse nicht einmal ansehen, so genau kannte er die Gegend hier. Er fuhr wie in Trance.

Die Lagune lag etwas versteckt. Zwei Felsen verdeckten den Eingang vom Meer aus, der nur wenige Meter breit war.

Dann waren sie da.

Der Stotterer drosselte den Motor. Sie glitten jetzt nur noch über das Wasser, bis zur Mitte der Lagune etwa. Dann stellte er den Motor ganz ab und band das Boot an einer Boje fest.

Gursky und Schweitzer erhoben sich von der Bank. Gursky platzierte seine Füße so, dass er einen festen Stand hatte, dann drehte er sich einmal im Kreis.

Das Wasser war flach hier, nicht tiefer als eineinhalb bis zwei Meter, und es schimmerte türkisfarben, wie *Clearasil*. Am Ufer der Lagune, etwa vierzig Meter entfernt, leuchtete ein Strand, der so weiß und unberührt war, dass eine Reiseagentur nicht mal damit hätte werben können. Die Kunden hätten nicht geglaubt, dass es so was noch gab.

Es war das Paradies.

Gursky zeigte auf eine Art Wellblechscheune, die am Strand stand und vor der ein kleines Ruderboot lag.

Was das sei, fragte er den Stotterer.

»Bahamian Disco«, sagte der.

»Sind wir weit von George Town entfernt?«

»Ungefähr zwanzig Autominuten«, antwortete der Stotterer.

»Und wo sind jetzt die Haie?«

Der Stotterer starrte ihn an, als sei Gursky völlig minderbemittelt. Er zeigte mit seinem dicken Arm aufs Wasser.

»Sch-Schau doch hin!«, befahl er.

Gurskys Augen tränten sofort, als er seine Sonnenbrille abnahm. Doch gerade als er sie wieder aufsetzen wollte, huschte ein paar Meter von dem Boot entfernt ein langer Schatten vorbei. »Da!«, schrie Schweitzer und zeigte auf die Stelle, wo der Schatten gewesen war. Gursky versuchte ihn wiederzufinden, doch es gelang ihm nicht. Es gelang ihm nicht, weil dort nicht nur ein einzelner Schatten zu sehen war, sondern mehrere.

Allerdings war auch *mehrere* eine Untertreibung.

Es war so wie mit den Sternen: Erst entdeckt man nur einen am Firmament, doch nachdem sich der Blick darauf eingestellt hat, nachdem man fokussiert hat, werden es immer mehr, bis irgendwann der ganze Himmel übersät ist und es unmöglich wird, sich auf einen bestimmten zu konzentrieren.

Die Individualität verschwindet.

In der Lagune waren Hunderte von Haien. Sie waren überall: Dicht unter der Oberfläche schwammen sie, sodass ihre Flossen den Meeresspiegel zerschnitten und scharfe Linien hinter sich herzogen. Schlank und geschmeidig waren ihre Körper, die meisten von ihnen zwischen zwei und drei Metern lang, und einige von ihnen näherten sich dem Boot in Kreisen oder kamen direkt darauf zu, bis sie es fast berührten. Vor allem Zitronenhaie waren es, Gursky erkannte sie an den zwei Rückenflossen und der Färbung ihrer Haut, aber er meinte auch, ein oder zwei Bullenhaie gesehen zu haben, ein paar Riffhaie und einen Ammenhai, der wie ein Staubsauger über den Boden glitt. Weil das Wasser so klar war und die Sonne so hoch stand, zeichneten sich ihre Schatten scharf und klar auf dem Grund ab.

Die Lagune war genau das, was die Welt als ein haiverseuchtes Gewässer bezeichnen würde, die Höllenvorstellung jedes Haiphobikers: ein flaches Becken, eine Arena fast, voll von Haien auf Futtersuche, so viele und so erregt, dass sie sich trotz ihrer hervorragenden Sinnesorgane fast an den Köpfen stießen auf der Jagd nach den Fischen, die zu dieser Zeit, zur Ebbe, den Ausgang der Lagune nicht mehr fanden.

Ein Königreich der Haie.

»Das gibt es nicht!«, schrie Gursky und schüttelte mit dem Kopf. »Das gibt es nicht, das ist vollkommen unmöglich!«

Es war das Schönste, das er je gesehen hatte.

»Unfassbar«, sagte Schweitzer und strich sich über den Schädel.

Gursky strahlte den Stotterer an: Er hatte Recht gehabt mit seiner Einschätzung – dieser Mann, der so langsam und stumpf wirkte, war der schlaueste Jäger, den er jemals getroffen hatte.

Er reichte Gursky die Angelrolle, auf deren Haken er schon den Köder gezogen hatte, einen Schnapper, den sie vor etwa zwanzig Minuten weiter draußen gefangen hatten. Das Wichtigste beim Haifang, hatte der Stotterer erklärt, seien frische Köder.

»So weit wie möglich auswerfen«, befahl der Stotterer.

Gursky zog die Noppenhandschuhe an, die neben ihm auf der Bank lagen. Er nahm Haken und Leine in die Hände und schwang den Haken über seinem Kopf, vorsichtig, damit der Schnapperkopf nicht abfiel.

Er warf den Köder aus. Etwa zehn Meter vom Boot entfernt landete er platschend im Wasser, zwischen drei oder vier der Schatten, die blitzschnell in alle Richtungen flüchteten. Der Köder sank zu Boden.

Gursky sah zum Stotterer, um zu prüfen, ob er es richtig gemacht hatte.

Der Stotterer nickte.

Dann schlug Gursky gegen die Reling.

Der Zug war stark und plötzlich: Die Spanne zwischen Zupacken und Flucht, zwischen Aktion und Reaktion des Tieres verschmolz zu einem einzigen Moment, in den nichts mehr hineinpasste, nicht der Bruchteil der kleinsten Zeiteinheit. Es war eine Explosion, ein spasmisches Zucken, das über die Leine, die nun zum Zerreißen gespannt war, direkt auf Gurskys Körper überging, direkt *in* ihn, und fast hätte es ihm die Rolle aus der Hand gerissen. Doch um nichts in der

Welt hätte Gursky sie losgelassen, denn das, worauf er so lange gewartet hatte, war endlich da.

Der Kontakt.

Unmengen von Menschen von überall her waren in seiner Show gewesen, Unmengen von Worten hatte er mit ihnen ausgetauscht und Unmengen von Applaus dafür bekommen.

Aber all das war ein Witz im Vergleich zu der Verbindung, die Gursky und der Hai über die Leine miteinander eingingen. Jedes Reißen, jedes Zucken des Tiers spürte Gursky, und anstelle von etwas Totem war die Leine plötzlich etwas Lebendiges: eine Vene, eine Pulsader, eine Nabelschnur, die Gursky und den Hai miteinander vereinte.

Und über diese Nabelschnur ging es zurück in die Zeit, weit zurück, in eine Welt jenseits von »Gurskys Welt«, jenseits von Mode, jenseits von Plastik.

Dorthin, wo das Ziel ihrer Suche lag.

Es war ein Zitronenhai, der an der Leine hing, und er kämpfte gegen den Druck, den Gursky ausübte. Er warf seinen Kopf hin und her, um den Köder loszuwerden, das Wasser spritzte. Gursky konnte sehen, wie der Hai auf die Leine biss, um sie zu kappen, doch das war nutzlos, denn die ersten dreißig Zentimeter waren keine Leine, sondern ein Draht, den der Stotterer darangewickelt hatte, und diesen Draht würden selbst die Zähne des Hais nicht durchtrennen können.

Ein erneuter Ruck: Der Hai versuchte zu fliehen, er wollte hinaus aus dieser Bucht, in die er zum Jagen gekommen war und nicht, um gejagt zu werden, doch Gursky ließ ihn nicht, obwohl die Leine heiß geworden war und Gursky selbst durch die Handschuhe spüren konnte, wie sie ihm in die Hände schnitt.

Er solle ihm Spiel geben, rief der Stotterer.

Ob es ein Männchen oder Weibchen war, konnte Gursky nicht sagen, während er mit zugekniffenen Augen das Tier beobachtete, doch was er wusste, wessen er sich ganz sicher war, war die Tatsache, dass er noch nie eine solche Nähe verspürt hatte, nicht zu Schweitzer, nicht zu seinen Eltern, ja nicht mal zu Nathalie.

Es ist so, als hingen wir *zusammen*, der Hai und ich, dachte Gursky. So als wären wir eins.

Und dann war alles vorbei: nur Leere, wo eben noch komprimierte Energie gewesen war; nur ein Vakuum, wo sich eben noch die Moleküle gerieben hatten.

Der Hai hatte die Leine gerissen.

Gursky erstarrte, mit offenem Mund.

Der Stotterer zuckte verächtlich mit den Schultern.

Auf einmal schrie Schweitzer, er hätte einen.

Gursky drehte sich um. Und tatsächlich: Ein zweiter Zitronenhai hatte angebissen, in acht bis neun Metern Entfernung etwa.

Schweitzer stand breitbeinig im Boot und war leicht in die Knie gegangen, um den Zug des Hais auszubalancieren, und während das Tier sich von einer Seite auf die andere im Wasser herumwarf und um die eigene Achse drehte wie eine Spindel, gab er stetig Leine nach. Und für jeden Meter, den der Hai erkämpfte, zog Schweitzer ihn wenig später zwei Meter näher ans Boot heran.

Er macht alles gut, macht alles richtig, dachte Gursky, während er Schweitzers Gesicht beobachtete: Er macht es wie mein Vater damals, ja vielleicht ist er sogar noch konzentrierter, noch *entrückter* als der damals.

Gursky konnte riechen, wie der Zug der Leine auch Schweitzers Handschuhe verbrannte, aber Schweitzer schien es gar nicht zu merken, während er den Hai immer näher heranholte, so nah, bis Gursky ihm in die Augen sehen konnte.

In diesem Moment wusste er, dass dies das Tier war, das sie fangen würden. Er wusste, dass sie all ihre Energien in den letzten Wochen nur für diesen einen Zitronenhai aufgewendet hatten. Ihn hatten sie ins Visier genommen, nur um ihn war es gegangen.

Gursky griff Schweitzer in die Leine, genau so, wie der es damals auf der Abacora mit dem Bonito getan hatte.

Und dann hatten sie ihn auch schon.

Er war so nah, dass sie ihn berühren konnten. Halb auf der Seite liegend trieb der Hai neben dem Boot, dessen Rumpf er mit den Flossen anstieß. Es war ein junges Tier, keine zwei Meter lang. Seine Haut schimmerte grünbraun im Sonnenlicht, das Maul war leicht geöffnet, so als röchelte er, eine dünne Linie Blut lief heraus, von der Wunde, die der Haken gerissen hatte.

Gursky starrte ihn an.

Er wartete auf irgendetwas.

Er wartete auf ein Gefühl der Macht, auf ein Gefühl der Größe, auf irgendetwas Gigantisches und Überlebensgroßes. Aber es kam nicht.

Jedenfalls nicht so, wie er es sich vorgestellt hatte.

Warum wehrte sich der Hai nicht?

Warum kämpfte er nicht?

Warum griff er nicht an?

Warum war er so klein?

Und warum war alles so still um Gursky herum, so schrecklich still? Wo war der *Canon*, wo war der Applaus von den Göttern?

Wo war das Licht?

Gursky blickte zu Schweitzer. Auch der verharrte einfach vor dem Tier.

Dann stellte der Stotterer die Frage.

»Wollt ihr ihn töten?«

Die Frage war die absurdeste und logischste Frage zugleich, die Gursky je gestellt bekommen hatte; und weil das so war, ließ er sie einen Moment lang in der heißen Luft über dem Boot schweben.

Es war klar, dass von Anfang an alles, was sie in ihre Reise investiert hatten, all ihr Tun, auf diese Frage hinausgelaufen war. Gursky hatte versucht, sich darauf vorzubereiten, und merkte jetzt, dass man sich auf so eine Frage gar nicht vorbereiten konnte, weil man keine Ahnung hatte, was danach kam.

Er wusste nicht, wie die Welt aussehen würde, nachdem man etwas getötet hatte.

Was Gursky aber wusste, war, dass man es nur herausfinden konnte, wenn man diese Frage mit »Ja« beantwortete. Erst dann war man am Nullpunkt angekommen.

Oder dahinter.

Sie *mussten* ihn töten, sonst wäre alles umsonst gewesen.

Darum nickte Gursky dem Stotterer als Erster zu.

Diesmal war er schneller als beim Unterhosentausch.

Der Stotterer beugte sich über die Reling und legte eine Schlinge um die Schwanzflosse des Tiers, so wie es damals auch die Fischer bei dem Makohai von Gurskys Vater getan hatten.

Sie zogen ihn zusammen an Bord.

Der Hai rührte sich nicht.

Er war wie gelähmt.

Bloß ein zwei Meter langer Fisch, der mit einem Haken im Maul auf einem Boot lag.

Der Stotterer drückte Gursky einen Holzknüppel in die Hand.

Müssten sie selber machen, sagte er.

Gursky holte aus und schlug. Es gab ein dumpfes Geräusch, als der Knüppel auf dem Kopf des Hais landete, und eine Art Rückstoß, wohl wegen der Knorpel.

Einmal reiche nicht, sagte der Stotterer.

Am Hai zuckte noch etwas.

Schweitzer nahm Gursky den Knüppel ab.
Dann schlug er zu, zwei Minuten lang.
Auf der Rückfahrt sagte keiner ein Wort.

IV. Nathalie

Es war das fünfte Bier, das Gursky trank, vielleicht auch das sechste, so genau wusste er das nicht mehr, denn keins der Biere hatte er bezahlt, schließlich war er der Star des Abends, der Ehrengast – weil er einen Hai getötet hatte.

So zumindest sahen es wohl John und die anderen Touristen, die mit Gursky und Schweitzer an der getäfelten Bar des Two Turtles Inn saßen und sie Drink auf Drink einluden – und die Steaks aßen, die von dem Hai übrig geblieben waren.

»Schmeckt großartig!«, sagte Linda, eine Versicherungsangestellte aus Ohio, die mit ihrem Mann Richard hier war, dem die Versicherung gehörte.

»Hervorragend!«, sagte Richard.

»Wunderbares Fleisch, und so zart!«, bemerkte Audrey, eine mittelhübsche, etwas plumpe Kunstblondierte in den Dreißigern, die früher mal bei einem Kinderbuchverlag gearbeitet hatte, bevor sie Bob traf, der fünfundzwanzig Jahre älter und fünfundzwanzig Kilo schwerer war als sie, dafür aber auch um fünfundzwanzig Millionen reicher, seit er die Fleischfabrik seines Vaters geerbt hatte.

»Ich liebe es!«, sagte Bob und lupfte kurz seine Baseballkappe, damit etwas Luft an seinen Kopf kam, auf dem sich kaum noch Haare befanden, dafür sehr viele braune Altersflecken, obwohl Bob gerade mal Mitte fünfzig war. Haifleisch gebe ja ganz besonders viel Kraft, witzelte er und zwinkerte Audrey zu, die sich ein Lächeln abrang, das verschwörerisch sein sollte und Beischlaf versprechend, aber nur angestrengt wirkte, denn eigentlich will sie mich, dachte Gursky. Trotzdem musste er Bob Recht geben: Der Hai schmeckte tatsächlich sehr gut, und er schmeckte auch nach Kraft und Energie.

Wenn er je einen Zweifel daran gehabt hatte, ob es richtig gewesen war, den Hai zu töten, dann war dieser Zweifel spätestens in dem Moment verflogen, in dem er, Schweitzer, der Stotterer und der Hai zum Two Turtles Inn zurückgekehrt waren.

Wie klein die Insel war, hatte er ja schon mitbekommen, als der Stotterer ihn das erste Mal angesprochen hatte, darum war es keine Überraschung, dass die Touristen, die sich in dem Gasthaus eingemietet hatten, auf sie zustürmten, als sie den Hai sahen, den der Stotterer zum Transport auf die Motorhaube seines Jeeps gebunden hatte.

Eine Überraschung war es aber, als zu diesen Touristen, die sich sofort mit ihren Kameras über das Tier und seine Jäger hermachten, noch die Einwohner von George Town hinzukamen. Voller Ehrfurcht standen Mütter mit ihren Kindern vor dem Hai, den sich einige von ihnen kaum zu berühren trauten, weil sie nicht glauben konnten, dass dieses kräftigste und schlauste Tier des Meeres, dieser Gott, tatsächlich von zwei deutschen Touristen erlegt worden war.

Gursky musste an die Leute von Puerto Esperanza denken, von denen Ricardo erzählt hatte – an den Tag, als Maria Santos und die besten Fischer des Orts den Tigerhai erlegt hatten, El Tiburón. Die Fischer waren wie Helden gefeiert worden, und auch Gursky und Schweitzer wurden – zumindest von den meisten Leuten – wie Helden gefeiert: wie heilige Ritter, die einen Drachen getötet hatten.

Auf die Idee, den Hai zu essen, war Schweitzer gekommen, auf dem Rückweg.

»Und?«, hatte Gursky gefragt, mit Blick auf den Hai, der

auf der Motorhaube vibrierte. »Was machen wir jetzt mit ihm?«

»Wir machen ein Fest«, sagte Schweitzer. »Wir laden die Kretins ein, die mit im Hotel wohnen, lassen ihn richtig zubereiten und ausnehmen und verspeisen ihn dann. Gegrillt, mit Lime Juice.« Der Koch des Two Turtles nahm den Hai aus und warf die Reste, Kopf und Schwanz, ins Hafenbecken. In Sekundenschnelle machten sich die kleinen Fische über das Aas her.

So saßen Gursky und Schweitzer nun hier, mit den Touristen, der Belegschaft des Two Turtles und ein paar Bahamianern an der Bar, während hinter ihnen ein DJ irgendwelche Disco-Hits aus den Achtzigern auflegte und ein paar der Frauen dazu tanzten, meist unbeholfen, so als hätten sie es sich hier, in der Karibik, zum allerersten Mal getraut. Auch der Stotterer war da, er lehnte mit seinem Haisteak, dem vierten, wenn Gursky richtig gezählt hatte, an einem Pfosten neben dem DJ-Pult und sah laut schmatzend den Tanzenden zu.

Die meisten der Leute waren – mit Ausnahme von John, dem Parkinsonkranken – Müll, so genannter White Trash. Reich und vermögend zwar, aber doch Langweiler allesamt, die nichts verstanden von der Jagd, vom Leben. Aber das war Gursky egal. Man konnte sich nach einem Sieg nicht aussuchen, wer einen beklatschte. Und da er auf diesen Applaus so lange hatte warten müssen, nahm er ihn einfach entgegen, ohne sich zu viele Gedanken darüber zu machen, von wem er kam.

Alles riecht nach Abschied, dachte Gursky, denn morgen schon, das hatten sie vorhin arrangiert, würden sie Exuma verlassen und nach Nassau zurückfliegen, von wo aus Gursky in die nächste Maschine nach Hamburg steigen würde.

Was Schweitzer betraf, war die Sache noch nicht ganz so

klar. Er hatte vorhin am Telefon sehr rumgedruckst, als die Frau von der Air France ihn fragte, ob München als Zielflughafen nach wie vor okay sei. Er könne auch nach Hamburg mitkommen, hatte Gursky angeboten, doch Schweitzer lehnte ab mit der Begründung, er wolle vielleicht noch seine Mutter besuchen.

Gursky sah hinüber zu Schweitzer, der sich unter einem kleinen Verschlag zwischen Tanzfläche und Bar mit ein paar Bahamianern in kurzen Hosen unterhielt, die sich in der Nähe des Two Turtles herumdrückten. Sie lachten laut über das, was Schweitzer ihnen wohl erzählte.

Was würde aus Schweitzer werden, jetzt, nachdem die Jagd vorbei war, diese Jagd, die sie so sehr miteinander verbunden hatte. Wohin würde er gehen, was würde er tun? Würde er einen neuen Roman anfangen, vielleicht sogar über das, was sie erlebt hatten, wie Gursky ihm vorschlug? Würde er versuchen, Nina zurückzubekommen, oder hatte er sie auf dieser Reise längst vergessen?

Eigentlich, dachte Gursky, weiß ich gar nichts über ihn. Wir waren so sehr auf den Hai konzentriert, so sehr auf die Jagd, dass wir alles andere ausgeblendet haben. Wir waren wie im Wahn.

Konnte er ihn überhaupt einen Freund nennen? Er wünschte es sich.

Was ihn selbst betraf, wusste er nicht, was er fühlen sollte. Knapp drei Wochen lang war sein Leben auf ein klares Ziel ausgerichtet gewesen, und jetzt, wo das Ziel erfüllt war, stand er vor einer Art Leere. Auch, ob ihn die Jagd verändert hatte oder klüger gemacht, wusste er nicht zu sagen.

Das würde sich zeigen, später.

Im Augenblick war er einfach nur erschöpft.

Er dachte an Angel und die Abacora, an Ricardo und die Casa Esperanza und an die Kubaner, mit denen sie sich geschlagen hatten. Er dachte an die Spring-Break-Mädchen, die Hailady, den Stotterer und den Hai.

Irgendwie lag alles schon so weit zurück, war alles schon Erinnerung.

War das das Wesen der Jagd? Dass sie einen ausfüllte und antrieb, solange sie dauerte, und erschöpft und leer zurückließ, wenn sie beendet war? Dass man alles Leben und alle Energie in einen einzigen Moment packte und danach für später nichts mehr übrig hatte?

Audrey setzte sich neben Gursky und sah ihn von der Seite an, irgendwie auffordernd, wie Gursky meinte.

Er lächelte kurz, stand auf und ging zu Schweitzer und den Bahamianern hinüber.

Das Gespräch verstummte, als Gursky dazukam.

»Hallo«, begrüßte Gursky die Bahamianer.

»Das ist Skip«, sagte Schweitzer und zeigte auf einen ausgemergelten Typen mit einer bunten Strickmütze auf dem Kopf, der neben ihm stand. Den anderen stellte er nicht vor.

Skip nickte Gursky zu.

Gursky versuchte es mit ein paar belanglosen Floskeln, aber irgendwie kam kein Gespräch in Gang. Er fühlte sich fremd vor den Bahamianern, irgendwie auch Schweitzer gegenüber.

War jetzt schon alle Nähe wieder verloren?

Es war ihm unangenehm, so wortlos herumzustehen, also entschuldigte Gursky sich damit, er müsse mal kurz Nathalie anrufen, um ihr von dem Fang zu erzählen.

Als er sich verabschieden wollte, geschah etwas Komisches: Schweitzer umarmte ihn.

»Ich komm doch wieder«, sagte Gursky und lachte.

Im Zimmer setzte Gursky sich aufs Bett, nahm das Telefon und wählte ihre Nummer.

Es dauerte ein wenig, bis sie ranging.

Dann meldete sich eine Stimme, die nicht nur verschlafen war. Sie klang auch ein wenig betrunken.

»Hallo?«

»Nathalie?«

»Ähm – *ja*? Wer ruft denn ...«

»Ich bin's. Der Haijäger.«

Keine Antwort.

»*Hallo?*«

Gursky konnte fast hören, wie sie sich die Augen rieb.

Dann, aber sehr gequält: »Mein Gott, es ist fünf Uhr morgens. Warum ... was ist denn los, dass du mich um diese Zeit anruf ... Mann, tut mein Kopf weh.«

»Ich will dich auch gar nicht lange stören«, sagte Gursky, »du kannst sofort weiterschlafen. Alles, was ich dir sagen wollte: Ich – *wir* – haben endlich unseren Hai gefangen.«

Wieder wartete er lange auf eine Antwort.

»Und?«, kam es dann. »Was heißt das jetzt?«

»Das heißt, dass Schweitzer und ich morgen diese Insel hier verlassen werden und ich, auch wenn du es inzwischen gar nicht mehr glaubst, wieder nach Hause komme. Natürlich nur, wenn du mich noch willst, Verehrteste.«

Gursky lachte in den Hörer.

»Aha.«

»Wie: Aha? Freust du dich nicht? Ich meine, du hast einen verdammten Meisterfischer zum Mann, da könntest du dich ruhig ein bisschen mehr ...«

»Ich weiß nicht, ob ich mich freuen soll«, sagte sie.

Jetzt endlich klang sie aufgewacht.

»Irgendwie ist alles so anders geworden, oder es fühlt sich so anders an. Ich weiß fast nicht mehr, wie du aussiehst, außerdem ... *redest* du irgendwie anders. Alles ... kommt mir so lange her vor.«

»Was soll das denn jetzt?!?«, rief Gursky in den Hörer.

»Ich habe dir von Anfang an erzählt, was ich machen wollte, du warst einverstanden, und jetzt, wo es abgeschlossen ist, wo ich endlich bereit bin, mit dir … was ist denn *los*?«

Sie stöhnte.

»Vielleicht ist es nicht die richtige Zeit, das jetzt zu bereden. Vielleicht bin ich einfach zu betrunken, um …«

»Warum bist du *überhaupt* betrunken?«

»Machst du mir jetzt Vorwürfe, oder was? Ich war auf einer Party, falls das erlaubt ist. Ach ja: Und ich habe die Exfreundin deines verrückten Schweitzer-Kumpels kennen gelernt. Nina.«

»Die hat mit *dir* geredet?«

»Sie hat, nachdem ich ihr von euch beiden erzählt habe.«

»Und? Was hat das jetzt mit alldem zu tun?«

»Mit uns hat das gar nichts zu tun«, sagte Nathalie. »Allerdings mit deinem Freund, der ein pathologischer Lügner ist. Oder zumindest ein Paranoiker.«

»Ach ja? Und woher willst du das jetzt wieder wissen?«

»Du erinnerst dich doch sicher noch an die Geschichte, die er dir erzählt hat – die Geschichte von der Party bei Paul von Leicht damals. Wo er zusammengebrochen ist, weil Nina angeblich mit diesem Filmemacher im Bett lag?«

»Wieso *angeblich*?«, fragte Gursky.

»*Angeblich*, weil die Geschichte so überhaupt nicht passiert ist. Gut, die beiden waren wirklich zusammen im Zimmer an diesem Abend, dieser Roman hatte sie auch im Arm und sie haben ein bisschen rumgeknutscht – aber eigentlich hat sich Nina nur bei ihm ausgeheult.«

»Sagt *sie*«, sagte Gursky.

»Soso. Und worüber hat sie sich ausgeheult?«

»Das weißt du nicht? *Du*, der Schweitzer angeblich so gut kennt, der sein *bester Freund* ist, du *weißt* das nicht?«

»Nein«, äffte Gursky sie nach, »ich *weiß* das nicht. Aber

so, wie du darüber triumphierst, wirst du es mir sicher gleich erzählen.«

»Schweitzer hat drei Monate – ich wiederhole: *drei Monate* – nicht mit Nina geredet.«

Gursky verstummte einen Moment.

»Das glaube ich nicht. Warum um alles in der Welt soll er das getan haben?«

»Weil er ein Sexproblem hat.«

Gursky kicherte.

»Ein was? Ein *Sexproblem*? Was soll das sein? Hat Nina sich über seinen Schwanz beschwert oder was?«

Nathalies Stimme blieb ruhig.

»Ich musste lange bei Nina wühlen, bis sie es mir erzählt hat«, sagte Nathalie, »aber ganz zum Schluss der Party, als wir alle schon sehr betrunken waren, tat sie es doch.«

»Und?«

»Du musst mir versprechen, dass du es Schweitzer nicht sagst.«

»Mal sehen«, sagte Gursky.

»Nix mal sehen. Versprich es.«

»Na gut«, sagte Gursky. »Versprochen.«

»Es war Nina sehr peinlich, darum. Also: Vor vier oder fünf Monaten, als die beiden zum letzten Mal miteinander geschlafen haben, ist Nina ein Satz rausgerutscht, und dieser Satz hat ...«

»Wie lautete der Satz?«, fragte Gursky.

»*Fick mich, du geile Sau.* Es klingt komisch, ich weiß.«

Jetzt brüllte Gursky vor Lachen, so laut, dass er sich sicher war, auch Schweitzer und die Leute draußen mussten es hören.

»Allerdings ist es nicht so lustig, wie es klingt«, sagte Nathalie, als Gursky sich beruhigt hatte.

»Es ist ganz und gar nicht lustig, denn seitdem hat Schweitzer sie eigentlich nur noch angeschwiegen.«

»Du meinst« – Gursky prustete immer noch – »es war so ein Schock für ihn, dass er sich nie wieder davon erholt hat? Du meinst, er habe sich so sehr beschmutzt gefühlt, dass sie in diesem Moment praktisch für ihn gestorben ist?«

»So in der Art erkläre ich mir das, ja«, sagte Nathalie.

»Der Satz hat irgendeine Vorstellung, die er bis dahin von ihr gehabt hatte, zerbrochen.«

»Nathalie! Ich meine, okay, er legt – oder besser: *legte* – offensichtlich immer viel Wert auf Hygiene, aber glaubst du wirklich, dass sein System so hart ist, so kompromisslos? Ich meine, der Satz wird ihr irgendwie ...«

»Du sagst es: Er wird ihr irgendwie rausgerutscht sein, ganz leise, völlig unbewusst. Und natürlich hat sie sich, als ihr klar wurde, dass es daran liegen musste, auch Hunderte von Malen entschuldigt. Aber es änderte nichts daran, dass danach, nach diesem Satz, alles anders war, zumindest für Schweitzer.«

Gursky dachte nach. Er suchte irgendein Argument für Schweitzer, irgendetwas, womit er ihn verteidigen konnte.

Er erinnerte sich an den Abend im Floridita, den Abend, an dem er Schweitzer zum ersten Mal wiedergesehen hatte.

Und er erinnerte sich an Schweitzers Gesicht an diesem Abend.

Dieses verfallene, alt gewordene Gesicht.

Ein Ort, der frei war von dem Dreck um uns herum.

Eine Festung gegen die Pornoversionen.

Das waren Schweitzers Worte gewesen.

»Du meinst, ein einziger Satz hat alles zerstört? Diese Liebe, die so groß war, die angeblich so geleuchtet hat, dass alle geblendet waren? Ein einziger unvorsichtiger Satz im Bett, und das war's?«

»Das meine ich, ja«, sagte Nathalie.

Gursky fragte sich, was wäre, wenn es so war. Wenn dieser

Vorfall mit Nina tatsächlich der Grund war für Schweitzers Flucht nach Kuba und für … diese Reise. Und den Hai. Aber warum hatte er dann alles Hygienische an sich abgelegt? Warum hatte er mit der Spring-Break-Amerikanerin geschlafen, warum gab er nicht mehr so sehr Acht auf seine Kleidung – und warum hatte er sich mit Gursky verbündet, dem ehemaligen Feind?

Warum war er so ganz das Gegenteil dessen, was er früher gewesen war?

Das war früher. Ein System, das ich mir zugelegt hatte, hatte er gesagt, ganz am Anfang ihrer Reise.

Hatte er alles nur getan, um einen einzigen Satz zu vergessen?

Konstruieren, dekonstruieren, dachte Gursky.

Auf einmal spürte er einen Stich im Herzen.

Er müsse jetzt ganz schnell auflegen, sagte er Nathalie.

Als Gursky nach draußen rannte, um Schweitzer zu suchen, war der verschwunden.

V. Der Wendekreis des Krebses

Der Jeep des Stotterers fuhr holpernd durch die Nacht; in etwa so, wie der Stotterer sprach, dachte Gursky, der neben ihm saß und mit jedem Satz krachend auf den schlecht gepolsterten Sitzen landete.

Es gab keine Garantie dafür, dass Schweitzer wirklich dort war, wo der Stotterer es vermutete, aber er hatte – das sagte er jedenfalls – mitbekommen, wie Schweitzer die Bahamianer nach einem Ort gefragt hatte, an dem etwas mehr los wäre als beim Two Turtles Inn. Er hatte, so waren angeblich seine Worte gewesen, nach einem Ort gefragt, der ein wenig *schicksalhafter* wäre.

»Schicksalhafter?«, fragte Gursky den Stotterer.

»Was soll das heißen, schicksalhafter?«

Wisse er auch nicht, sagte der Stotterer. Vielleicht wolle er Drogen haben oder so was.

Solange es nur um Drogen ging, war es ja gut, dachte Gursky – doch warum war Schweitzer einfach ohne ihn abgefahren? Warum hatte er nicht gewartet oder ihm wenigstens Bescheid gesagt? Und warum war er so komisch gewesen, als Gursky aufs Zimmer gegangen war? Warum hatte er sich so seltsam verabschiedet, so schwer und bedeutungsvoll?

»Schneller«, trieb er den Stotterer an, während schwarze Palmen links und rechts an ihnen vorbeizogen. »Schneller, schneller«, aber warum er das tat, wusste Gursky nicht. Alles, was er wusste, war, dass er ein ungutes Gefühl hatte, eine Art Angst fast, die in ihm hochkroch.

Er zermarterte sich das Hirn, um die Gedanken zusammenzubekommen, die in ihm durcheinander schwirrten: Er dachte an Schweitzers Paranoia, als Gursky noch mit Christina zusammen gewesen war, an die Zeit vor dem Unterhosentausch. Er versuchte Sätze, die Schweitzer während der Reise gesagt hatte, zurückzuholen und auszuwerten; Sätze über sein *früheres Leben*, über sein *System*, über Nina, und Gursky versuchte, aus den Gedanken Bilder zu machen, aber es gab nur Einzelbilder, nur Polaroids, die im Kopf wie auf einem Tischtuch lagen, wie ein Puzzle, ein Memory-Spiel, bei dem die Teile nicht zusammenpassten. Irgendwo dazwischen, das war sicher, gab es eine Lösung, einen Schlüssel zum Verständnis, aber wo?

Der Stotterer bremste.

Bumm! machte es von weitem. Bumm! Bumm! Dazwischen war irgendeine Art Gesang.

»Bahmamian Disco«, sagte der Stotterer und zeigte auf einen schmalen Sandweg, an dessen Ende eine Hütte stand.

Erst jetzt verstand Gursky, dass es die Hütte war, die er am Mittag noch von der Lagune aus gesehen hatte. Die Blechscheune am Ufer des Haiparadieses.

Bumm! Bumm! Bumm!

Der Himmel war voller Sterne, als der Stotterer Gursky zur Hütte führte. Kleine Lichter von Gaslampen und in die Erde gerammten Fackeln beleuchteten ihren Weg, und dann waren sie da, vor der Hütte. Schatten standen vor dem Eingang herum, ein paar von ihnen bewegten sich zur Musik, aber es war eher ein langsames Schwanken als Tanzen. Einige der Schatten rauchten, andere standen sich gegenüber und gestikulierten.

Obwohl er dicht an dem Stotterer dranblieb, kam Gursky sich allein vor, allein und schutzlos.

Dies, dachte er, ist eine fremde Welt.

Der Stotterer sprach einen der Schatten an. Der Schatten sagte irgendwas und zeigte auf den Eingang der Hütte. Der Stotterer nahm Gursky am Arm und zog ihn hinein.

Die Blechwände vibrierten von der Musik, von dem rhythmischen Bumm!, als Gursky die Hütte betrat, und hatte es eben noch einen Rest von Licht gegeben, war nun alles dunkel um ihn, bis auf einen hellen Punkt in der Ecke des Raums, wo offensichtlich der DJ stand. An dem Stotterer festgekrallt ließ Gursky sich durch die dicht gedrängte Menge der Schatten ziehen, und andauernd streifte er einen verschwitzten nackten Arm, die Brüste einer Frau oder stieß gegen die Gürtelschnalle oder sonst etwas Hartes, das zu einem der Schatten gehörte. Um diese Welt nicht gegen sich aufzubringen, entschuldigte Gursky sich jedes Mal leise und so respektvoll wie möglich, doch als er bei einem dieser Zusammenstöße einen kurzen Blick in das Gesicht einer jungen Frau bekam, erschrak er so sehr, dass er kein Wort rausbekam.

Was war mit ihren Augen los?

Bumm! Bumm! Bumm!

Gursky fiel fast in seinen Rücken, als der Stotterer auf einmal stehen blieb. Er zeigte auf die Wand in der Nähe des DJ-Pults.

Zwei Männer lehnten dort, die Köpfe einander zugedreht, so als würden sie irgendetwas diskutieren. Den einen konnte Gursky nicht klar erkennen, nur, dass er etwas auf dem Kopf trug, eine Art Mütze vielleicht. Skip? Bei dem anderen aber gab es keinen Zweifel, denn sein Gesicht war einer der wenigen hellen Punkte in dem Raum.

Gott sei Dank, dachte Gursky.

Er redete sofort auf Schweitzer ein: »Warum bist du einfach abgehauen, ich habe mir Sorgen gemacht, wenigstens Bescheid hättest du doch sagen können ...«

Schweitzer sah Gursky an und legte ihm seinen Finger auf den Mund. »Das hier«, sagte er und zeigte auf die Umstehenden – »sind alles Haifische.«

Dann drückte er Gursky das Pfeifchen in die Hand.

Es war ein kleines Pfeifchen, das gut und leicht in der Hand lag. Gursky wollte noch irgendwas sagen, aber Schweitzer hatte ihm das Pfeifchen schon in den Mund gesteckt und ein paar Steinchen hineingeworfen, dann gab er Gursky sein Feuerzeug.

Gursky zündete die Steinchen an und zog an der Pfeife.

Friedenspfeife, dachte er noch.

Kalumet.

Es ging unglaublich schnell: Kurz wurde Gursky kalt, so als zögen sich all seine Nerven auf einmal aus den Gliedmaßen zurück, doch dann wurde ihm warm, scheinbar waren die Nerven aufgeheizt zurückgekommen. Und nicht bloß aufgeheizt, sie schienen jetzt auch besser zu funktionieren.

Denn während eben noch alles Schatten und Nebel gewesen war, kam nun das Licht. Es war ähnlich wie im Waterloo in Nassau, diesmal aber waren Gurskys Augen noch schärfer, fokussierten noch exakter: Punktgenau sah er die Körper und Gesichter der Menschen um ihn herum, auch ihre Augen, die etwas Starres an sich hatten, so als hielten sie sich an etwas fest, das sie nicht mehr loslassen wollten. Es war Gursky möglich, jeden Schweißtropfen zu beschreiben, der im Rhythmus der Musik einen Muskel hinunterfloss; jedes noch so kleine Detail.

Und er sah die Waffen.

Sie trugen sie in den Hosen oder am Gürtel, kaum versteckt, und Gursky wusste nun, dass die Gegenstände, die er beim Hereinkommen angestoßen hatte, Pistolen und Revolver waren oder Messer.

Fast alle in dieser Hütte waren bewaffnet und auf Crack.

Gursky begriff jetzt, was Schweitzer damit gemeint hatte, dass diese Menschen Haifische wären, denn genau wie ein Hai waren sie Wesen, die aus nichts anderem bestanden als aus Sinnen und Waffen. Die Sinne hatten sie geschärft durch die Drogen, mit den Waffen behaupteten sie sich in der Welt um sie herum, die täglich versuchte, sie zu ignorieren. Und im Kampf gegen diese Ignoranz waren sie stärker geworden als die Welt um sie herum, stärker und gefährlicher.

Sie hatten sich reduziert auf das Wesentliche: Aufs Überleben. Ansonsten besaßen sie nichts.

Gursky wusste nun, dass er erst jetzt angekommen war am Ende der Zivilisation. Ihm wurde klar, dass dies, die Crackhölle auf den Bahamas, der Nullpunkt von allem war, eine eigene Welt mitten im Paradies des Kapitalismus. Denn hier gab es nur Jäger und Opfer und nichts dazwischen.

Gursky rutschte an der Wand herunter, in den Dreck auf dem Boden der Hütte, zwischen die Zigarettenkippen, Plastikbecher und Bierdosen, die da lagen, und als er Schweitzer ansah mit seinen Augen, die nun alles sahen, und sah, wie Schweitzer Zug um Zug aus der Pfeife nahm, die jedes Mal glühte wie ein vergehender Stern, da verklebten auf einmal die Gedanken miteinander, die er eben noch auf der Hinfahrt im Jeep des Stotterers nicht zusammenbekommen hatte, und Gursky sah plötzlich, was Schweitzer von Anfang an zu der Reise getrieben hatte: Nicht um eine einmalige Jagd, nicht um einen *Ausflug* in diese alte Welt war es gegangen, sondern um einen Prozess, um eine Transformation. Schweitzer hatte von Anfang an ein anderer werden wollen, ein neuer Mensch. Weil die Liebe als höchste Form der Zivilisation und Zufluchtsort vor der Welt nicht funktionierte, weil er sich von ihr ausgestoßen fühlte, hatte er die Zivilisation gänzlich abgelegt, und mit der Geschichte, die Nathalie vorgelesen hatte, mit *Das Hemd*, hatte er sein System der Reinheit und der Kontrolle um jeden Preis noch ein letztes Mal offen gelegt und gleichzeitig beerdigt. Vielleicht, wenn die Geschichte autobiographisch war, so, wie sein Vater es ihm gezeigt hatte: technisch – als neuer Mensch, mit neuer Kleidung und einem neuen Denken.

Wenn wir die Zivilisation abstreifen, bekommen wir unsere ursprüngliche Kraft wieder.

Die Kraft, die wir durch die Zivilisation verloren haben. Das Ziel, die Bestimmung, den Fokus. So war es.

Und wie Schweitzer nun dort stand, inmitten der Crack-Junkies, und auf eine seltsame Art glücklich wirkte und stark und mächtig, wie ein Debütant, der gerade in einen exklusiven Club aufgenommen worden war, da erkannte Gursky, dass es ihm tatsächlich gelungen war. Schweitzer hatte sich neu erfunden.

Er war zu El Tiburón geworden.

Und ich, dachte Gursky, war nur ein Gehilfe auf seinem Weg. Bestenfalls der Schiffsjunge. Bezahlt und gemietet.

Gursky grinste bitter, als ihm bewusst wurde, welche Rolle er gespielt hatte, so lächerlich kam er sich vor, und er grinste auch noch, als er sah, wie sich seine verklebten

Gedanken selbstständig machten und El Tiburón zeigten, dem von dem Mann mit der Mütze, der tatsächlich Skip war, etwas kleines, metallisch Glänzendes überreicht wurde. El Tiburón wog das glänzende Stück Metall in der Luft, dann drehte er sich um die eigene Achse und hielt es in die Menge. Und auf einmal erschollen Stimmen von überall her, und diese Stimmen kamen von den Haifischen, die mit ihren Fingern auf El Tiburón zeigten. Gursky hörte Satzfetzen, in denen die Wörter *silly white motherfucker, thinks he's a tough guy pointing a gun at us* vorkamen, und *look at him, what's a little boy like that doing here hanging out with us, I hope he's got some money on him.*

Am stärksten aber war das Lachen, das von überall erscholl, das von den Blechwänden der Hütte reflektiert wurde und den ganzen Raum ausfüllte. Es war ein böses, respektloses, demütigendes Lachen.

Und Gursky sah, wie El Tiburón erstarrte, als er bemerkte, dass das Lachen ihm galt.

Dann, gerade als eine Art Schatten auf El Tiburón zusprang, ertönte zwischen dem *Bumm! Bumm! Bumm!*, das ebenfalls immer lauter wurde, ein einziger, fast verloren wirkender Knall.

Und dann war es vorbei.

Epilog

Der erste Mensch, den Gursky erblickte, als er zwei Tage später im Krankenhaus von George Town erwachte, war der Stotterer. Still und leise saß er neben Gurskys Bett, sogar seine Baseballkappe hatte er abgenommen und auf die Knie gelegt, wie bei einer Beerdigung.

Das Erste, was er zu Gursky sagte, war, dass er froh sein könne, einen offensichtlich sehr satten Bullenhai getroffen zu haben, ansonsten läge er wohl ohne Beine hier, wenn überhaupt.

Seltsamerweise kam es Gursky so vor, als stottere der Stotterer nicht mehr, während er sprach – so als habe er im Angesicht von Gurskys Erbärmlichkeit alle Scheu vor den Menschen verloren.

Er stotterte auch nicht, als er Gursky, der sich mit all den Beruhigungsmitteln in den paar Litern Restblut, die noch übrig geblieben waren, kaum noch erinnern konnte, berichtete, was in der Nacht in der Hütte geschehen war.

Nach dem, was Skip ihm erzählt hatte, habe Schweitzer noch im Two Turtles Inn darauf gedrängt, das Hotel zu verlassen, diese »Ersatzwelt der Touristen«, um »die Welt der Bahamianer« kennen zu lernen. Auf dem Weg zur Hütte habe Schweitzer in Skips Pick-up dann andauernd gesagt, Leute wie Skip seien die »wahren Menschen«, die »einzigen, die noch überlebensfähig seien« in dieser Welt, weil sie »ursprünglich und wild« seien. Skip, sagte der Stotterer, hätte keine Ahnung gehabt, wovon der Junge redete, hätte es aber ertragen, weil er »sehr anständig bezahlt« worden sei für das Crack, das er Schweitzer in der Disco besorgte. Die Waffe, um die der Deutsche gebeten habe, um »mal zu sehen, wie es ist, zu schießen«, hätte er ihm eigentlich nicht geben wollen, aber die dreihundert Dollar, die der Deutsche ihm dann plötzlich in die Hand drückte, seien »zu überzeugend gewesen, um sie abzulehnen«. Es sei allerdings vielleicht ein Fehler gewesen, ihm die Pistole noch in der Hütte zu geben, sonst wäre der Deutsche vielleicht nicht auf die Idee gekommen, die Waffe in der Hütte herumzuschwenken, als wolle er standrechtliche Erschießungen vornehmen. Und wenn, so der Stotterer, Schweitzer sich den Kopfschuss nicht selber besorgt hätte, hätte es ein paar Sekunden später ganz sicher einer der Bahamianer erledigt, denn bei einem unbekannten Weißen, der eine Waffe in die Menge hält, würden die Fragen meist erst später gestellt, verständlicherweise.

Ein paar der Leute, auch er, so der Stotterer, hätten noch versucht, Schweitzer am Leben zu halten, doch es sei nicht mehr genug Leben in ihm gewesen, das man, so drückte sich der Stotterer aus, »hätte ergreifen können«. Schweitzer starb an Ort und Stelle.

Als er sich nach Gursky umgesehen hätte, hätte er ihn unter den Umstehenden nicht gefunden, aber so eine seltsame Ahnung gehabt. Am Ufer dann hörte er irgendwo im Wasser ein Plätschern und die schwache Stimme eines Mannes.

»Ich ging davon aus, dass du das bist.«

An den Rest könne Gursky sich ja wohl noch erinnern.

Gursky nickte, so gut das eben ging in dem Krankenbett, doch es war mehr ein mechanisches Nicken, kein wirkliches Nicken des Verstehens, denn sein Kopf fühlte sich immer noch taub und pelzig an. Schwach erinnerte er sich noch, wie der Stotterer ihn in das Boot gezogen hatte; wie er dann aber ins Krankenhaus gekommen war und ob er noch geredet hatte, wusste er nicht mehr. Auch die Vorgänge in der Hütte waren verschwommen und unklar. Nur an das Gefühl, das er dort auf einmal, kurz vor und gleich nach den Schüssen, verspürt hatte, konnte er sich noch genau erinnern.

Es mag mit dem Crack zu tun gehabt haben oder mit dem vielen Alkohol, vielleicht lag es auch an der Düsternis in der Hütte – aber schon in dem Moment, als Gursky das Lachen der Bahamianer hörte, das sie über Schweitzer ausgossen wie einen Haufen Jaucheeimer, war etwas über ihn gekommen, was am ehesten dem nahe kam, was in der Geschichte von El Tiburón Maria verspürt hatte, das Mädchen, mit dessen Hilfe die Fischer den Tigerhai endlich gefangen hatten: eine schwere Traurigkeit, die von irgendwoher über sie gekommen war. Ein Gefühl der Schuld.

Bei Gursky aber war es noch mehr: Als Schweitzer vor seinen Augen zusammenbrach und alles klein wurde, was eben noch groß gewesen war, spürte er nicht nur eine grenzenlose Schuld ihm gegenüber, sondern auch Scham.

Er schämte sich dessen, was sie die ganze Zeit versucht hatten; er schämte sich ihres Hochmuts, mit dem sie sich für Erleuchtete und Gottesgestalten gehalten hatten. Er schämte sich seiner ganzen Existenz, und er spürte diese Scham auch dem Hai gegenüber, der nur eine gepeinigte und gänzlich schuldlose Projektionsfläche für alles gewesen war.

Warum sein Freund das getan habe, fragte der Stotterer.

Gursky sah ihn an.

»Es war das Lachen«, sagte er dann.

Der Stotterer sah verständnislos zurück.

Wie sollte man ihm erklären, dass es das Lachen der Bahamianer war, das Schweitzer getötet hatte – die Tatsache, dass die, zu denen er gehören wollte, ihn ganz offensichtlich nicht ernst nahmen, nicht einmal, als er mit der Waffe in der Hand vor ihnen stand? Die Tatsache, dass sie ihm seine Transformation zu einem Wilden nicht glaubten?

Es muss alles sehr schnell zugegangen sein in Schweitzers Kopf. Mit der Zurückweisung durch die Crack-Junkies, überlegte Gursky, waren auch die Erinnerungen an die Welt wiedergekommen, aus der er stammte, die Erinnerungen an Nina und die in München erfahrene Erniedrigung.

Und die einzige Art und Weise, in diesem Augenblick Würde vor den Bahamianern zu wahren und die Bilder im Kopf für alle Zeiten loszuwerden, war der Kopfschuss, den er sich gerade noch verpasste, bevor einer der Bahamianer ihm die Waffe aus der Hand reißen konnte.

Einen Weg gibt es immer, erinnerte sich Gursky an das Gespräch, das er mit Schweitzer vor langer Zeit im Auto geführt hatte. Das Gespräch über die Bilder von der Liebe.

Schweitzer hatte Recht gehabt mit dem, was er gesagt hatte: Nicht die Menschen machen uns fertig, sondern die Bilder, die wir uns von ihnen machen. Doch mit der hygienischen Liebe, dem abgeschlossenen System, hatte er sich selbst das strengste Bild geschaffen, das möglich war. Und nachdem dieses Bild zerstört war, nachdem das Vulgäre, der Dreck des Alltäglichen, eingedrungen war, erst in Form von Ninas Satz, dem schlimmsten Klischee, und dann durch ihren scheinbaren Betrug, verfiel Schweitzers Gesicht, und er schuf sich ein neues Bild, das Gegenteil. Das des Abstiegs unter die Zivilisation – das von El Tiburón.

Das große Missverständnis bei der Geschichte aber, und das verstand Gursky nun, war die Tatsache, dass es bei El Tiburón nicht der Hass auf die Haie gewesen war, der ihn zum Jäger gemacht und in den Wahn getrieben hatte. Bei Carlos, bei dem wahren El Tiburón, war es allein um Nähe gegangen. Der Wunsch, zu Estella zurückzufinden, hatte El

Tiburón angetrieben. Solange er jagte, so lange war sie auch noch da, so lange existierte sie noch.

Bei dem Wahn, der Schweitzer angetrieben hatte, war es um das Gegenteil gegangen: nicht um Nähe also, sondern um Flucht – die Flucht vor dem Schmerz, die Flucht vor dem Fieber der Liebe. Am Ende aber waren die Bilder zu stark gewesen, gerade *weil* er sie so unbedingt durch ein neues System hatte vertreiben wollen. Er hatte versucht, ein Negativ von sich zu schaffen, und war beim Positiv angekommen.

Weil es keine Flucht gab und keine Rückkehr in eine Zeit vor der Zivilisation, in die Wildnis.

Es sei denn, man radierte die Bilder durch einen Kopfschuss aus.

Durch ein Loch im Kopf.

Gursky fragte sich, ob alles, ihre ganze Reise, zwangsläufig auf diesen Punkt hatte hinauslaufen müssen; ob es von Anfang an eine Selbstmordreise gewesen war.

Nein, entschied er. Schweitzers Wille, zu einem anderen zu werden, war echt gewesen. Es hatte nur nicht funktioniert.

Trotzdem, sagte Gursky sich, hätte ich es merken müssen. Es gab Zeichen, und ich hätte sie erkennen müssen. Man hätte ihn retten können.

Aber ich habe nicht hingesehen: Mit meinen Haisinnen, mit den Lorenzinischen Ampullen, mit meinem Licht, habe ich nur die Jagd gesehen.

Dabei trug ich die Verantwortung.

Er hatte sich *mir* anvertraut.

Wir denken, wir haben einen Menschen verstanden, dabei haben wir nur das von ihm extrahiert, was wir selbst benutzen konnten.

Darum war Gursky zu den Haien gegangen: um sich sein Urteil abzuholen und eine Antwort zu bekommen von denen, die sie gejagt hatten, die Vorbild und Opfer zugleich gewesen waren. Sie sollten darüber abstimmen, ob noch irgendetwas in ihm vorhanden war, was man Seele nennen konnte. Oder etwas, aus dem mal eine Seele werden könnte.

Und offensichtlich hatten sie ihre Entscheidung getroffen: Er lebte noch, fast unverletzt bis auf die zwei Wunden, die er sich selbst beigebracht hatte. Sie hatten ihn nicht gewollt.

Aber was brachte es? Schweitzer war tot, und mit der Frage, wie groß sein Anteil daran gewesen war, würde Gursky weiterleben müssen.

Wer war er jetzt? Ein Tourist, der einen Hai gefangen hatte? Ein ehemaliger Fernsehmoderator, der einmal in seinem Leben etwas Besonderes erlebt hatte? Ein schlechter Freund? Oder einfach nur ein Typ, der sich aus Angst vor einem bürgerlichen Leben mit Frau und Kind in die Barbarei gestürzt hatte?

»Wie heißt du nochmal?«, fragte Gursky den Stotterer.

»Steve Ferguson«, sagte Steve Ferguson.

»Kennst du die Geschichte von El Tiburón?«

Ferguson schüttelte den Kopf.

Gursky erzählte sie ihm, so gut er konnte.

Als er geendet hatte, lachte Ferguson.

»Ach das«, sagte er dann. »So in der Art erzählen es sich die alten Bahamianer hier auch ab und zu, allerdings unter einem anderen Titel – *Sharkman*, glaube ich. Du willst mir aber nicht sagen, dass das der Grund für alles war, oder?«

Gursky schwieg.

»Das Komische an euch Weißen«, sagte Ferguson, »ist die Tatsache, dass man euch nicht in die Hölle zwingen muss: Ihr geht freiwillig und mit einem Lächeln auf den Lippen. Dazu glaubt ihr alles, was man euch erzählt. Warum eigentlich?«

»Vielleicht, weil wir einfach nur mal etwas Mythisches erleben wollen?«, versuchte Gursky.

»Etwas Mythisches?« Ferguson spuckte fast aus. »Ihr habt Autos, Geld, Warmwasser und Jobs als Schriftsteller oder im Fernsehen – und ihr braucht noch etwas *Mythisches*? Mythen sind etwas für arme Leute. Nein, nein: Wenn du mich fragst, wollt ihr alle nur etwas zu erzählen haben. Eine Geschichte, die euch etwas interessanter macht als den Rest.«

Vielleicht war es das, dachte Gursky. Vielleicht war es von Anfang an nur darum gegangen: um den Stolz auf unsere lächerlichen kleinen Identitäten, der nutzlos ist, weil diese Identitäten jeden Tag aufs Neue an der Welt zerschellen. Wir haben uns über alles erhoben, gegen das schönste Tier des Meeres versündigt und die Strafe dafür kassiert.

Denn auch er war ein Plastikmensch, wie alle anderen – mit Geld und Komfort, dafür aber einer höheren Hautkrebs- oder Parkinson-Wahrscheinlichkeit.

Mit dieser Schwäche des Körpers musste man umgehen. Und mit dem Wissen, dass die Perfektion eines Hais unerreichbar war.

Der Stotterer verabschiedete sich. Später komme noch ein Polizist vorbei, um Gurskys Aussage aufzunehmen, sagte er noch, und dass er selbst gegen Abend nochmal wiederkäme, schließlich sei Gursky jetzt ein wenig auf Hilfe angewiesen.

»Danke«, sagte Gursky und fragte sich, wann er dieses Wort zum letzten Mal benutzt hatte.

Eines allerdings konnte er sich nicht erklären, als er nun allein dalag in seinem weißen Zimmer, sooft er auch darüber nachdachte – wie es zu dem Feuer in der Casa Esperanza gekommen war. Dass Schweitzer es in seinem beginnenden Wahn gelegt hatte, glaubte er nicht, denn Ricardo war ja der richtige Mann für die Jagd gewesen. Aber was bedeutete es? Bloß Zufall oder ein Zeichen, eine Warnung, dass diese ganze Reise unter einem schlechten Stern gestanden hatte? Eine

Antwort würde es nie geben. Wieder musste er sich entscheiden zwischen dem Glauben an Logik und Tatsachen und dem, was dazwischenlag – oder darüber.

Dem, was wir Magie nennen oder Glück oder Schicksal oder Gott.

Vielleicht, dachte Gursky in diesem Moment in seinem Bett, ist das Nachdenken über solche Dinge der letzte Kontakt zur alten Welt, den wir wirklich noch haben; der Kontakt, der alles Moderne überdauert hat. Die Frage, warum passiert, was passiert, und ob es einen Zusammenhang gibt – vielleicht war das schon Religion, vielleicht war das schon ein Zeichen für eine Seele. Vielleicht war das noch das *Echte* und keine Pornoversion, wie Schweitzer gesagt hätte. Vielleicht war das Echte etwas, das man nicht anfassen konnte, und vielleicht hatte man schon eine ganz gute Chance auf eine Seele in dem Moment, in dem man sich die Frage nach ihr stellte.

Er würde später über diese Dinge nachdenken, viel später. Jetzt musste er sich erst mal um einen toten Menschen kümmern, um ein Begräbnis. Er musste versuchen, wenigstens die letzten Dinge für Schweitzer noch einigermaßen hinzukriegen.

Und dann, bald, gab es ja noch eine Geburt.

Gursky starrte auf das Telefon, das neben seinem Bett stand.

Er zermarterte sich den Kopf, aber es half nichts: Er konnte sich nicht an ihre Nummer erinnern.